JN108374
2
ハム男
HAMUO
ILLUST
藻
MO
ヘルモード
HELLMODE
～やり込み好きのゲーマーは
廃設定の異世界で無双する～

第一話　グランヴェル家での日々

今は10月の終わり。アレンは領主・グランヴェル男爵の館を囲む庭にいた。庭師によって綺麗に整えられている。

アレンはグランヴェル家の従僕になった日を思い出す。男爵とともに、領都グランヴェルの街まで5日掛けて移動して領主の館にたどり着いた。クレナ村から歩いて2日のところにある父のロダンや母のテレシアの生まれ育った村にも泊まったが、祖父母に会うことはなかった。いずれ会いたいと思う。

領主の館に着くと、グランヴェル男爵は30人ほどの使用人たちに迎えられた。執事がアレンに与えた指示は、従僕長のリッケルから仕事を教わることだった。リッケルは18歳くらいのそばかすのある茶髪の青年だ。どうもリッケルはかなりの怠け者のようで、執事からは仕事に臨む姿勢は見習ってはいけないと念を押された。

リッケルは仕事こそしないが、面倒見はかなりいい。なんでも教えてくれる。聞いていないことまで教えてくれる。あるとき従僕と小間使いは何が違うのか聞いてみた。リッケルによると「全く違う」という話だった。

使用人にはその役職によって上下関係があるという。アレンは上から順に、グランヴェル家の使用人の上下関係を魔導書に記録した。

・執事、家政婦
・従者、侍女、料理長
・御者（馬回り）、料理人、庭師
・従僕、女中

上級使用人と呼ばれるのは執事から、家政婦、従者、侍女、料理長まで。偉いのでしっかり言うことを聞くようにと言われた。執事は男性使用人を、家政婦は女性使用人を取り仕切っている。

下級使用人は、御者（馬回り）から、料理人、庭師、従僕、女中まで。館内にいる小間使いは使用人ではないという話だった。小間使いはあくまで小間使い、お手伝いさんのような立場である。

リッケルは使用人の上下関係の他に、貴族の家族についても教えてくれた。家族？　と疑問を持つのは、アレンが別の世界から転生してきたからだ。この世界で暮らす貴族の家族に関する概念は、アレンの常識とはかなり違う。

貴族の家族には、使用人も含まれるという。

そこまで聞いて、ロダンが涙を流すほど喜んだ理由がようやく分かった。アレンはグランヴェル家に名を連ねたことになるのだ。

平民でも簡単に従僕にはなれない。小間使いになるのも難しいという話だ。それが、農奴から一気に従僕になった。村を救い、村の発展に貢献したロダンに対して、グランヴェル男爵は最大限の褒賞を与えたことになる。

（そうだ、これは感謝しないといけないことなんだ）

自分に言い聞かせるように、リッケルから教わった使用人の身分について思い出す。

「ちょ、アレン！　しっかり立ちなさいよ。私の従僕でしょ!!　届かないじゃない!!」

目の前に木が生えている。頭上には大きく実った赤い果実がある。庭の木の下で、アレンはグランヴェル男爵の娘・セシルを肩車していた。太ももが肩の上に乗っている。肩に跨《またが》ったセシルは、もどかしそうにアレンの髪をワシャワシャと掻き回した。

セシルの吊目がちで勝気な深紅の瞳に睨まれながら「庭に来い」と命じられた時は、ボコられるのかと思ったが、実際は木の実を取りたいから肩車をするように言われたのだった。秋の終わりに実った大きな果実は、食べたことはないがとても美味《おい》しそうだ。相当高い所にあるため大人でも届きそうにない。

「セシルお嬢様、肩の上で立ち上がったほうがよろしいかと」

「そ、そうね。私を落としたらただじゃおかないんだからね！　お父様に言いつけるからね!!」

（全てを忘れて落としてしまいたい）

アレンと自分が同じ歳だと知ってから、セシルは何かと絡んでくる。執事のセバスに聞いたとこ

ろによると、アレンはセシルのたっての希望で彼女専属の従僕になったそうだ。執事からは頑張れと言われた。その目は同情の念に満ちていた。ため息しか出ない。

セシルはゆっくりとした動きで足の裏をアレンの肩に乗せ、バランスを取りながらゆっくり立ち上がる。アレンは、セシルが落ちないように足首をしっかりと摑《つか》んで支えた。

「いかがでしょう、セシルお嬢様？」

「と、届かないわね。届かないわよ！」

（諦めてくれ）

「では、腕を伸ばして足の裏を持ち上げますので、それでいかがでしょう？」

「ん？　そうね、ゆっくり上げてね」

ゆっくりとセシルの体を持ち上げると、ズロースだったか何だったか、かぼちゃパンツが見えた。もちろん8歳の少女に何かを感じることはない。伊達に前世で35歳だったわけではない。

「いかがでしょう？」

果実をもぎ取る音がする。

「と、取れたわ！　ゆっくり下ろしなさい」

はいはいとゆっくり下ろす。セシルの手には真っ赤な木の実が握られていた。ニコニコしながら、誇らしそうに木の実を摑んでいる。いつか手にしたいと、ずっと思っていたのかもしれない。

袖で木の実を拭き、おもむろに食べ始めた。シャシシャリと音を立てながらかじりついている。

お嬢様はどうもお転婆なんだなと思いながら、その様子を見つめていると、セシルのニコニコした顔が豹変した。

「ぶっ！　ま、まずい！」

　どうやらかなり酸っぱかったようだ。頑張って手に入れた木の実を地面に叩きつける。よく見たら地面には朽ちた木の実が無数にある。庭師も回収しないようだ。きっと食べられない木の実なのだろう。

「まあ、届かない木の実は酸っぱいという言葉もありますからね」

「そんなの知らないわよ！　もしかして、あんた食べられないのを知っていたわね!!」

「知る……。いえ、存じませんでした」

（危ない、知るかよと言いそうになった）

「そう、まあいいわ。口直しにポポの実が食べたいわ。厨房まで行って取ってきてちょうだい。もしもなかったら、市場まで買いに行くのよ」

（ぐ、ありませんでしたでは済まないのか）

　では直ちにと厨房に向かう。嫌な予感はしていたが、案の定、料理長からはないと言われてしまった。これで買い出し決定だ。執事に事情を話して、銀貨を貰う。自腹で買うなんてことはしない。

　領主の館の使用人が使う裏門から市場に向かう。原則として、表門は使ってはいけないと言われていた。

（でも良かったな。結構、街に行く機会はありそうだ）

　従僕とは雑用だ。なんでも聞いて身の回りのお世話やらの雑用をこなす。買い出しを頼まれることも頻繁にあるとリッケルに言われていた。

　領主の館はグランヴェルの街の奥にある。館から出るとまず騎士などの士爵や、街の有力者たちが住む貴族街がある。市場は貴族街を抜けた先で、歩けば片道2時間近くかかる。

　クレナ村と違い、色々な果物が並ぶ。

「ポポの実を1つください」

「あいよ、銀貨1枚ね」

　いくつ買えばいいか執事に尋ねた際、1つで良いと言われていた。お嬢様の我儘《わがまま》で散財はしないようだ。

（ふう、果物1つが銀貨1枚か、高い高い。それにしても、クレナ村とグランヴェルで金額は一緒なのか）

　ポポの実を1つだけ入れた籠を引っ提げて帰宅する。

（果物がたくさんあったな。この領の近くに果樹園でもあるのかな。いやでもこれから寒くなるんだけど。異世界では真冬にも果物が実るとか？）

　異世界に来て8年。今でもふとしたことに疑問が湧いてくる。アレンは、自分がまだ転生前の世界の常識にとらわれていることに気付いた。思い返せば、この世界では夏でも冬でも同じ果物が商店に並んでいたではないか。

　もう11月になろうかという時期に、夏と同じ果物が手に入る。そういえばクレナ村でも、12月にポポの実やモルモの実が手に入った。近くに冬でも実がなる果樹園があるのかな、と考えていたその時であった。

ズゴゴゴゴゴッ
天から轟音《ごうおん》が響いたのだ。一瞬で辺りが暗くなる。何か大きなものが空を飛んでいる気配がする。見なくても分かる。かなりの大きさだ。ドラゴンかと思い、空を見上げた。

「え、これは！！！」

思わず大声を出してしまう。空には数十メートル、いや１００メートルにも達するラグビーボールかハムのような楕円形《だえんけい》の船が飛んでいる。飛行船だった。発着地が街の傍にあるのか、ゆっくり下降しながら進んでいく。

とんでもない大きさに心がなぜかワクワクする。

（そうか、飛行船のある世界だったんだ。もしかして市場の果物も、南国から運ばれてきたのか？）

その時アレンは世界の広さを、巨大な飛行船から感じた。１歳の時に父がアルバヘロンを指差して教えてくれたことを思い出した。

アルバヘロンはアレンの名前の由来である、秋になったら北へ飛んでいく魔獣だ。

村よりはるかに大きいグランヴェルの街で、従僕としてのアレンの生活が始まっていくのであった。

＊　＊　＊

狭い部屋の木窓の隙間からは、まだ光は入ってこない。

(朝か)

図書館だったか美術館だったか、アレンはどこかで嗅いだ古い木造建築物の匂いで目覚めた。館の匂いにはまだ慣れない。11月に入ったので日が昇るのは遅いが、もう起床の時間だ。魔導書で魔力の回復を確認し、日課の魔力消費を行う。

ここはアレンの部屋だ。なんと1人部屋を貰えた。部屋と言っても、ここは男爵の館の屋根裏にある物置だった。天井の低い3畳ほどのスペースに普段使わない家具や食器が置かれており、実質2畳ほどしかない。この猫の額ほどの部屋に、ベッドもなく布団を敷いて寝ている。なんでも男性使用人の部屋はすでに埋まっており、この屋根裏を充てがわれたとのことだ。

男性使用人の部屋は4人部屋と聞いていたので、アレンはむしろ歓喜した。1人部屋は何かと都合がいい。あれこれ検証しないといけないことが多いし、小さな召喚獣なら召喚も可能だ。

(ネットカフェのシート部屋の倍の広さだしな。十分すぎるな)

健一だった頃、ネカフェでゲームをすることもあった。泊まり込みだと足を伸ばせるシート部屋じゃないと疲労が溜まる。この狭い屋根裏に不満は一切ない。

服を着替え、使用人用の食堂がある1階まで下りる。麻製のボロ服ではない。黒を基調とした仕立ての良い服だ。使用人用の制服なので汚すなと言われている。さっき着替えた普段着も、農奴の頃より上等な服だ。

1階の食堂には、既に10人ほどの使用人が集まっていた。

「おはよう」

渡された木のトレーを持っていると挨拶される。従僕長のリッケルだ。

「おはようございます」

こっちに来いと言うのでテーブルの向かいに座る。普段から気に掛けてくれる先輩で、「どうだ?」とか「仕事覚えたか?」とか、毎日声をかけてくれる。

「セシルお嬢様とはうまくやっているか?」

若干心配そうだ。通常、従僕になってすぐに誰かの専属になることはまずないという。雑用全般をやって、うまく気に入られて声をかけられ、専属の従僕になるのが順当なのだそうだ。実際、リッケルは専属になるだけの評価が足りず、従僕たちの世話役をやっている。

会話をしながら食事を摂る。パンに野菜のスープだ。スープには肉切れが申し訳程度に入っている。クレナ村にいた頃のほうが、肉の量が多かった。去年や今年なら肉も結構あったのだ。

「実は昨日ですね……」

セシルにポポの実の買い出しを命じられた話をした。ついでに飛行船を見たことも話す。

「そうか。魔導船は初めて見たのか?」

「魔導船?」

魔導船は魔導具で出来た船で、月に3回ほど王都との間を往復しているそうだ。片道金貨1枚で乗れるから、お金が貯まったら行ってみてもいいかもな、と教えてくれる。

魔導具ならこの館にもいくつもあった。1階の大きな置き時計や、館内にいくつか配置されている照明。あれらが魔石で動いているという話はペロムスから聞いている。

リッケルの話は続くが、そろそろ館の主たちが目覚める時間だ。では行ってきますと告げ、アレンは女中と一緒にセシルの部屋に向かった。

セシルの部屋は館の3階、アレンの部屋のちょうど真下にある。女中がセシルを着替えさせるまで廊下で待って、部屋に入る。アレンの仕事はベッド周りの整頓や掃除、寝巻の回収など。つまり完全な雑用だ。

アレンが執事のセバスから命じられた仕事は2つある。1つはセシルの身の回りの世話、つまり雑用。もう1つは給仕だった。

給仕は容姿のいい女中や従僕がする仕事だ。リッケルは一度もやったことがないと言っていた。その点、自覚こそないがアレンは母親のテレシアに似てかなり容姿がいい。この世界では珍しい漆黒の目と髪が目を引くこともあり、いきなり給仕に抜擢《ばってき》されたのだった。

勉強のために、普段から男爵家の給仕も行う。あくまでメインはセシルの世話だが、日中は習い事などが詰まっており、その間は呼び出しがかかることもなく、ほとんどすることがない。

リッケルにさぼり癖がついたのも無理はないと思う。いくら館が大きいとはいえ、使用人がおよそ30人もいるのだから暇な時は暇だ。執事など役割が多い者もいるが、それでも空き時間が多い。

夕方になり、男爵家が2階の食堂で食事を摂る。男爵家の晩餐は、一品ずつ順番に出てくるコース料理なので時間がかかるが、使用人たちが部屋の外に次の料理を運んでくれているし、給仕はアレンを含めて3人いるのでそこまで忙しくはない。

「アレンも随分仕事に慣れたようね」

男爵夫人から声がかかる。アレンは健一だった頃、10数年間会社員として働いていた。飲食業での接客経験はなく、給仕はテレビや漫画、映画で見た高級ホテルのウェイターをイメージしながら、雰囲気だけでやっている。

「ありがとうございます。諸先輩方のご指導の賜物です」

頭をうやうやしく下げ、感謝の意を示す。夫人は目を見開き、「まあ！」と感嘆した。

「あなた、とても農奴の出身とは思えませんわね」

「うむ、これで才能なしということだからな」

（ん？　俺の才能を調べたのか？　どこの馬の骨かも分からん奴を館に入れるんだから、さすがに身辺調査はするか。ということは能力値が全てEなのも伝わっているのか）

グランヴェル男爵の発言から推測する。

「あら、才能なしなの？」

セシルが会話に割って入る。

「はい、鑑定の儀でそのように言われました」

「そうなの？　私は魔導士なのよ」

セシルはふふんと勝ち誇ったかのように鼻を鳴らした。胸を張っているように見える。アレンは決して自分の言葉で「才能がない」とは言わなかった。今鑑定を受けたら、何かしらの才能が表示されるだろう。才能がないと言ったのは、あくまでも神官だ。

「それはそれは、セシルお嬢様。素晴らしい才能でございますね。魔導士など中々なれるものではございません」

褒められたいようなので、思いっきり褒めておいた。セシルが嬉しそうにニマニマしている。こういうアレンの態度のせいで、セシルから絡まれているのだが気付けない。

（魔導士か。そんな職業あったかな？　魔法使いが星1つで大魔導士が星3つじゃなかったっけ。魔導士ならその真ん中で星2つか？　結構な才能だな）

アレンが異世界に来る前、各職業について調べたことを思い出していると、グランヴェル男爵がセシルを叱りつけた。

「セシル！　何度も言っているだろう!!　あまり才能を語るなと」

「す、すみません。お父様……」

「そして、トマスよ。そんなことで泣くな」

同時に、セシルの兄であるトマスを叱る。

「す、すみません。お父様。ぼ、僕だけ才能がなかった。お兄様も妹もあるのに……」

トマスはセシルの隣の席で泣いていた。

「才能など関係ない。お前は王都の貴族院に入れてやると何度も言っているだろう？」

「お兄様のように学園都市に行きたい」

「それはできぬ。父さんだって、才能がないから貴族院に行ったのだ。だがあそこもいいところだぞ。夜に舞踏会があるし、父さんはそこで母さんと出会ったのだ……」

「まあ！」と言って男爵夫人が顔を赤らめ、両手を頬に当てる。

（ほうほう、貴族でも才能がなければ学園都市に行けないのか。で、才能のない貴族が通うのが貴族院、と。……まあ、貴族は才能が出にくい世界だからな）

この世界では、才能は身分の低い平民や農奴に現れやすい。３人兄妹のうち自分だけが才能なしのトマスは、がっくりと落ち込んでいた。

キッ！

（うは！　めっちゃセシルが睨んでいる件について）

お前のせいでお父様に怒られただろと言わんばかりに、突然セシルはアレンを睨みつけてきた。目を合わせないように素知らぬ顔で給仕を続け、本日の仕事を終えたアレンであった。

＊＊＊

今日は半日休。午後から休みだ。

「これから出かけるのか？」

使用人用の食堂で昼食を摂っていると、従僕長のリッケルが話しかけてきた。従僕の制服ではなく、普段着でいることに気付いたようだ。

「はい、街に出かけようかと思います」

「そうか、だったら」

そう言って、また色々教えてくれる。さすが従僕長だ。門限は特にないようだが、あまり遅いと執事に呼び出されるらしい。大体21時から0時までが帰宅時間の目安。門限が21時とか、厳密に決められていないのは助かる。

リッケルは週に2、3回、仕事が終わると街中の酒場に繰り出している。15時くらいに抜け出すこともあるが、そのたびに執事にこっぴどく怒られていると、武勇伝のように教えてくれた。外出時はグランヴェル家の紋章を必ず持ち歩くようにと言われ、はいと返事をして外へ出かける。

(今日は冒険者ギルドへ行ってみるか)

これまでも、買い出しの途中で寄れる場所には寄ってみた。しかし、市場と違って貴族街の反対側にある場所は、休みでないと寄りにくい。東西南北に4つある街の門のうち、北門と南門の近くに位置する冒険者ギルドも、そんな場所の1つだった。館からギルドまでは領都の端から端なので、かなり離れている。セシルのパシリの寄り道には遠すぎた。

道中、鎧を着た馬鹿デカい大剣を背中に担いだ人とすれ違った。この世界には魔獣を狩って報酬を得ることで生活している、冒険者と呼ばれる者たちがいる。買い出しに行くとそれらしき人たちを結構見かけるが、あの鎧の人もきっと冒険者だろう。

リッケルから聞いたのだが、この世界には冒険者ギルドという組織があり、領主もギルドに魔獣の討伐を依頼することがあるとのことだ。街の中央にある市場まで、徒歩で2時間。街の反対側ともなると4時間はかかる恐れがある。帰りが遅くなるかもしれないので走っていくことにした。アレンには、ギルドで調べておきたいことがあった。

（お！　冒険者が増えてきたぞ。剣に槍に、杖もいるな）

南門が正面に大きく見えてくると、大通りに面した建物から冒険者がぞろぞろ出てくるのを見つけた。この大きな建物が冒険者ギルドってやつなのだろう。辺りには酒場や宿屋が多いようだ。さっそくアレンはギルドに入る。

（ふむ、冒険者がパラパラいるな。結構空いているな）

今は15時前だ。この時間はあまり混まないのかもしれない。髪の色が目を引くのか、あるいは単に子供だからか、歩いているだけでも結構な視線が集まってくる。あまり混んでいなくて良かったと思う。

（冒険者か……。俺でもなれるのか？）

調べたいことは、まさにそれだった。

受付の綺麗なお姉さんも、アレンのことをジッと見ている。彼女に聞いてみることにしよう。

「すみません」

「はい、なんでしょう？」

「冒険者って、僕でもなれますか？」

「う〜ん。僕、何歳かな？」

「8歳です」

「冒険者になれるのは12歳からなの」

「そうですか……」

ごめんねと言われる。

（ふむ、なれないのか）

ロダンが村の発展に貢献した褒美として、アレンは従僕になった。このまま従僕でいようかとも考えているが、不自由な従僕のまま一生を終えるつもりは毛頭ない。数年は従僕を続けるが、その後は冒険者にでもと思っていた。ロダンには、何年か従僕をやってみたけど、どうしても自分には合わなかったと伝えるつもりだった。しかし、12歳まで冒険者にはなれないらしい。

今日は、冒険者になる条件以外にも確認したいことがある。

「ところで、グランヴェルの街の周辺にいる魔獣について知りたいのですが、資料みたいなものはありますか？」

「ごめんね、冒険者以外は資料室に入ったら駄目なの」

どうやら何も教えてくれそうにない。そうですか、と言ってカウンターから離れた。

とはいえ、どこにどんな魔獣がいるのか調べにわざわざ休日を使ってやってきたのだ。このままでは無駄骨になるので、引き続き情報を集めるために建物内を物色することにした。

（お？　これは魔獣の討伐依頼のチラシだな）

壁の一角に羊皮紙がべたべた貼られていた。ところどころ歯抜けになった部分にも、きっとチラシが貼られていたのだろう。羊皮紙を引きちぎった跡が残っている。

（ふむ、依頼を受ける時はこのチラシを剝がすのか）

討伐依頼は日本語で書かれているので、アレンにも普通に読むことができた。どのチラシにも魔獣のランク、魔獣の名前、討伐報酬が書かれている。

・Eランク　角ウサギ　銅貨1枚
・Dランク　ゴブリン　銅貨5枚
・Dランク　ビッグトード　銅貨8枚
・Cランク　オーク　銀貨3枚
・Cランク　鎧アリ　銀貨3枚

結構な種類の魔獣がいる。端から段々ランクが上がっていくようだ。アレンはさっそく情報を魔導書に記録した。

（しかし、出現場所が載っていないな。これは「どこにでもいる」ってことでいいのか？）

「おいおい、なんでこんなところに子供がいるんだ？　おい坊主ここは坊主の来るところじゃねえぞ」

夢中になって調べていると、背後から声がした。アレンが振り向くと、腕や頬に傷跡が無数にある男が立っていた。歳は20代前半くらいだろうか。腰には剣を差している。

「すみません、もう出ていきます」

どうやらあまりここにいてはいけないようだ。絡まれても面倒なので出ていくことにする。しかし、その前に確認できるならと、話しかけてきた冒険者に質問をした。

「この討伐依頼には、なぜ出現する場所が載っていないんですか？」

「ああ？　まあ、こいつらはそこら中にいるからな」

面倒くさそうに教えてくれる。なんでも高ランクの魔獣は白竜山脈の近くに集まるとのことだ。

（ふむ、白竜山脈ってクレナ村の先にあるんじゃなかったか？　麓が街近くまで延びているのか？）

アレンはまだ、世界地図も領内の地図も見たことがない。たぶん館の書庫にはあると思うのだが、従僕は書庫に入ることが許されていないのだ。

冒険者の話では、街から離れるほど魔獣のランクが上がるらしい。しっかり記録を取っていく。

・街周辺　Eランクの魔獣
・歩いて1日　E～Dランクの魔獣
・歩いて3日　D～Cランクの魔獣
・歩いて7日　C～Bランクの魔獣

誰も討伐の依頼を受けてくれないのか、報酬の大きいマーダーガルシュの討伐依頼がまだ貼ってある。

・Bランク　マーダーガルシュ　ランバ村　金貨200枚

（今ランバ村周辺にいるのか。金貨２００枚とか、一気に報酬がでかくなったな）

「このマーダーガルシュは、誰も討伐しないいんですか？」

いろいろ答えてくれそうな冒険者にアレンが尋ねると、マーダーガルシュは討伐しに向かっても、どこかに移動してしまって無駄骨になりやすいからだと教えてくれた。Ｂランクの中でもかなり強いというのも、依頼を受けない理由でもあるという。結局冒険者が依頼を受けてくれないので、マーダーガルシュの討伐は騎士団が行うことが多いという話だった。

「じゃあこの白竜の討伐依頼は、なぜ誰も受けないいんですか？」

・Ａランク　白竜　白竜山脈　金貨１０００枚

一番端に貼られた羊皮紙の討伐依頼は、何十年も前から貼ってあるようで、すっかり変色している。金貨１０００枚は、他の討伐報酬がかすむほどの高額報酬だった。

「おいおい、いつまで質問するんだ？」

「いいじゃないですか」

これが最後ですと言って押し通すと、しゃあねえなと言いながら質問に答えてくれた。

白竜山脈に棲む白竜の討伐依頼は、あまりの強さから誰も受けようとしない。だが白竜山脈にはミスリル鉱脈があり、発掘のためには恐ろしい白竜をどうしても討伐したい。そんな事情から報酬は積み上がり、いつしか金貨１０００枚にもなったということだ。

（ほうほう、白竜討伐の報酬に金貨１０００枚出してもおつりが出るくらい、ミスリル鉱脈には価値があるということか）

それにしてもこの男、ぶっきらぼうだが案外いい人なのかもしれない。子供がギルドにいると、トラブルになるかもしれないと思って声をかけてくれたのだろうか。そんなことを考えていると、遠くからアレンと話していた男を呼ぶ声がした。

「レイブ～ン、もう討伐の報告終わったよ～。何してんの？　せっかく早く依頼が終わったのに」

近づいてきた女は、見た目は10代後半といったところか。へそが見える格好で短剣を持っている。その後ろには杖を持っているフードを被った、20代前半と思《おぼ》しき女がいた。２人とも冒険者で、レイブンという男の仲間のようだ。

レイブンは飲みに行くよと言われ、分かったと答えている。短剣を持った女冒険者がアレンに気付いた。

「ん？　どうしたの？　その子」

「いえ、魔獣について聞いていたところです。レイブンさん、ありがとうございました」

聞きたかったことはひと通り聞けたので、丁寧に礼を言い、冒険者ギルドから出る。

（ふむふむ、やはり街の近くはランクの低い魔獣しかいないと。遠くに行かないと経験値の高い魔獣はいないってことか）

冒険者ギルドで貴重な情報が得られた。次にやることが決まったアレンであった。

＊　＊　＊

11月も半ばになる。そろそろ初雪が降りそうな寒い日が続いている。今日も屋根裏部屋で目覚める。日課のために朝6時に起きるのが習慣になっているので寝坊をすることはない。薄暗い中、うっかり植木鉢に手が当たる。アレンが館に来て3日目の時に、館の庭にたくさんあったものを黙って拝借したものだ。

何人かの使用人に見られたのだが、こういう時は堂々としたほうがいい。誰かになんで持っていくのか聞かれたら、セシルお嬢様に頼まれたと答える予定であったが、結局誰にも咎められることなく、2つの植木鉢を屋根裏まで持ち込むことに成功した。

1つの植木鉢には木に成長した草Fの召喚獣が植えられている。特技のアロマの効果で魔力の回復を加速するためだ。魔導書によれば、アロマの効果はこうだった。

アロマの効果
・香りを嗅いでから24時間のあいだ、魔力が5時間で回復する

魔力を消費することで、スキル経験値を稼ぐことができる。魔力は最後に消費してから6時間経過すると全回復するが、草Fの特技・アロマはその回復時間を1時間短縮してくれるのだ。ちなみ

に魔力が回復する時は、魔導書でも確認できないほどの一瞬で全回復する。

もう1つの植木鉢は、草Eの召喚獣による特技・命の草を生やすために土を入れた状態で置いてある。既に草Eの命の草を3つほど作って魔導書の収納に入れているが、今のところ使う予定はなかった。命の草というくらいだから体力回復薬だと思うのだが、どの程度の回復効果があるのかは分からない。今度怪我をした人がいたら使おうと思っている。

検証が進んでいないのは命の草だけではない。この2年ほど、家事、畑仕事、狩り、騎士ごっこの毎日だった上に、マッシュがどこでもついてくることもあって、いまだにFランクの召喚獣すら分からないことだらけという有様だった。

(今後の検証のためにも、今日の交渉はしっかりしないとな)

今日は、執事にあることを交渉するつもりだった。

朝起きて魔力を消費しスキル経験値を稼いだ後は、いつものように1階で食事を摂る。メニューは今日も具の少ないスープにパン。使用人の食事などこんなものだ。

朝食を終えると、いつものごとく3階のセシルの部屋で寝巻やゴミなどを回収し、部屋の掃除をする。この部屋だけで農奴だった頃のアレンの家全体より広い。このフロアは男爵家が使用しており、男爵と男爵夫人、次男のトマス、末っ子で長女のセシルの4人が住んでいる。長男は学園都市に通っているので、現在彼の部屋は使われていない。

2階には男爵家の食堂、広間、客室などの他に、執事、家政婦、料理長の部屋がある。1階は、厨房、使用人の食堂、使用人の部屋、客室などだ。地下には食糧庫や武器庫などの倉庫があり、武器や防具も納められている。また、地下にも使用人の部屋がある。

セシルはパンとスープとお茶の軽い食事を済ませる。ジャムをパンにたっぷり塗るのがお気に入りだ。午後は週6日のうち5日が習い事。貴族は教養が大事なのだろう。

アレンが玄関近くに立っていると、習い事の先生に声をかけられた。

「君は初めて見る子だね」

「はい、先月からグランヴェル家でお世話になっているアレンと申します」

先生はアレンの答えにうなずいたが、特に何も言わないようだ。とりあえず2階の広間に案内する。習い事は広間で行うことが多い。

（今日の先生はローブ着ているな。魔法の先生か？）

魔法には興味があるが、当然授業を受けることはできない。先生を広間に通し、先生がやってきたことをセシルに伝える。

（まあ授業を受けたところで、召喚士が魔法を覚えられるか分からんしな）

剣や杖を持った冒険者や魔法の先生を見かけるようになって、剣と魔法のファンタジー感が出てきたなと思う。

セシルが習い事を始めたので、アレンはフリーになった。さあ、いよいよ例の交渉だ。2階の執事の部屋に向かう。

コン、コン。

「入りなさい」

「失礼します」

部屋に入り相談があると話すと、ソファーに案内してくれた。執事は対面に腰を掛ける。さすが上級使用人の最高峰、結構な広さの部屋だ。他の使用人部屋に比べて2部屋分はあるだろう。

「それで、相談とはなんだね」

「実は1日、休みをいただきたいんです」

単刀直入に伝える。今現在、週6日のうち、午後休みの半休を2日貰っている。この休みを1つにして、週に5日働き、1日休むように変えてほしいとお願いした。

ふむ、と言って執事は考え込み、しばらく黙り込んでから口を開いた。

「アレン」

「はい」

「ここに来てどれくらいになる？」

「10月の終わりからなので、20日ほどでしょうか」

働き始めて間もない新人が、さっそく休日について交渉をする。新入社員がいきなり有給を寄こせと言っているようなものだ。アレンとしては6日に1日休みを取り、その日は街の外でレベル上げをしようという単純な考えだった。召喚獣の検証もしたい。Eランクの召喚獣は1～2メートルほどの大きさなので、屋根裏部屋では召喚できないのだ。

「もし、駄目だと言ったら？」

「お暇をいただこうかと思っています」

「!?」

さすがに執事も驚く。齢《よわい》60歳近く、最近では驚くことも減ってきたが、久々に顔に出して驚いてしまった。貴族の従僕という仕事が、どれほど得難いものなのか分かっているのか。

アレンの仕事ぶりについては、この短期間でさまざまな報告を受けている。はきはきと挨拶をし、仕事の覚えも良い。手の空いた時間には皆がやりたがらない洗濯の手伝いもする。子供なのに力もあるのでとても助かるといった話だった。態度や行動から、「本当に農奴だったのか」と疑う者もいるほどだった。

今はまだ早いが、男爵に、年齢相応の半分になっている給金を少し増やす相談をしようか考えているところであった。そこへ来て今日の話だ。執事のアレンに対する評価にブレが生じ始めていた。

「開拓村が成功したな」

「はい？」

唐突な話に、アレンは思わず聞き返す。

「そして、領内開拓令は現在も有効なのだ」

執事は目をつぶり、ゆっくりと語り出した。領内開拓令がある限り、領内に村を興し、畑を増やさなければならない。それは、既に開拓村を1つ成功させたグランヴェル男爵領についても同じことだという。

「はい」

返事をしてしっかり話を聞く。

「既に、新たな村をどこにするか選定に入った段階である」

(なんの話だろう?)

「当然新たな村には村長を置かねばならぬ。これはまだ極秘のことで他言無用であるが、その村長の候補にロダンが入っている」

「え?」

執事によれば男爵は出自ではなく実力で評価する人で、なんでも開拓村におけるロダンの働きを高く評価しているらしい。ロダンは新たな村を興し、農奴たちを先導し、皆から慕われている。きっと新たな村を興そうとした時についてきてくれる者も多いだろう。そしてその村では、きっとボア狩りを行うことになる。王国がボアの肉を求めているからだ。新しい村にはボア狩りの英雄が必要なのだという。

「アレンよ。だから決してここでの仕事は無駄にはならない」

グランヴェルの街を統治する男爵の下で仕事をする。どこまでアレンが使用人としての階級が上がるか分からないが、ここでの仕事はロダンの跡を継いで村長になった時に必ず役に立つという話だった。要は今まで通り、週2日の半休で我慢しろということだ。

「……」

その話を聞いてもなお、決して折れたりはしない。

アレンはこの世界に転生した時、やり込むと決めている。生き方を決めているのだ。

レベルを上げて自らを強くする。もし、このまま週1日の休みさえ貰えないなら、ここにいる意味はないと思っている。長い沈黙が続く中、とうとう執事が折れた。

「……それほどお前には重要なことなのか。よく分からんが、まあいいだろう」

「ありがとうございます」

そもそも1週間に半休2日が原則だが、家庭の事情などで1日休みを貰っている使用人もいる。

ただ、あまりに早い休日の相談だったので、執事としては簡単に飲まないほうがいいと思っただけである。

こうしてアレンはレベル上げのための1日休みを獲得したのであった。

第二話　グランヴェル領での狩り

朝5時過ぎに目が覚める。いつもより30分ほど早い。アレンは急いで普段着に着替え、街灯を頼りに裏門から館を出て、街の門をまで必死に走った。

「お？　坊主どうしたんだ？　この門はまだ開かねえんだ」

「うん、待つよ」

この門は、主にグランヴェル男爵家の者や貴族街の住人が使っている。6時の鐘と同時に開くことは、既にリッケルに聞いて知っていた。クレナ村では9時、12時、15時、18時の1日4回鐘を鳴らしていたが、グランヴェルの街はそれに6時と21時が加わり、計6回鐘が鳴る。さすが都会だ、朝は早く、夜は遅い。

(待っている間にもう一度チェック、と)

魔導書を出して、収納に入っているものを確認する。

・短刀1本
・木刀3本

・薪30本
・縄３本
・肉きれ５個
・水袋２個
・石ころ10個
・銀貨93枚
・銅貨２枚
・Ｅランクの魔石３個

前回の半休で、食料など外での活動に必要なものを買い込んでいた。
召喚カードもチェックする。

・虫Ｇ３枚
・虫Ｅ１枚
・獣Ｅ10枚
・鳥Ｅ６枚
・草Ｅ20枚

鳥Eの召喚獣のカードを20枚持っていたが、狩り用のカードに交換した。おかげで残り10数個だったEランクの魔石は3個になってしまった。残りわずかだ。また、ドゴラに貰った短刀だが、従僕は武器の携帯を禁止されていると執事に言われた。従者になれば許可が出るとも言われた。そのため今はおおっぴらに持ち歩くことはせず、木刀と併せて収納にしまっている。

(さて、火打ち石がないと火もおこせないな。一応暖房用に薪を入れているんだけど。まあ、足りないものは、今度の買い出しのついでに買っておくか)

セシルからパシリで買い出しを頼まれることはしょっちゅうだ。その時買い足せばいい。

ゴーン、ゴーン。

鐘の音が響く。6時だ。門番がアレンに声をかけた。

「よし、門は開いたぞ。通行証はあるか」

「これを」

ズボンのポケットからグランヴェル家の紋章を取り出す。使用人の紋章だ。これで街の門は全て通行できる。

「こ、これは申し訳ない。グランヴェル家の者だったか」

「いえいえ」

街を守る外壁に取り付けられた大きな門を抜けていく。

「おお、外だ……」

一瞬息が詰まる。8年間夢にまで見た光景が、そこには広がっていた。誘われるように外に出る。

何か後ろのほうで「坊ちゃん、危ないぞ」と門番の声が聞こえる気がする。

門からおよそ1キロメートルの範囲には何もない草原が広がり、その先には木がまばらに生えている。林や森ほどではないが等間隔に木が生えている感じがする。その結果、地平線は見えない。これはクレナ村周辺と同じ状況だ。

アレンは先ほど取り出した紋章を、改めてまじまじと眺める。３本の木が象《かたど》られている。どうやら自然豊かなグランヴェル男爵領を象徴しているようだ。

（さて、最初はＤランクくらいの魔獣を狙うか。アルバヘロンと同じくらいなら負けないだろ）

白竜山脈に近づくほど魔獣は強くなることは、冒険者ギルドで確認済みだ。

グランヴェルの街の南西にクレナ村がある。村を抜けてそのまま進むと白竜山脈だ。山脈は南北に連なっているため、街から西に行っても白竜山脈にたどり着く。その場合、歩いて7日程度で麓に到達するという話だ。従僕は書庫に入れず、地図を見ることができないので、周辺の地理に関してはリッケルに聞いていた。

（高ランクの魔獣とか、やばそうなのに遭遇したらピョンタを囮《おとり》にして逃げ帰れば良いだろ）

虫Ｇの召喚獣の特技である挑発は、魔獣を怒り状態にする。それを使えば容易に逃げ帰ることができるだろう。

時間が惜しい。アレンは走り出す。10キロメートルほど街から離れたところで足を止めた。

（この辺でいいか。魔獣を狩る前に、まずは召喚獣の検証だな。ホーク出てこい）

両翼を広げたら2メートルを超える大きな鷹が現れる。

（こっちこい）

『ピィー』

地面に降り立った鳥Ｅの召喚獣が一声鳴いて、トコトコと歩いてくる。

（言うこと聞くぞ。言葉は教えていないんだが……。これは知力が高いからか？　ぐるっと回ってみて）

アレンの指示で地面をゆっくり回り始めた。召喚獣が言うことを聞くようになったのはとても嬉しいのだが、なぜそうなったのか。アレンは分析を進める。

まず思い当たるのは知力だった。初期値で50だった鳥Ｅの召喚獣の知力は、今は強化され１５０ある。

（ふむ、知力が１５０あれば指示を理解できると。えっと、次は右に1メートルほど歩いて）

右に1メートルほど鳥Ｅの召喚獣が歩く。

（いいね、言葉の意味は既に理解している状態か。これは助かる。他の召喚獣も試してみるか。タマも出てこい）

『グルルルル』

体高１・２メートル、体長2メートルのサーベルタイガーに似た獣Ｅの召喚獣が現れる。Ｅランクになって、随分強そうになった。

（タマ、ほらこっちこい）

獣Ｅの召喚獣は草の上でごろごろし始める。背中に草をこすりつけて、とても気持ちよさそうだ。

（ふむ、知力28のタマには指示ができないと。これは召喚獣のランクにかかわらず、知力が指示を理解できるかの基準になるということだな）

指示と知力の関係については検証が終わった。獣Eの召喚獣をカードに戻す。

（さて、あとは狩りながら検証するか。魔獣にしかできないこともあるからな。まずはホークに辺りの魔獣を探させるか）

鳥Eの召喚獣の特技・鷹の目を使って、魔獣を探すように指示する。

『ピィー』

アレンは移動せずにその場で待つ。太陽は随分高く昇っていた。

15分ほど経過するが、鳥Eの召喚獣は帰ってこない。

（やはり、この世界のエンカウント率は悪すぎだ）

エンカウント率とは、移動時に敵と遭遇する確率だ。健一だった頃にやったゲームでは、街の外を歩いて1分以内に敵と遭遇するなんてよくある話だった。ところがグランヴェルの街から出て1時間以上経つのに、まだ魔獣と遭遇していない。この異世界では、魔獣はそれほど多くないようだ。

（アルバヘロンも、上空に飛んでくるまで1時間以上待つことがあったな。これは効率が悪いぞ。貴重なレベル上げタイムだ。もっと召喚獣を増やすか）

6体全ての鳥Eの召喚獣に同じ指示を出す。一声鳴いて、バラバラに飛び立った。

（よしよし、これで魔獣の発見が早くなるだろう。おっと、短剣を装備して。紋章は落とさないように収納してと）

短剣を収納から出し、腰ひもに差す。

『ピィー』

何分も待たず1体の鳥Eの召喚獣が戻ってきた。上空から一気に下降して、近くの木にとまる。

こっちだと言っているようだ。

(あの先にいるのか)

短剣を抜き、慎重に鳥Eの召喚獣が示した方向へ歩みを進める。

100メートル、300メートル、500メートル……。魔獣は一向に現れない。

(うは、いないんじゃないのか？　もう少し具体的に指示しないと魔獣との距離が分からんな)

上空では、さらに3体の鳥Eの召喚獣が輪を描いている。魔獣を見つけたことをアピールしているようだ。

(これは、1キロメートル以内で魔獣を発見しろとか、指示を具体的にしないといけないな。見つけたのはいいけど、10キロ先でしたじゃ遠すぎるし、どの程度離れているか分からんし)

どうやって鳥Eの召喚獣に指示をするか。改善策について考えを巡らせていると、目の前に人影が現れる。身長120センチを超えたアレンより、頭1つ分くらい大きい。

(ん？　魔獣か？)

『グギャギャギャ』

身長約150センチ、腰ミノを着けた緑の肌の魔獣が現れた。

(これはゴブリンかな？)

『グギャギャギャ』

『グギャギャギャ』

『グギャギャギャ』

『グギャギャギャ』

緑色の肌をした人型の魔獣であるゴブリンと対峙する。全部で5体だ。発達した全身の筋肉、手には短剣やこん棒を握りしめている。小さな子供を見て飯にありつけると考えているのか、笑いが止まらないようだ。

（おっと、気付かれてしまったな）

戦闘の基本は先制攻撃だ。できれば、気付かれていないところを木陰から襲いたかったが、完全に油断していた。

『グギャギャギャ！』

1体が声を上げると、思い思いの得物で襲いかかってくる。

（タマたちこい！）

『『『グルルル！』』』

召喚獣は、意識すれば何体でも一気に召喚できる。魔力も消費しない。アレンを囲むように、強化済み獣Eの召喚獣が5体召喚された。

『グギ？』

いきなり現れた召喚獣に、走って向かってきたゴブリンたちが一瞬怯む。

その時だ。

『『『グルルル！』』』

ゴブリンの集団の後方に、さらに5体の獣Eの召喚獣を召喚した。前後から挟み込む形だ。召喚獣は見える範囲なら50メートル以内のどこにでも召喚できる。背後をつくのは戦いの定石である。

アレンの指示により、特技であるひっかくを駆使する。

挟み込まれる形になったゴブリンたちが慌てる。そこまで知性はないようだ。振り返ったゴブリンを、今度はアレンを囲んでいた召喚獣が襲う。2体のゴブリンが攻撃を受けて倒れ込んだ。アレンは魔獣を倒し切る前に、実戦でさらなる検証を進めることにした。

（よし、この状態でアゲハの検証だな。アゲハ出てこい）

1メートルほどの蝶々の形をした虫Eの召喚獣が召喚される。ゴブリンに対して羽をばたつかせると黄色の鱗粉が舞い、2体が突然、立ったまま気絶するように寝てしまった。

収納から石ころを出し、眠っているゴブリンの顔面に渾身の力を込めて投げつける。が、魔導書にはまだ、倒したというログは表示されていない。

（む、倒し切れなかったか？）

顔面が陥没してもなお眠ったままのゴブリンに、獣Eの召喚獣たちが止《とど》めを刺す。

『ゴブリンを1体倒しました。経験値200を取得しました』

（ふむ、1体経験値200で、5体なら経験値1000か、うひょー）

この戦闘で得られる経験値を計算して、思わず狂喜する。アルバヘロンは経験値100、グレイトボアは400だった。アレンの提案の下で、まとめて狩れるようになったグレイトボアで、経験値は1200だった。

（経験値を稼ぐ時は常に効率を考えないとな。時給はゴブリンのほうがいいと見た）

健一だった頃、ゲームでの経験値稼ぎの効率を常に『時給』で考えていた。グレイトボア狩りは往復6時間かけて経験値は最大1200。この戦いでは、まだ2時間も経っていないのに経験値1000を稼げるのだ。つまりボア狩りは時給200、ゴブリン退治は時給500。後者のほうが、明らかに効率がいい。

上空を舞う鳥Eの召喚獣たちは、既に次の獲物を狙っている。

（よしよし、魔石を取って、次の狩りに行くか。それにしても鱗粉は眠りのデバフ効果か。たった1体で効果があったな。俺の予想通りか）

虫系統の召喚獣が使うデバフ効果の特技には一定のルールがあると見ている。それも今回の検証ではっきりさせたい。

短剣を握りしめ、倒したゴブリンの下に向かう。心臓の傍に切り込みを入れ、魔石を取り出した。正直気分がいいものではないが、魔石は貴重品だ。特に召喚士にとって、魔石の数は生命線になりそうなので捨て置くわけにはいかない。全てのゴブリンから魔石を取り出す。

その間も、獣Eの召喚獣がアレンの周りで戦闘態勢をとる。まだゴブリンがいるかもしれないからだ。背後を襲われるわけにはいかない。

（うしうし、さくさく魔石を取ってと。ホークたち、次もゴブリンがいいぞ！　もう一度鷹の目で

探しに行って。5体以上のゴブリンを見つけたホークは降りてこい。とりあえず3キロ以内だ)
するとと4体の鳥Eの召喚獣がもう一度探しに行く。どうやら何か発見したようだ。2体の鳥Eの召喚獣が降りてきて、それぞれが見つけた魔獣の下に走って行く。アレンは夢中で魔獣狩りに明け暮れた。

そうこうしているうちに時間が過ぎていく。ふと気付けば、太陽が随分低くなっていた。

(うしうし、ゴブリン80体、角ウサギ5体倒したぞ! レベルが2も上がった!! 休日最高!!)

ゴブリン1体につき経験値200、角ウサギ1体につき経験値10。全て合わせて16050の稼ぎだ。レベルは9になった。

1日掛けて検証した結果、虫系統の召喚獣の特技のルールが分かった。虫Gの召喚獣で、3ランク上のDランクの魔獣であるアルバヘロンを激怒させるのには、3体の召喚獣が必要だった。虫Eの召喚獣でも、Dランクの魔獣ゴブリンの群れにデバフ効果をかけることができた。つまりこういうことだ。

・1つ上のランクの魔獣を状態異常にするには、1体の召喚獣の特技が必要
・2つ上のランクの魔獣を状態異常にするには、2体の召喚獣が必要
・敵のランクが上がるごとに1体ずつ召喚獣を増やしていく必要がある
・状態異常の確率は100%ではない(召喚獣を増やしても100%にはならない)
・召喚獣1体でも、複数の魔獣にデバフ効果をかけることができる

鱗粉のデバフ効果は、眠りだった。ゴブリンに対しては、大体8割の確率で発動するようだ。ゴブリンが特別なのかもしれないが半端ない確率だ。

こちらも決して無事とは言えなかった。ムキムキのゴブリンの攻撃で、獣Eの召喚獣が結構簡単にやられてしまう時がある。アレンが強化していたのは体力と攻撃力なので、素早さと耐久力が足りていないのだろう。ゴブリンよりランクが低いのも理由かもしれない。

戦闘の開始時には虫Eの召喚獣でゴブリンに鱗粉をかけているが、鱗粉が効かなかった個体が多いと、その分たくさん攻撃を受けてしまう。そのため安全を期して時折角ウサギを探し、Eランクの魔石を集めていたのである。

今日の経験で、ゴブリンが持っているDランクの魔石ではEランクの召喚獣は生成できないことも分かった。召喚獣の生成や合成には、同ランクの魔石が必要だ。

(よしよし、次行くぞ。ゴブリンはどこだ?)

ゴブリンは複数いて倒しやすいので格好の獲物だ。ゴブリンキラーになった気分で探索を続行する。

しばらくすると、鳥Eの召喚獣が空で輪を描いて一斉に降りてくる。6体全てだ。

(お、どうした?　疲れたのか?　俺はまだいけるぞ?)

オンラインゲームをしていた頃、8時間ほどぶっ通しで狩りをしてパーティーを組んでいた仲間に疲れたわ!　と怒られたことを思い出す。

地面に降り立った鳥Eの召喚獣たちは、首を横に振る。しかし疲れや飽きとは違う事情があるようだ。気がつけば、辺りはかなり暗くなっていた。まもなく太陽が完全に沈む。

（もしかして、暗いから見えないってこと？）

鳥Eの召喚獣たちが、その通りと言わんばかりに一様に頷く。

「鳥目かよ！　まじか。暗いと索敵できないのか。やばいな」

思わず声を出してしまう。そしてこの時、アレンはもう１つ重要なことに気がついた。狩りに夢中になるあまり、方向感覚を完全に失っていたのだ。今どの辺にいるかも、グランヴェルの街からどの程度離れているかも分からない。

（ホークに街までの道を教えてもらおうと思っていたが、これは自力で帰るしかないぞ）

太陽の位置で大体の方角を確認する。あっちのほうかと見当をつけると、アレンは闇夜が迫りくる中、大急ぎで走り出した。

それから数時間。アレンはようやく門の前までたどり着いた。もう辺りは真っ暗である。

「おお！　坊ちゃん生きていたね」

「は、はい」

朝見た門番だ。１日中、門にいるのは大変だなと思いながら、収納から取り出しておいた紋章を見せる。

（あぶないな、これはもう少し前に狩りを切り上げないといけないか）

狩りに夢中になったことを反省する。アレンの最初の１日休日は、こうして終わったのだった。

＊＊＊

今は12月の半ば。休日に狩りをするようになってから1か月ほど過ぎた。週に一度の狩りは、休むことなく続けている。小学生の頃、ゲームをしてもいいのは日曜日だけだった。今思えば謎ルールだ。週に一度の狩りをしていると、そんな昔を思い出す。

従僕の仕事を終えたある日、21時の鐘が鳴り響く頃アレンは武器屋を訪れた。

「ほい、何に使うか知らんが、こういうのでいいのか？」

武器屋の店主が手渡したのは、野球ボール大の鉄の玉だ。

「おお！　ありがとうございます!!　３つで銀貨60枚でいいですか？」

そういう話だったからなと言いながら、店主はお金を受け取る。

（いい感じだな、これで石ころの代わりになるだろう）

店を出ると、買った鉄球を収納にしまって館へ戻る。

あれから4回の休日があった。休日の全てを魔獣狩りに費やした結果、レベルは9から12に上がった。おかげでステータスが増えて良かったのだが、１つ困ったことがある。

投げると石ころが壊れ始めた。虫Gの挑発は使う機会がないので、その分のカードを獣Eに替えたのも理由の1つだ。おかげで攻撃力が上がり、石ころがその威力に耐えられなくなった。ゴブリンに当たっては砕け散る石ころ。クレナ村から持ってきた石ころは全て失ってしまった。

代わりになるものということで、武器屋に鉄球の作製を依頼しておいたのだ。もともと鉄の塊を叩いて武器にするので、鉄球にするだけならそんなに手間がかからないとのこと。1つ銀貨20枚で良いと言われ3つ注文していた。

(それにしても、欲しいものがたくさんあるな、防具、火打ち魔導具、鉄球も10個くらい持っておきたいしな、後は武器もか。武器は召喚獣がいるから最後だな)

魔導書の欲しいものリストを見直す。火打ち魔導具は金貨3枚もする。防具はピンキリだが、高価なものはやはり金貨が必要だ。武器も同じようなものだった。

(なんか、初めての街に来て装備を揃えている感があるな!)

金欠なのにワクワクする自分がいる。かつてゲームで新しい街に行けるようになった時、どの装備から揃えるか迷っていた、あの感覚を思い出す。

(魔獣を狩って、経験値を貰って、稼いだお金で装備を良くしていく。まさに王道だな。お金は給金だけだけど)

従僕は給金を月の終わりに貰える。アレンの給金は月に銀貨50枚。銀貨100枚が金貨1枚に相当するので、年間で金貨6枚分の給金が受け取れる。使用人の特例として、人頭税はない。

各階級の主な給金(月給)は、執事が金貨5枚、従者が金貨2枚、従僕が金貨1枚ということだった。アレンが毎月銀貨50枚しか貰えないのは、12歳になるまで給金は半分という決まりがあるからだった。ちなみに、このことを教えてくれたリッケルは従僕長なので、毎月金貨1枚と銀貨50枚(合計銀貨150枚)を貰っている。

(冒険者ギルドが討伐報酬をくれたら、もう少し稼げるんだが。まあ、死ぬほどお金に困っているわけじゃないしな。第一ギルドは館から遠いし)

これまでのゴブリンとの戦いでは、召喚獣が盾になってくれているため攻撃を受けたことはない。今のところ、あれこれ装備を整える必要もないだろう。お金はゆっくり貯めればいいと考えている。

館に戻り、夜も遅いので寝ようと自分の部屋へ向かおうとしたところ、リッケルとばったり会った。

「リッケルさん、お先に失礼します」

「遅かったな。随分夜分だが、執事がお呼びだぞ」

「え？」

何か呼ばれるようなことをしただろうか。とにかく呼ばれたのであれば行くしかない。リッケルに分かりましたと伝え、執事の部屋に行く。

コン、コン。

「失礼します。アレンです」

「……入りなさい」

夜も遅いが入っていいようだ。中に入ると、ソファーに座るよう促される。

「お呼びでしょうか？」

「ふむ」

長い沈黙。とりあえず、会話が始まるのを待つ。

「アレンよ。お前の館内での仕事ぶりは素晴らしい。使用人からもよく働くと聞いている」

ようやく執事が口を開く。心なしか、言葉を選んでいるようにも見える。

「あ、ありがとうございます」

「しかし仕事だけでなく、日頃の行いというのも大切だ。お前は常にグランヴェル家の者として見られている」

（ん、なんの話だ？　小言か？）

「は、はい」

「休みの日は何をしている？」

執事がまっすぐアレンを見て問いただす。

「え？」

アレンは休日になると、日が昇らないうちに出掛ける。それもすごい勢いで。そして帰ってくるのはいつも21時過ぎだ。それが1か月続いたのだから、素行を疑われるのも当然だった。本当のことを言うか、どうするか。迷っていると執事がさらに言葉を加えた。

「言うまで、この部屋を出ることはならないぞ」

（なるほど、まあ言うしかないか）

グランヴェルの街周辺での狩りだ。極力人に会わないようにしているが、冒険者とすれ違うこともある。ただでさえ目立つ黒髪の少年が狩りをしているのだから、そのうちバレることは分かっていた。だが、狩りをやめるかと言ったら、そんなことはあり得ない。

「魔獣を狩っています」

　正直に答えた。

「ま、魔獣？」

「そうです。休みの日は朝から晩まで、グランヴェルの街の外で魔獣を狩っています」

　執事は思わず目を見開く。非常識という概念そのものが、８歳の少年の姿で目の前に現れたかのようだった。

「……魔獣か。もしやリッケルに白竜山脈や冒険者ギルドについて聞いていたのは、魔獣を狩るためか？」

（む、リッケルさんが報告したのか？）

　一瞬リッケルを責めようかと思ったが、考えを改める。従僕の素行を怪しむ執事が相手なら、従僕長は正直に報告するのが当然だ。

「そうです」

「狩りをするために１日休みを申し出たということか。なぜ狩りなのだ？」

「私はボア狩りのロダンの息子ですから。私も父のように立派な人になりたいのです」

「ぬ？」

　自然と言葉が出た。当たり前に思っていたことだ。

（そうか、猟師になりたかった父さんの子か。そんな俺が狩りが大好きと。改めて思うと、やっぱり親子なんだな）

自分の言葉に自分で納得する。離れて気付く、狩りという親子の共通点。生きがいが同じということなのだから、それはとても大きな共通点だ。転生した先がロダンの下であったことすら、神の意思を感じる。

「休みの日は、狩りをすることが生きがいです」

「生きがいか。そこまでか。いや、やはりロダンの子か」

きっと強くロダンの影響を受けて育ったのだろう。アレンの言葉に、執事はどこか納得していた。村の英雄の子が、狩りが生きがいと断言する。休みを変更できないなら従僕を辞めると言い切ったあの時も、強い意志が目に宿っていたことを思い出す。

「なるほど。まあ、料理長のように他人に迷惑をかけないのであれば、生きがいは大事だからな」

（ん？　料理長？　ああ、たまに執事と揉めているな）

料理長は料理がとても好きだ。それはいいことなのだが、予算以上に食材を買い込んで料理の研究に勤しんでいる。歳も執事に近いのか、上役相手でも一切怯まない。予算を守れと言う執事と、もっと美味しいものをと言う料理長の言い争いを、この館に来て何度も目にしている。

「はい、仕事に支障が出ないよう気を付けます」

「うむ、アレンよ。本音を言えば、私はお前にこの館の仕事を生きがいにしてほしいと思っているぞ。この私のようにな」

「は、はい」

（それは難しいかもしれぬ。異世界に来てまで、誰かの下で働きたくないでござる）

とりあえず返事をしたが、引きつったその顔を見て、執事はやれやれとため息をついた。

「それで……角ウサギを倒したらどうしているのだ？」

「え？」

どうやら執事は、アレンが街のすぐ傍で角ウサギ狩りをしているのだと思ったらしい。徒歩なら丸1日かかる場所にいるゴブリンを狩っているとは、想像もしていない。

「隠さなくても良い。肉屋に売って小遣いにしているのだろう？」

（なるほど、この辺が話の落としどころか）

「すみません」

執事の推測に、話を合わせることにした。

「ふむ、グランヴェル家の者が小遣い稼ぎをするというのはあまり感心しないな。街の噂になるかもしれぬ」

「はい」

全力で反省している感を出すが、実際は魔石以外は置いてきている。肉屋に持っていくと、館に戻る時間がかなり遅くなるからだ。今は小遣いより経験値なのである。

「だがまあ折角の肉だ。今後、角ウサギの肉は給金とは別に、グランヴェル家で買い取ろう」

「本当ですか！」

（いや、これはありがたい）

捨てていた肉が金になる。

「ん？　まあ、そんなには出せないぞ。そうだな、1体銀貨1枚といったところだな」

それだけ貰えれば問題ない。こうしてアレンが外で狩りをしていることは、一部が執事にバレてしまったのであった。

＊　＊　＊

執事に休日の魔獣狩りを自白してから最初の休みを迎えた。今日も日が昇る前に館を出て、走って門まで向かうといつもの門番がいる。寒い中、朝からお疲れ様と思う。

「坊ちゃん、今日も外に出るのかい？」

「はい」

6時の鐘が鳴るまで、いつもの世間話をする。毎回見せていた紋章は、もう見せなくて良いとこの前言われた。だから紋章は今も収納の中に納めたままだ。もとの世界の駅や空港ほど厳しくはない。

定刻通りに門が開くと、さて行くぞと走って街から離れていく。初雪を迎え、今年も残すところあとわずかだ。与えられた普段着はさほど厚くないが、常に走って街の外を移動するアレンは寒さを感じなかった。

どんどん街が小さくなっていく。

（ここまで離れたらいいか。出てこいホークたち）

上空数十メートルに、６体の鳥Eの召喚獣が一気に姿を現す。ゴブリンを探してこいと指示すると、四散して飛び立った。

あれから他のDランクの魔獣を倒してもみたが、やはり時給が一番いいのはゴブリン討伐だった。一度の戦闘で１０００以上の経験値が得られるのはゴブリンの群れだけだ。１体当たりではゴブリン以上の経験値が得られるDランクの魔獣もいるが、一度に現れる個体数が少ない。生息数が多いのか、他の魔獣よりも見つかりやすいのもゴブリンを狙う理由の１つだ。

（今日はゴブリンを１００体倒して、それから小遣い稼ぎと魔石集めのために角ウサギを倒すか。角ウサギは5体も狩ればいいだろう）

狩りのノルマを決めながら、召喚獣の帰りを待つ。

魔獣とのエンカウント率はそこまで高くない。召喚獣がいなければ、多くても1日3回程度しか狩りができないだろう。鷹の目の索敵能力が優秀なため、アレンの狩りの効率は格段に良い。

さっそく鳥Eの召喚獣が1体戻ってくる。いつもの狩りが始まった。

3時間ほど経ち、アレンは干し芋とモルモの実を食べていた。1日走り回るのでエネルギー補給は大切だ。モルモの実は水分補給も兼ねている。とても効率的だ。そして美味しい。モルモの実を味わっていると、1体のホークがアレンの傍の木に止まった。

「お、待ってな。今食べ終わるから」

『ピィー！』

（ん？　なんだ？）

何かいつもと様子が違う。空を見上げると、鳥Eの召喚獣が3体空を飛んでいる。既に獲物を見つけたようだが、木に降りてこないのだ。

(え?)

『ピィーッ!!!』

上空の鳥Eの召喚獣は、さらに強く鳴いた。まるで何かを訴えているようだ。

「ん? 何かあるのか?」

食べかけの干し芋を収納にしまう。すると、木にとまっていた鳥Eの召喚獣が枝から羽ばたき、ゆっくりとどこかへ向かう。アレンを見下ろし、ついてきていることを確認すると、スピードをグングン上げていく。

(お、めっちゃ速いぞ)

鳥系統の召喚獣はもともと素早さが高いが、さらに強化しているのでその速度は相当なものだ。アレンもレベルアップによって素早さが上がっているのでついていけるが、それにしてもかなりの速度だ。

(まじか、結構な距離だな。なんなんだ?)

15分ほど走ると、遠くから叫び声が聞こえてきた。

「ミルシーは逃げて!!」

「だ、だって、リタとレイブンをおいて……」

「いいから!!!」

（ん？　交戦中か？　れいぶん？）

駆け寄りながら状況を確認すると、そこにいたのは、前回冒険者ギルドで会った3人組の冒険者だった。ゴブリンの群れと戦う短剣使いの女、その後ろには怪我を負った男と、彼を抱きかかえる杖を持った女。

短剣使いのリタが必死に4体のゴブリンと戦っていた。その後ろには、既に2体のゴブリンが死んでいる。リタは片腕をやられたのか、だらりと下がったその腕からは血がしたたり落ちていた。それでも「ここは通さない！」と叫びながら、必死に交戦している。ニヤニヤしながら、囲い込むように迫るゴブリンたちが間合いを詰める。

既に数十メートルの距離まで迫った時、アレンは収納から鉄球を取り出し渾身の力を込めてゴブリンに投げつけた。

（これが初球になるとはな）

ゴギャ

『『グギャ？』』

鉄球は砕けることなく、1体のゴブリンの顔に正面から命中した。顔面がめり込んだゴブリンは、そのまま地面に膝をつく。

「リタさん、援護します!!」

「え？　誰？」

（おい、前を向け戦闘中だ）

さらに鉄球を投げる。2体目も鉄球を顔面に食らってふらついた。どうやら、鉄球をまともに受けても死なないらしい。

「僕の鉄球では止めを刺せません。気を付けて！」

「わ、分かった……」

リタはいきなり現れた援軍に動揺していたが、そんなことに構っている場合ではない。最後の鉄球を投げつける。しかし、さすがにゴブリンたちもアレンに警戒を向けていたため、鉄球は腕で防がれてしまった。

鉄球を受けたゴブリンの腕は骨が砕けていたが、それでも体力には余裕があるようだ。こん棒を無事なほうの手で握りしめる。

（動けるゴブリンはあと2体か、仕方ない）

アレンも腰から短剣を抜き、リタの前に躍り出る。人前では召喚獣は出せない。リタの叫び声を聞いた時、既に鳥Eの召喚獣も全てカード化していた。

「無傷のほうは僕が倒します！　片腕のほうを!!」

「分かった……」

錆びたボロボロのロングソードを持ったゴブリンとの接近戦に突入する。Dランクのアルバヘロンを倒した時は、虫Fの召喚獣に特技の吸い付くを使わせて、力を奪って勝ってきた。だが今回は、召喚獣を出せない。特技なしでの戦いが始まる。

ゴブリンの大振りの太刀筋は全て避《よ》ける。短剣で受けると刀身が傷つくかもしれないし、無駄に武器を消耗したくはなかった。既にレベルは12まで上がっており、加護の効果で攻撃力も素早さも300ほどある。一瞬で接近して、急所の首を切りつけた。鮮血が噴き上がる前に後退する。ゴブリンは膝から崩れ落ちる。

（ふむ。圧勝だな。Dランクの魔獣に負けることはないと）

普段、魔獣を召喚獣に倒させているのは、借りている貴重な普段着が汚れると面倒だからだ。

リタに加勢するべく向き直ると、既にゴブリンを倒すところだった。手負いのゴブリン1体が相手なら、怪我を負ってはいても負けないようだ。顔面に鉄球を受けた2体のゴブリンにも、次々と止めを刺していく。

「レイブン！」

「ううっ」

レイブンと呼ばれた重傷の男。間違いない、ギルドでアレンに色々教えてくれた冒険者だった。

リタとミルシーが必死に声をかけるが、かすれたようなうめき声を上げるだけで今にも死にそうだ。

（ふむ、ミルシーって呼ばれた人は回復役のように見えるが魔力が尽きたのか？　仕方ない、命の草を使うか）

アレンが近づくと、2人は若干警戒する。いきなり現れてゴブリンを次々と倒した、10歳にも満たない黒髪の子供だ。無理もない。

「すみません、薬草があります。使いますか？」

「「ほ、本当!!」」

2人とも表情が一気に明るくなる。

「いくらでも払うからレイブンを助けてくれ!!」

随分乱暴な言葉遣いだが、そんなことは気にしていられない。背中のほうから出すふりをして、収納から、草Eの召喚獣の特技で作った命の草を取り出す。

(やばい、初めて効果を試すのに、こんな瀕死の人が相手か。見た目が他の薬草と違うだろうから、堂々と見せないほうがいいかな)

名前からして体力回復薬だろうと思っているが、まだ検証は済んでいない。大葉のような葉っぱを握りレイブンに近づける。使い方が分からないので、とりあえず腹の大きな傷に当ててみた。

2人の仲間の視線が、レイブンの虚《うつ》ろな顔とアレンの挙動の間を心配そうに行き来する。まさに藁をも摑む気持ちといった感じだ。

(そ、そんなに期待した目で見ないでほしい。どこまで回復するか分からんし、そもそも回復薬なのかも分からんから)

傷に触れた命の草が光を放ち、泡のように消えていく。すると、内臓まで達したであろうレイブンの腹の傷がみるみる閉じていく。血が腹にべったりついているが、どうやら完全に癒えたようだ。

意識が戻り、ゆっくり目を開くレイブン。腹を摩《さす》り、傷を確認する。

「おお!」

傷が治ったことに気付いたレイブンが驚いている。リタとミルシーが歓声を上げた。

「「レイブン!」」

「お、おれは？」

なぜ無事なのか理解ができないようだ。お前が治したのかとミルシーに問うが、ミルシーは涙を拭きながら首を横に振る。

「無事で良かったです。リタさんと言いましたか。リタさんの腕も治しておきますね」

もう一度背中のほうから命の草を取り出し、怪我を負った腕に当てる。あまり命の草を見られないように握りしめたままだ。３人の冒険者がその様子を見ている。まるで時間を巻き戻すかのように、すごい勢いで傷が完治する。骨も折れていたのか、腕を胸の位置まで上げて、不思議そうに手のひらを閉じたり開いたりしている。

「「「ミュラーゼの花！！！」」」

３人が一様にロダンの命を救った薬草の名を口にするのであった。

命の草によって傷が完治したレイブンとリタは、なんでこんな貴重な回復薬を使ってくれたんだと驚いているようだった。

「これで大丈夫そうですね。ミルシーさんは怪我を負っていませんか？」

見たところ怪我などはなさそうだが、命の草はもう1枚あるので一応確認する。

「わ、私は大丈夫です」

慌てて両手を前に突き出し、大丈夫なことをアピールする。

「そうですか、街まで帰れそうですか？　街はあっちの方角ですが」

ギリギリまで狩りをしたいので、太陽の位置から街の方角を導く方法はすっかり身につけていた。

「え、まあ、大丈夫だ。怪我がないならゴブリンには負けない」

そう言って立ち上がるレイブンだが、武器をどこかに置いてきたのか丸腰である。どうやらここからもっと離れたところで怪我を負ったようだ。自分が丸腰であることに気付いたレイブンは、ゴブリンの死体の傍にある錆びた剣を拾い上げた。

「大丈夫そうですね。ではそういうことで」

そう言って立ち去ろうとする。

「え？　な！　待ってくれ。ん？　そういえば君はこの前、冒険者ギルドにいた子だね」

死にそうな状況から回復し、ようやく余裕ができたのだろうか。レイブンはアレンのことを思い出したようだった。

「そうですが、なんでしょう」

困ったような顔で答える。なんだよと言わんばかりだ。

（いや正直、自力で帰れるならもういいじゃないか。狩りに戻りたいんだけど）

おかげで1時間ほど時間が過ぎている。貴重な休日だ。狩りを再開したい。

「ぜ、是非お礼がしたい」

「いえいえ、お気持ちだけで」

いや待ってくれと、再度足を止められる。レイブンにとって、アレンはパーティーのピンチを救い、金貨何枚もするミュラーゼの花を2つも使ってくれた恩人なのだ。お礼をしなければ気が済まない、といったところだろう。

（いやあとノルマ、ゴブリン60匹なんだよ。分かっているの？）

そんなこと、レイブンが知っているはずもない。

「何か礼はできないか？」

何度も言われる。どうしても引き下がらないようだ。ふむと考え込む。

「では、えっとレイブンさんでしたか。あなたは冒険者ですね」

「そ、そうだが」

見ての通りだと言う。

「今日はとても忙しいので、今度また、冒険者について教えてください」

「分かった」

レイブンはその後の言葉を待つ。

（いや以上だよ。何、次を求めているの？）

「あと、僕のことは他言しないでください」

「分かった。他言はしない」

他の２人も頷く。レイブンは、さらにアレンの言葉を待っている。

「特にそれくらいなのですが……。そうですね、あのゴブリンの魔石は全て頂きます。ってああ！」

重要なことを思い出す。以前、魔導具屋で冒険に必要な魔導具を見たついでに、Ｅランクの魔石を売ってほしいと話したら、買取はしているが販売はしていないと断られたのだ。レイブンたちに、Ｅランクの魔石を１００個ばかり集めてもらえばいいじゃないか。

「どうかしたのか？」

「私はEランクの魔石を集めています」

「ふむ」

「ですから、お礼はここにあるゴブリンの魔石全部と、Eランクの魔石100個でいかがでしょう」

「そ、そんなことでいいのか？」

「もちろんです。居住地はグランヴェルの街ですか？」

「ああ、グランヴェルの街にある宿屋に泊まっている」

「なるほど。では日付を指定してくれれば、宿屋に取りに行きますよ。アレンという者が取りに来ると伝えて、受付に預けておいてください」

1週間程度で集められるとのことだ。レイブンは本当にこんなことでいいのかと思いながらも、それで引き下がるようだ。とりあえずこの場は、ゴブリンの魔石を回収する。

「ではでは、無事に街までお帰りください」

「ああ、本当に助かった」

「「ありがとう」」

そう言うと、アレンは後ろを振り向くことなく元来た道を駆け戻る。

かなりの距離を走って立ち止まった。

（おかげで時間を食ってしまったぜ。まあ、でもEランクの魔石を100個ゲットできるなら良しとしよう。さて、どうするかな。狩りに戻りたいが、さっきの情報を整理するか）

冒険者たちとの間で起きたことを確認する。

（まず命の草だ。これは体力回復薬で間違いないな。こんな形で検証することになるとはな）

最後の1枚になった命の草をしげしげと眺める。転生前の世界でいう大葉にしか見えない。傷に触れると効果が発動することが分かった。

（回復薬には2種類あるからな。たぶんこれは固定値回復型だろうけど）

HPやライフポイントなど呼び方は色々あるが、どんなゲームにも数値が0になると死んでしまう、キャラクターの体力を示す数値があった。これを回復させるのが回復薬で、回復には2つのパターンがある。

・最大体力に対し、一定の割合で回復する%回復系
・固定値で回復する固定値回復系

前者は体力1000のキャラに30%回復する薬を使えば、300の体力が回復する。後者は例えば500回復する薬なら、最大体力の値にかかわらず500回復する。

ロダンとレイブンの回復の早さの違いにも考えを巡らせる。ロダンはミュラーゼの花を使っても、歩けるようになるまでには1か月以上かかった。レイブンは命の草を使ったら、すぐに意識が回復して立ち上がり、ゴブリンの剣を拾っていた。

（普通に考えたら、ミュラーゼの花は%回復系、命の草は固定値回復系だろう）

命の草が％回復系なら体力１００％の回復効果だろうが、それはあまりに性能がぶっ飛びすぎている。まだEランクの回復薬だ。レイブンの体力の最大値が低いので、固定値回復の命の草でも全回復できたと考えるのが自然だろう。

（まあ、こんなところか、次に魔導書と）

『ゴブリンを１体倒しました。経験値１６０を取得しました』

『ゴブリンを１体倒しました。経験値１６０を取得しました』

『ゴブリンを１体倒しました。経験値１６０を取得しました』

魔導書の表紙には３体のゴブリンを倒した経験値のログが表示されている。

「１人で倒した時の８割の経験値が入っているな」

（あの場にいたのは俺と冒険者３人で、そのうち戦闘に参加したのは俺とリタさん。それで８割か）

経験値の配分について検証する。

（なるほど、人数割りでないことが確定したな。複数名で倒したら８割とか、そういったルールになるのか）

ゲームによっては大人数で狩りをすることがある。こういったゲームは経験値を人数割りで分配すると、１人あたりの取り分がすごく少なくなってしまうので、１人で倒した時の６割とか８割とか、人数にかかわらず一定の割合で経験値が貰えることがあった。

（ボアの経験値は４００だったな。あれで８割だとしたら本来の経験値は５００か。だがさすがにCランクのボアの経験値が、ゴブリンのわずか２・５倍ということはないだろう。とすると実際の経験値は1000か？）

アレンがこの世界で行った狩りの経験から導いた、経験値の配分は以下の通りだ。
・2～4人で倒したら1人で倒した時の8割
・20～40人で倒したら1人で倒した時の4割
（まあ、こんなところか）

魔導書に命の草の効果と、経験値配分の分析を記録する。

（さて、それよりも問題は召喚獣だ。ホーク、出てこい）

鳥Eの召喚獣が姿を現す。ここは森や林と違って開けているので、通常は鳥Eの召喚獣を召喚すると上空に現れる。しかしアレンは、あえて目の前の地面に鳥Eの召喚獣を出した。

「なぜ、指示を無視した？」

アレンが聞くと、鳥Eの召喚獣はすまなそうに項垂《うなだ》れる。

「俺はなんて指示をした？　ゴブリンは5体以上、経路に他の冒険者はいない。3キロメートルの範囲内と言ってなかったか？」

鳥Eの召喚獣は、さらにすまなそうに項垂れる。

「あの冒険者を助けたいと思ったのか？」

すると召喚獣は軽く頷いたのだ。

それを見たアレンは、一瞬どころか、かなり長い時間言葉を詰まらせた。

「……そうか、お前にはあるんだな？　自我があるんだな？」

自我の意味が分からないのか、鳥Ｅの召喚獣は首をかしげる。

「そこまでは分からないのか。しかし、そうか。召喚獣には自我があるのか」

アレンはずっと召喚獣を、指示をしたら機械的に動く、決められた行動しかできない、命令通り動くだけの存在だと思っていた。しかしそうではなかった。知力の高い鳥系統の召喚獣が、召喚士の指示よりも自らの自我を優先した。そして、傷を負い死にかけた冒険者の下にアレンを誘導した。召喚獣は自我を持ち、意思を形成していた。

（これが神の作った召喚獣か）

もしも創造神に人や世界を作る力があるなら、自我を持つ召喚獣を作ることなどたやすいだろうと考える。

少し言い過ぎたかなとアレンが頭を撫でると、鳥Ｅの召喚獣は項垂れた表情から一変し、嬉しそうにしている。

「そうか、今度から指示の内容を変えるから、ちゃんと従うようにね」

『ピィー』

鳥Ｅの召喚獣ホークは翼を広げ、大きく鳴いた。「分かった」と言っているような気がしたアレンであった。

第三話　狩猟番

12月の下旬になった。レイブンたちを助けた翌週も狩りに出かけ、レイブンからは無事Eランクの魔石100個を受け取った。宿屋の受付に預けておくように言ったのだが、レイブンはわざわざアレンが来るのを待っていてくれた。

使用人用の食堂であれこれ考えながら配膳の順番を待っていると、料理長から声をかけられた。

「なんだ？　考え事か？」

最近よく話しかけてくれる。アレンの神妙な様子が気になったようだ。

「いえいえ」

「ほれ、これはおまけだ。しっかり食え」

スープのお椀に少し大きめの肉の塊を入れてくれた。

既にスープを受け取ったリッケルが、料理長の言葉を耳にすると慌てて振り返る。

「あ、ありがとうございます」

「な!?　なんでアレンだけなんですか？　私も肉欲しいです」

「あん、リッケル。お前は何もしていないだろ。アレンは角ウサギをもう10体も捕まえてくれているんだぞ」

そんな～と嘆くリッケル。

ここ最近の二度の狩りで、アレンは合計10体の角ウサギを館に持ち帰った。角ウサギは1回の狩りで5体までと決めている。普通の8歳の少年が朝から晩まで狩りをしたとして、捕れるのはせいぜいこれくらいだろう。Eランクの魔石もまだまだ欲しい。

実際に5体の角ウサギを持っていくと、執事はたいそう感心していた。もともとこの世界における魔獣の生息数はそれほど多くないし、角ウサギは単体で生活しているので狩りの効率は良くない。そのため1日に2、3体捕まえたらいいほうらしい。

中型犬並みの大きさの角ウサギを、嬉しそうに解体する料理長だった。おかげで料理長から話しかけてくれるようになったし、肉のおまけもついてくる。

「来年の春によ。ミハイ坊ちゃまが帰ってくるんだ」

（ん？　ミハイ坊ちゃま？　確か学園都市に行っている長男だっけ？）

料理長の話を、配膳を待ったまま聞く。

「はい」

「それでよ、お土産で王都の蜂蜜を買ってきてくださるように頼んでるわけだ。食べたことあるか？　すごく甘いんだぞ」

「ないです。それは食べてみたいですね」

「だろ、春先になったらビッグトードが出てくるようになるからよ。それを捕まえてくれたら蜂蜜をこっそり分けてやるぞ」

「おお！　本当ですか！　じゃあ頑張って捕まえてきます」

（蜂蜜は食べたいぞ。それにしても、ビッグトードか。春にならないといないって、今は冬眠しているのか）

「ちょ！　アレンに何を言っているんですか！　Dランクの魔獣じゃないですか!!　アレンも本気にしたら駄目だよ」

横でリッケルが反応する。大声で話すので、周りの使用人も何事だと振り返った。

朝食を終えると、いつも通りセシルの部屋の片付けが始まる。掃除も終われば、今度は洗濯だ。四六時中セシルの傍に張り付いている必要はないので、館の中で他の使用人の手伝いを積極的に行い、掃除や雑用を次々とこなしていく。

庭先で掃除していると騎士団長ゼノフが館に入ってくる。騎士団長は館に住んでいるわけではないが、仕事柄グランヴェル男爵に報告などの用事があるのでちょくちょくやってくる。

「いらっしゃいませ」

「うむ」

騎士団の仕事について、リッケルに聞いたことがある。騎士団は隣の国と戦争でもしているのかと尋ねたら、そんなことはないらしい。そもそも、グランヴェル領は他国と接していないという話だった。騎士団の主な仕事は、盗賊団や魔獣の討伐だ。冒険者に依頼することも多いが、領の規律を守るため、様々な理由から冒険者が依頼を受けないような案件について対応しているという。

今日は騎士団長も男爵と晩餐を共にするそうだ。騎士団長や副騎士団長が館に来ると、こういう機会もたまにある。夜、晩餐の給仕を務めていたアレンに、騎士団長が話しかけてきた。

「随分、仕事に慣れてきたではないか」

「ありがとうございます」

騎士団長から褒められる。

「さすがロダンの子よな。既に聞いていると思うが、クレナ村ではボア20体の討伐が無事完了したそうだ」

「そのようでございますね」

クレナ村が今年の目標に掲げていたボア20体の討伐は、11月末に完了していた。領主が来るまでに、無理して3回狩りをした成果だ。予定よりもかなり前倒しで目標を達成したので、今月の狩りは10日に一度にすると村を出る前にロダンが言っていた。

「でも、そんなにボアを狩ったのに、なんで出てこないの？」

セシルの兄、トマスが不満そうな顔をする。今まで冬になるとボアの肉が出ていたのにと言っている。

（ん？　そう言われたらあまり出てこないな。10月に捕まえたボアはもう街まで運ばれていると思うんだが）

12月になれば、10月に捕まえたボアの肉は加工を終えて運ばれてきているはずだ。何トンも運ばれているはずなのに、トマスの言う通りほとんど晩餐では見ていない。

男爵から我儘を言うでないぞと咎められ、しょぼくれるトマス。割と子供に厳しいんだな。

(国王が求めているってことは、王都にボアの肉は行っているのか？　あのバカでかい魔導船で)

クレナ村にいた頃、王命でボア狩りの数を例年の倍に増やしたことを思い出す。

ボアの肉の行先を考えているとトマスが騎士団長に話しかける。

「ゼノフ、今年はディアを捕まえてくれるの？」

期待を込めて、トマスが騎士団長を見つめる。騎士団長はグランヴェル男爵の様子をうかがう。

男爵は首を振った。

「申し訳ございません。トマス坊ちゃま。騎士団はそのような狩りのためには動けないのです」

(王命を受けてボア狩りには来たけどね)

ここで断るのも騎士団長のしつけや指導の一環なのかなと思う。

「え～」

明らかにむくれている。

「トマス、いい加減にしないか！　騎士団は、お前の好物を狩るためのものではないんだぞ!!」

トマスの我儘にとうとうグランヴェル男爵が怒り出す。トマスがひどく怯えたので、グランヴェル男爵夫人が取りなした。

「トマスも分かっていますよ。ねぇトマス。それにしてもボアもディアも駄目となると、来年の御挨拶は質素なものになりますわね」

年明け早々に館で催す、新年会のことのようだ。

「まあ、そうだな。今年は仕方ないな」

どうやらいつもは盛大に新年会を行うらしく、男爵も執事も残念そうにため息を漏らす。それを見たグランヴェル男爵夫人も悲しそうにうつむく。その様子を見つめていたトマスが、給仕をしていたアレンのほうに向き直った。

「ねえ、アレン」

「はい、なんでございましょう？　トマスお坊ちゃま」

「狩りの腕すごいんでしょ？　ディア捕まえてよ」

「ディア？　ホワイトディアのことでしょうか？」

この世界では、男爵家であってもそこまで贅沢はできない。ところがアレンが角ウサギを捕まえるようになり、ここ数日、男爵家の晩餐も今までより豪勢になった。この異世界では食事が楽しみに占める割合はとても大きいので、ただでさえ珍しいわずか8歳の黒目黒髪の従僕が、角ウサギをたくさん捕まえることでさらに注目を集めるようになった。今ではこの館にいる全員が、アレンの父が「ボア狩りのロダン」と呼ばれていることや、その狩りの腕前を買われて農奴から平民になった村の英雄であることを知っている。

当然、みんなは狩りの英雄の子がその才能を受け継ぎ、角ウサギを捕まえまくっているという認識だ。料理長からはビッグトードをおねだりされて、今度はトマスのホワイトディアだ。

「そうだよ、捕まえてよ！」

当たり前のように屈託のない笑顔でおねだりしてくる。ホワイトディアは冬に現れる魔獣だ。ボアのほうがたくさん肉が取れるため、クレナ村の農奴たちはボアが現れる間はボアを狩る。そしてボア狩りが終わった後にホワイトディアのことを思い出すのが常だった。

（ホワイトディアか、確かグレイトボアと同じCランクの魔獣だ。レベルも上がったし、一度討伐に挑戦してみるか）

「承りました。ホワイトディアを捕まえてまいります」

この会話を皆聞いていた。だが全員が唖然《あぜん》としてしまって、アレンを止める者は誰もいなかった。

＊＊＊

3日後には正月だ。今日は休日なので、アレンは雪が降り積もる中、いつも通り早々に館を出る。前日から、藁を編んで作った長靴を借りていた。

「お、今日も出かけるのか？　雪が深いところもあるから気を付けろよ。ん？　それはどうしたんだ？」

アレンの背中には大きなスコップが縄で括《くく》り付けてある。

「庭師に借りました。今日は必要かなって」

スコップの土を掬《すく》う部分が30センチ以上あり、魔導書に収納できなかったのだ。スコップを括り付けた縄も馬小屋から借りてきたもので、太くて長いものを選んで7本ほど拝借し、余りの5本は収納に納めてある。

気を付けますと言って、門を出て突き進む。雪の中を走ること10数分、木がまばらに生えている辺りまでやってきた。

(午前中はゴブリンを狩るかな。いや、時間がかかりそうだし、今日はディア狩りに集中するか。出てこいホークたち)

6体の鳥Eの召喚獣が上空に召喚される。

(大きな鹿の魔獣がいる。毛皮は白。ホワイトディアという奴だ。頭に2メートル以上の角が生えているからすぐ分かる。10キロ以上離れていてもいいから、なるべく近いものを探してきて)

すると鳥Eの召喚獣が四散して探しに行く。

(さて、始めるか。モグスケ出てこい。穴を掘るんだ)

モグラの形をした4体の獣Gの召喚獣が現れる。特技「穴を掘る」の指示を受け、雪をかき分けて4体で1つの大穴を掘り進める。

召喚獣に自我があることが分かってから、鳥Eの召喚獣への指示の内容を具体的にするよう努めている。今回は魔獣を探す指示に加えて、助けを必要としている冒険者を見つけたら、優先してそこに向かうよう伝えていた。緊急の場合は木にとまって3回連続で鳴くように、サインも変えている。

(しっかり、コミュニケーションを取っていかないとな)

召喚獣には自我がある。だから指示に反することがあることも分かった。

(自我を持ち、連続して30日召喚可能な召喚獣か)

　クレナ村にいた頃、召喚獣の連続召喚時間を確認したら、ランクにかかわらず30日だった。1か月は食事を必要とせず活動可能だ。それが自らの意思を持って動く。可能性が無限に広がっていくような気がした。

　そんなことを考えていると3体の鳥Eの召喚獣が戻ってくる。

（よしよし、1キロ圏内に獲物はいるか？）

　降りてこない。1キロ圏内にはいないということだ。2キロは？　3キロは？　少しずつ距離を延ばして問いかけると、5キロは？　の問いかけに1体の鳥Eの召喚獣が反応し、ゆっくりと降りてくる。

（5キロか。まあまあの距離だな）

　獣Gは知能が高くないため、50メートル以上離れると指示を聞くのをやめてしまう。常に傍で「穴を掘る」の指示をしないといけないので、アレンはひとまず穴掘りを優先することにした。掘り起こした土をスコップで1か所に集めながら、ひたすら穴の完成を待つ。

　結構深めに掘ったので、かなり時間がかかった。

　その間も何度か鳥Eの召喚獣を飛ばして、魔獣が5キロ圏内から離れていないか確認する。そこまで遠くには行っていないようだ。

　穴が完成すると、雪で穴を隠してさっそくホワイトディアのところに向かう。藁靴のおかげで雪上もガンガン進んでいける。鳥Eに導かれた先に移動すると、ボリボリと角ウサギを食らう魔獣がいた。体高はグレイトボアよりやや低いが、首と頭を入れると3・5メートルはあるだろうか。2

メートルほどある角が、地面と水平に伸びている。

（お！　いたいた）

クレナ村でも捕まえていたホワイトディアだ。真っ白で見つけづらい上に個体数が少ないのか、冬の間、月に1体ほどしか捕まえられなかったと記憶している。

木の陰で虫Gの召喚獣を召喚する。

（よし挑発しろ）

相手はCランクなので、4体召喚する。現れたのは蛙の形をした虫Gの召喚獣だ。ホワイトディアから距離を取りつつ、飛び跳ねながら特技「挑発」を行う。

『ブルルン！』

ホワイトディアが虫Gの召喚獣に気付き、雪の中をものともせずに突進していく。見事に挑発に乗った形だ。虫Gが踏みつぶされるぎりぎりのところでカード化し、一瞬でさらに離れた場所へ召喚する。そこでまた挑発を行う。それを何度も繰り返しながら、穴のところまで誘導していく。

それにしてもさすが挑発だ。木の陰を用心深く移動しているとはいえ、黒を基調としたアレンの服は白銀の世界でかなり目立つ。しかし挑発による怒りで、ホワイトディアの目には虫Gの召喚獣以外見えていないようだ。

とうとう落とし穴の場所まで戻ってきた。4体の虫Gの召喚獣がピョンピョン飛び跳ねながら、さらに挑発を繰り返す。

『ブルルン！』

ホワイトディアは虫G目掛けてまっすぐ突っ込んでいく。ふいにその姿がアレンの視界から消える。

（ふむ、挑発で知能が下がるのかな。結構雑な落とし穴なんだが）

ホワイトディアがはまった落とし穴を見下ろしながら考察する。この落とし穴は深さ10メートル、幅2メートル強だが、ホワイトディアの角は幅が4メートルを超えるため、角が引っかかって穴の底まで落ちない。ホワイトディアが地面から顔だけ突き出したような状態になっている。

アレンはホワイトディアが暴れて落とし穴が崩れる前に、短剣を抜いて首に抱き着いた。必死に振り落とそうとするが、全ての足が宙に浮いており力が入らないようだ。アレンはそのまま短剣を握った手に力を込め、首にズンと突き立てる。ホワイトディアは叫びながら全身を震わせるが、急所である首の血管を捉えるまで、アレンは何度も短剣を突き立てた。ついに急所を捉えると、短剣を抜くと同時に噴き出した鮮血は、落とし穴を中心に白銀の世界を紅く染めた。

ホワイトディアがすっかり動かなくなると、アレンは魔導書を宙に出し、表紙のログを確認する。

『アレンはホワイトディアを1体倒しました。経験値2500を取得しました』

魔導書をしまい、力を込めて獲物を地面に引きずり上げる。そのまま大木の下まで引っ張っていく。後ろ足にそれぞれ3本ずつ縄をしっかり結ぶ。幹に縄を掛け、力を込めて引き上げると、ホワイトディアは逆さ吊りになった。重力に従い、首からドバドバと血が流れていく。

（血抜きはしないとな。これで少しは軽くなってくれたらいいんだが。さてと、血抜きが終わるまでに片付けをするか）

10メートル分掘った盛り土を戻して、落とし穴を埋めていく。

(それにしても経験値がくそまずいな)

ゴブリン狩りでノルマ100体を掲げているアレンは、1日で経験値を2万以上稼ぐ。ところが今日は、血抜きを終える頃にはすっかり帰る時間だろう。ホワイトディア狩りに1日掛けて、経験値はたった2500だ。

(いやでも肉だけで500キログラムはあるだろ。1キログラム銀貨1枚なら金貨5枚じゃないのか? 執事にはしっかり礼を貰うとしよう)

経験値を稼げなかった分、せめてお駄賃をたっぷり貰わないと割に合わない。まだ新しい武器も防具も買っていないのだ。

何時間もかけて血抜きをしたら、もう16時過ぎだ。ゆっくりホワイトディアを地面に降ろす。ホワイトディアの足を紐で胴体にくっつけるように縛っていく。担ぐのに足が邪魔にならないようにするためだ。スコップも邪魔なので括り付ける。

召喚獣を虫Gから獣Eに変更したアレンの攻撃力は300を超えている。力を込めてホワイトディアを背負った。

(やばい、中々の重さだな。ぎっくり腰になるぜ。街に戻ろう)

背中のホワイトディアは、血が抜けて少し軽くなったとはいえ800キログラムはある。アレンの小さな体では完全に持ち上げることができず、後ろ足を地面に引きずる格好になった。首は長く、頭には水平に生えている角もある。首が垂れて、角が地面にこすれる。しかしそんなことは構わず、雪の下の地面を踏みしめながら、力任せに進み始める。

（やばい、日が沈む前に帰らねば）

いつも走って移動しているが、歩くと結構な時間がかかる。白銀の大地を西日が照らす中、街に近づいていく。門が見えたところで気がついた。何か騒がしい。

「ホワイトディアが来たぞ!!」

門番がアレンに向かって叫んでいるようだった。確かに傍《はた》から見ればアレンはすっかり隠れてしまっているため、項垂れたホワイトディアがゆっくり近づいてくるようにしか見えない。

他の門番たちも何事だと声を上げる。よく見えないが、どうやら5人以上は集まっているようだ。

「門番さん、こんばんは！」

矢でも射られたらたまらないので、大きめの声でアピールしながら近づいていく。

「その声は……。ぼ、坊ちゃん？」

「はい、門を通してもらってもいいですか？」

かなり警戒しているようだ。

「グランヴェル家の命により、ホワイトディアを捕まえてまいりました」

それだけ言うと、どんどん進んでいく。それでも近づいてくる者がいたため、ホワイトディアに埋もれたまま紋章を突き出す。かなり大型の魔獣を1人で捕まえてきたが、これ以上の押し問答は必要ないようだ。門を通してくれる。

門を抜け、そのまま石畳の道をガンガン進んでいく。ホワイトディアの角の幅から察するに館の裏門は通れそうにないので、そのまま館の大きな表門へ向かった。

「こんばんは」

「ア、アレンくんかな」

館の門番はよく見知った人なので、声だけでアレンに気付いてくれたようである。裏門は通れないから表門を通してほしいと頼むと、わ、分かったよとかなりビビりながら大きな門を開いてくれる。

（さて、とりあえず捕まえたことを報告してと）

どんどん庭を進んでいく。

「キャ、キャアアアアアアアアアア！！！！」

叫んだのは、2階の窓から庭を眺めていた女中だった。腰を抜かして必死に外を指さした女中に気付き、何事だと使用人たちが窓から外を見る。騒ぎはどんどん大きくなった。

「館に魔獣が入ってきたぞ!!」

「従者は武器を持て！　騎士を呼べ!!」

（あ、やばい。騒ぎになったぞ）

説明すれば何とかなると思っていたが、館から出てきた使用人が武装を始めたので、慌ててホワイトディアを下ろし、自分の姿が見えるようにした。

ズウウウン
（いや、くそ重かった。このレベルだと1人で運ぶのはつらいな）

　ホワイトディアを下ろすとあまりの重さに庭の雪が吹き飛び、土が波打つ。2階から覗き込んでいた者も、館から出てきた者も、すっかり固まってしまった。ただでさえ普段まともに魔獣を見たことがないところへきて、真っ白な魔獣が門からゆっくり入ってきたとたんにアレンになったのだ。理解が追いつかないというのが正直なところだろう。

　腰を抜かした者、呆然とする者がいる中、状況を確認するため執事が庭先へ出てくる。

「ア、アレンか？」

「はい、アレンです。ただいま戻りました。トマスお坊ちゃまの命により、ホワイトディアを確かに捕えてまいりました」

　館じゅう大騒ぎになったことを咎められてはたまらない。トマスの名前をこれでもかと強調し、あくまでも命に従っただけだと印象づける。

　執事は数日前に行われた晩餐での会話を思い出しハッとした。自分を含め、その場にいた誰もが本気にせず聞き流してしまったやり取りだ。あの時確かに、アレンはただ静かに、捕まえてくると、そう断言していたではないか。

　齢60近くにして、すっかり驚くことがなくなったはずの執事だったが、アレンがやってきてからというもの、これまで積み重ねてきた常識が崩壊していくかのようだった。常識と一緒に体まで崩れてしまわないよう必死に耐えていると、ようやくグランヴェル男爵も庭へ出てきた。

「な、何事か！　騒がしいぞ!!」

　目の前の光景にこ、これは……と言葉を詰まらせ、他の人たちと同じように扉の先で固まってしまう。

「なんでえなんでえ、騒がしいな！」

今度は口調の荒い料理長が1階の厨房から出てきた。とっくに晩餐が始まる時間だというのに、誰も厨房へ料理を受け取りに来ないのにしびれを切らしたのだ。

「こ、これはホワイトディアじゃねえか！」

ワナワナしながら料理長が近づいてくる。声が歓喜に満ちている。丸ごと1体のホワイトディアを見るのは初めてなのかもしれない。

「一応血抜きはしたのですが、それ以外の処理は何もしていません」

料理長に説明をする。

「そうか、最低限の処理といったところか。内臓は早めに抜いたほうがいいな」

料理長の目には、これが恐ろしい魔獣ではなく食材にしか見えていない。この状況もまったく問題にしていないようだ。

「おいバンズ、何してる、こっちこんか！　残りは晩餐の準備を続けろ!!」

料理人のバンズを呼び、灯りの魔導具と大きなのこぎりのようなものを持ってこさせる。この場で解体をするようだ。仕事は他の料理人や女中に任せっきりで、ホワイトディアの処理を始める。

「でしたら、私も手伝います。

「お？　いいのか？」

もちろんですと言う。親切心ではなく、魔石を回収するためだった。これまで、角ウサギも全て魔石を抜いて渡してきた。トマスとの約束があるので肉は渡すが、魔石は自分のものだ。解体中にこっそり回収する。料理長がこっちを持て、次はあっちだと指示を出すたびに、足を上げたり首を支えたりとせわしない。庭師は今や血肉でめちゃくちゃになってしまった庭を見ながら、絶望した顔で立ち尽くしている。

混沌とする中、男爵が隣にいた執事に話しかける。

「これはどういうことなのだ？　セバスよ、アレンの調査はしっかりしたのであろうな？」

「な!?　才能もなく能力も低いから、これ以上の調査は不要だとおっしゃったのは旦那様ですよ。あれから調査はしておりません」

人のせいにしないでくださいと言わんばかりに、執事が言い返す。

「ば、馬鹿者！　これのどこが才能なしだ。８歳でCランクの魔獣を狩ったのだぞ。しっかり調べるのだ!!」

「わ、分かりました。では、次に村の使いが来た時にでも……」

男爵が鷹のようにきつい目つきで睨みつける。

「申し訳ありません。明日にでも、クレナ村に調査のための使者を送ります」

村まで使者を送れば、往復10日もかかる。しかもこの雪の中だ。普段より費用も嵩む。執事としては、調査は村の使いがやってきたついでにしたかった。しばらく待てばまたボアの肉が届く予定がある。その時に村の人から聞くこともできる。しかし、それでは男爵は納得しないようだ。

食堂の窓から庭を遠目に見ていたセシルは、男爵と執事が言い合っているのを見て呆れていた。

晩餐どころではなくなった依頼主が館から出てくる。

「ディアだあああ！！！」

庭に出てきたトマスがホワイトディアの解体作業を見て、肉が来たと喜んでいる。ホワイトディアに触ろうと駆け出すのを、世話役の女中が必死になって止めている。

トマスに気付いたアレンは彼に近づき、恭しくお辞儀をした。

「トマスお坊ちゃま、確かにホワイトディア捕えてまいりました」

「うん、ありがとう！」

こうしてホワイトディアを捕まえたアレンの過去が、グランヴェル男爵の命により調査されることになった。


昨日は夜遅くまでホワイトディアの解体を手伝っていたが、あまりに巨体であるため、内臓を抜き取って毛皮を剝がすまでが限界だった。幸い冬の寒さで肉は傷まない。今日も庭で解体作業を手伝うことになっている。

アレンは筋がいいからと料理長が執事に頼んで、今日はセシルの世話ではなくホワイトディアの解体に専念することになっていた。借りていくぞくらいの口ぶりだったが、あれが料理長なりのお願いの仕方なのだ。

「やはり筋がいいな。お嬢様の従僕じゃなくて料理人になれよ。セバスに言っておこうか？」

上役の執事を呼び捨てにする料理長。

「あ、ありがとうございます。セシルお嬢様には良くしていただいておりますので」

アレンはやんわり断る。料理長は、あのお嬢様が良くするって本当かよと疑いの目を向ける。

セシルの従僕は楽ではないが、パシリで街中に行けるし、習い事の間はかなり自由な時間ができる。どちらがましかと言えば、断然従僕だ。

「それにしても、飲み込みが早いな。バンズは飲み込みが悪くてよ」

料理長が感心している。

(それはたぶん知力のおかげだな)

給仕の仕事にしてもそうだが、最近物を覚えるのが早くなったのを実感している。クレナ村にいた頃から実感はあったが、レベルが上がるたびにそれが顕著になっていく。健一だった頃からは比べ物にならないほど、なんでも覚えられるし、それに伴って体も自然と動くのだ。ただ、特別賢くなった気はしない。今まで通り思いつかないものは思いつかないし、知能が上がって天才になったわけでもないようだ。

(昨日もホワイトディアがすごく重かったし。そもそも後衛型なんだよな、召喚士って)

召喚士は知力の能力値がSと極めて高いが、攻撃力はCで微妙だ。狩りの最中に鉄球を投げたり、短剣を持って戦ったりすることもあるアレンにとって、知力Sの調整で攻撃力がCになってしまうくらいなら、全ステータスAのほうが本当は都合がいい。そんなことを考えていても、無意識に刃物を持つ手は淀みなく解体を進めていく。

結局この日も夜遅くまで解体を手伝った。館に戻ると執事から、解体が終わったら執事室に来なさいと言われる。最近よく呼び出されるなと思いながら、解体を終えたアレンは執事室に向かった。

コン、コン。

「失礼します。アレンです」

「入りなさい」

執事の部屋に入る。いつも通りソファーに促される。

「昨日は休みだったのに、遅くまで働かせてしまって悪かったな」

（ん？　謝られたぞ）

いえいえと答える。昨日のホワイトディア狩りは自発的に行ったことだし、夜遅くまで手伝ったのも解体も魔石を得るためだった。

「今日は何用でございましょうか？」

「ふむ、まずはこれを」

なにか重そうなものが入った小袋を、向かい合ったソファーの間にあるテーブルに置く。

「これは？」

「銀貨１００枚だ」

（え？　ホワイトディアの報酬が銀貨１００枚ってこと？）

可食部が優に５００キロはあるうえに、綺麗な毛皮もそれなりの値段がしそうなホワイトディアだ。１体捕まえれば銀貨１００枚どころの金額では済まない。

「今月の給金も合わせた額だ」

（ふぁ!?　そしたら銀貨50枚が今回の報酬か？　もう絶対にやらんぞ!!　1日休日が潰れたんですけど。断固拒否する!!）

「はあ」

毎月の給金が銀貨50枚なので、今回のホワイトディアの報酬はわずか銀貨50枚ということになる。

ため息に近い返事をする。徒労感が口から抜けていく気がする。

「アレンよ。お前は何でもすぐ顔に出るところがあるな。勘違いするな、これは今月からの給金だ」

「え？」

「お前は真面目だし、働きぶりもとても良い。しかし、そういった理由で給金を上げたわけではない」

従僕が月に100枚の銀貨を貰えるのは、12歳になってからのはずだった。その額をアレンに払うのは仕事ぶりがいいからというわけではないという。すると……。

「銀貨50枚分の別の仕事があるということですか？」

「話が早いな。そうだ、アレンには狩猟番の仕事もしてもらおうと思っている」

「狩猟番？」

イギリスの貴族社会においてゲームキーパーと呼ばれていた仕事だ。アレンは前世のことを思い出していた。中世イギリスのゲームキーパーの仕事は、貴族が狩る獲物の育成や、貴族の所有物である野獣を民衆が勝手に狩らないように守ることだったはずだ。

「アレンよ。お前は狩りが好きなのだろう？」

「はい」

即答する。

「狩猟番とはな――」

セバスがこの世界における狩猟番について話す。仕事の内容は、魔獣を狩って肉を手に入れることと、街の外で魔獣に襲われて困っている民がいたら助けてあげることの2つだった。伯爵など大貴族の下には何人かいることもあるが、グランヴェル男爵家にはこれまでなかった役職だという。

「おおおっ!!」

思わず喜びの声を上げる。要は貴族お抱えの猟師ということだ。

「これは使用人たちからの要望でもあってな」

「え?」

難しい顔をしながら、執事が口を開く。

ここ数日のうちに大半の使用人が執事室のドアを叩き、アレンにもっと狩りをさせてほしいと嘆願しに来たというのだ。角ウサギを休みのたびに5体も捕まえてくるのだから、アレンの腕が確かなのは、ホワイトディアを狩る前から一目瞭然だった。

アレンが角ウサギを持ってくるたびに使用人の食事は少し良くなったが、しかしそれもほんの少しだ。もっと頻度を上げてくれたら、肉にありつける機会はもっと増える。中には、セシルの世話で雑用に使われるよりはそのほうがグランヴェル家のためにもなるでしょうと強く申し出る者もいたという。ここ数日は、使用人の訴えに追われっぱなしだったとのことだ。

「そういうわけだ。本当にホワイトディアを狩ってくるとは思わなかったからな。まあ、正直に話すとグランヴェル家の懐事情もあるのだがな」

このままアレンから魔獣を買い取るよりは、月の給金を50枚増やしたほうが懐は痛まない。本来、ホワイトディアを1体買い取るなら金貨で支払うのが当然だ。しかしグランヴェル家にそんな余裕はない。それは新年会のご馳走にも事欠いている時点で明らかだった。

「そういうことだったのですね、分かりました。銀貨50枚で狩猟番を務めさせていただきます。では、明日からということですね」

（いやそんなことなら、給金増やさなくてもいいし。何体か食料になる魔獣を狩って、残りは楽しいゴブリン狩り生活だ。よ、よだれが出てきた。うひょー）

明日から毎日楽しい狩猟生活だ。笑顔で狩猟番を引き受ける。その様子を見て執事が釘を刺した。

「まあ、待て。狩猟番の仕事〝も〟と言ったであろう？」

「え？」

「当然、セシルお嬢様のお世話は引き続きしてもらう。給仕の仕事もだ。狩猟番は週1日で頼む」

「ふぁ!?」

週1日の休みに狩りに行っていたのが、週2日に増えただけということだ。

「はて？　不服か？　狩猟番の話はなかったことにしても良いのだぞ」

「な!?　そんな滅相もありません。当然務めさせていただきます……」

「そう落ち込むな。お前は物覚えも良い。セシルお嬢様のお世話も続けていれば、従者になれるかもしれないのでな。狩猟番だけではもったいなかろう。なあ、アレンよ」

従僕から出世した場合の、従者という言葉が飛び出てくる。アレンが従僕をやりたくないということをはお見通しのようだが、そうはいかないと取りなされた形だ。

「うっ」

「どうだ？　週1日の狩猟番は引き受けるか？」

「は、はい。私の将来のことまで考えていただいて、誠にありがとうございます」

グランヴェル男爵家に招かれて2か月。こうしてアレンはセシルの従僕、給仕、狩猟番の3つの仕事をすることになったのであった。

第四話　ミハイとの出会い

今は年が明けた3月の上旬、日差しが心地いい昼前だ。アレンは馬車に乗っている。昨年末に狩猟番になったおかげで、週6日のうち2日狩りができるようになった。その結果、ゴブリン狩りも捗《はかど》り、レベルは13から19まで上がった。前より必要経験値は増えているが、狩りの機会が増えた分、順調にレベルは上がっている。

年明けに街の有力者を招待して開かれた新年会は、年末にアレンが狩ったホワイトディアを振舞う盛大なものになった。アレンはその後も月に1体ずつホワイトディアを狩っている。これまで冬は角ウサギくらいしか捕れる肉がなかったが、アレンが狩猟番になったとあれば話は別だ。他の肉もあったほうがいいのかなということで、ホワイトディアを月1回のペースで狩ることにしていた。

先月、3体目を狩ってきたら庭先に大きな板が置かれていた。庭師から今後魔獣はこの上に置いてくれと言われた。1トン近いホワイトディアが庭に置かれるたびに、その重みで庭の土が波打つから手入れが大変なのだという。解体の際に庭が血で汚れるのも理由らしい。

3月に入って暖かくなり、角ウサギやホワイトディア以外にも食用の魔獣が活動を始めている。

今月の狩りでは、春から活動を開始する魔獣を狩ってくる予定だ。

「ねえ、何寝てんのよ！」

馬車の向かいに座っていたセシルに怒られ、足先で脛《すね》を蹴られる。とても痛い。今度の休みに狩る獲物のことを考えていたら、いつの間にか眠ってしまっていたようだ。きっとこの暖かくなったせいもあるだろう。

（ふむ、移動中に寝ないのか。さすが異世界だな）

アレンにはあまり従僕の自覚がない。

「これは、失礼しました。セシルお嬢様」

「ミハイお兄様の前でそんなことしたら、ただじゃおかないわよ！」

吊目がちの深紅の瞳がアレンを睨みつける。馬車はグランヴェルの街の東側にある魔導船の発着地に向かっていた。学園都市から帰ってくるグランヴェル家の長兄ミハイを迎えるためだ。

こんな風に、たまにセシルに同行を命じられて外へ連れ出されることがある。買い物の荷物持ちなど理由は色々だが、中には自分はいなくてもいいんじゃないのかな？　と思う用事もある。どうやら他人を巻き込んで、連れまわしたいお年頃のようだ。

魔導船の発着地は、１００メートルほどある船が発着するため、前世の空港と同じくらいだだっ広い平地になっている。30分ほど待っていると空の彼方《かなた》に点が見え、それがどんどん大きくなっていく。

「おお！」

轟音を響かせながらセシルたちの真上を魔導船が横切り、少し離れたところでホバリングすると、ゆっくり垂直に着陸した。

（すごいな、どんな原理で飛んでいるんだ？　浮力か？　魔力か？）

丸ごとのハムみたいにずんぐりむっくりしたフォルムだ。感動して見ていると、魔導船の下の客室から、地面に向かって階段のようなものが伸びていく。

（何か随分ハイテクだな。この異世界は随分発達してんだな）

普段の生活レベルは未発達な中世のようだが、こういった優れた魔導具を見ると、高い文明を持っていることを実感せずにはいられない。

ぞろぞろと人が降りてきた。横にいるセシルがそわそわしている。どうやらセシルは長兄が大好きなようだ。

遠くのほうで、セシルと同じ薄紫色の髪の男が手を振っている。どうやらミハイのようだ。大きな荷物を持って1人でこちらへ向かってくる。

「やあセシル、元気にしていたかい？」

「ミハイお兄様、元気にしておりましたわ！」

（兄妹、仲がよろしいことで。去年から学園に通ってるってことは、今13歳か14歳かその辺かな。どこか大人っぽいし、異世界は早熟なのか）

２人を見ていると、マッシュやミュラを思い出す。兄妹が再会の挨拶を終えたのを見計らって、アレンは大量の荷物を運び、２人に続いて馬車へ乗り込んだ。

「ん？　それで、君は新しい使用人かな？」

「はい、去年の秋よりお世話になっております。アレンと申します」

馬車の中でミハイに話しかけられたので、淀みなく答える。

「アレンは私の従僕なのよ」

「へ～、父様はもうお許しになったんだ。そうかそうか、アレン君もこれはいい機会なのだから頑張るようにね」

「は、はい」

さすがにここで、いいえとは言えない。

「もうお許しになったんだ」というのは、グランヴェル男爵が、まだ8歳のセシルが従僕を持つことを許したことに驚いて出た言葉だった。確かにセシルの兄のトマスには専属の従僕がおらず、専ら女中が世話をしている。

従僕と貴族の子供の関係についても、従僕長のリッケルから聞いていた。聞いていないのに聞かされたその話は、まるで悪夢のような内容だった。

貴族の子供は10歳前後になると従僕を持つようになる。基本的に親が決めるか、子供本人が指名するそうだ。通常、12歳前後の従僕が指名されるらしい。そして、従僕としての経験を積みながら、仕える貴族の子供とともに年を重ね成長していく。

そして、従僕は15歳になったあたりで従者に昇格する。貴族の子供が大人になった後も一生仕えるという話だった。貴族の子供に仕えた従僕は将来を約束され、従者以上の立場になる可能性もある。中にはその後、執事や騎士になる者もいるという。

逆に、従僕として貴族の使用人になっても誰かの下に仕えなければ従者にはなれない。そのため従僕は頑張って何年も雑用をこなし、貴族の子供に仕えながら信用を勝ち取って従者になっていく。既に18歳になっていたリッケルは、俺は従者になるのは難しいと言っていた。

従僕が料理人や御者になった場合は、もう従者にはなれないという話も聞いた。専門職になると、従者への道は閉ざされる。既にセシルの従僕というポストに就いたアレンは、このままだと一生セシルに仕えることになる。どうやら知らないうちに、乗ってはいけないエスカレーターに乗ってしまったようだ。降り方が分からないが、なんとかしなくては。

「アレン君といったね。君がよっぽど優秀ということかな？」

ミハイはセシルと同じ深紅の瞳で、アレンをまっすぐに見据える。

「いえいえ、セシルお嬢様の恩情によるものです」

「なるほど」

「アレンのことはもういいでしょう」

私と話をしましょうと、セシルが会話に割って入る。

「そうそうセシル、これ王都で買ったお土産だ」

ミハイは荷物の中から光沢のある蝶々の形をした髪留めを取り出し、セシルに手渡した。

「まあ、ありがとうございます!!」

嬉しそうに両手で受け取る。輝く瞳で角度を変えながら髪留めを眺めている。

「喜んでくれて嬉しいよ。夏休みの時は帰ってこられなかったからね」

お土産は罪滅ぼしのようだ。

「そうですわ！　夏休みは長いから、館でゆっくり過ごせるという話じゃなかったのですか？」

「そうなんだけどね、休み中にダンジョン攻略をしないと退学って言われたんだよ」

申し訳なさそうに言う。

（ダンジョン？　学園に通う条件がダンジョン攻略ってすごくね？　攻略できないと退学って？）

「まあ！　聞かせてください!!」

話題が憧れの学園生活に移ったので、セシルが目を輝かせて話をねだる。

なんでも8月から9月までの2か月は夏休みとのことだ。基本的にどう過ごしてもいいが、1つだけ夏休みの課題が設けられている。それが学園都市にいくつかあるダンジョンのうち、どこか1つを攻略することだった。「もし、攻略できなければもう学園に通う必要はない、里に帰れ」と教師にはっきり宣告されたという。

「まあ、お兄様にそんな態度を。よろしいのですか？」

ミハイは男爵家の嫡男だ。学園にはもっと高貴な貴族の子供もいる。そんな彼らを退学させていいのかという話だ。

「もちろんだよ。まあ学園長の方針だからね」

学園側は、たとえ国王の言うことであっても、方針と違えば従わないと豪語しているらしい。そういえば、学園長が剣聖を試験で落としたという逸話を、グランヴェル男爵から聞いたことがある。

どうも学園都市では強い内部統制が行われているようだ。

「へ〜、大変なのですね」

かなり厳しい学園生活のようだ。セシルがミハイを心配する。

「まあ、結構厳しいこともあるけど、でもこの前さ、剣聖ドベルグ様に剣を指南していただいたんだ！」

嬉しそうに、腰から外して立て掛けていた剣に触れる。

（お！　剣聖ドベルグか。たまに聞く名前だけど、そうかそうか、学園都市で学生の指南もしていたのか）

ミハイは目を輝かせながら、学園生活について語る。さっきまでは大人っぽい印象だったが、夢中になって話している様子は年相応に見える。その後も、館に着くまでミハイとセシルの会話は途切れることなく続くのであった。

＊　＊　＊

3月に入り、ようやく魔獣たちも活動を始めた。肉を持って帰れる獲物が多くなる季節だ。ミハイが春休みで帰ってきてから初めての狩猟番の日、アレンはノルマのゴブリンを3時頃まで狩っていた。

この日の狩りの帰り、アレンは左肩に2本の棒を担いでいた。1本には料理長に頼まれたビッグトードが、もう1本には宙吊りになった角ウサギが5体括り付けられている。

(角ウサギにビッグトードは捕まえたと。ホーク、この辺りには「あばれどり」という地面を走る鳥がいる。なるべく近くにいるのを何体でもいいから探してきて)

道中でも機会があれば狩りを始める。アレンが召喚獣に魔獣を探すよう指示すると、4体の鳥Eの召喚獣が空を舞った。最近、鳥Eの召喚獣の数を6体から4体に減らした。

(お、もう見つけたか)

1体の鳥Eの召喚獣があばれどりを見つけたようだ。既に捕まえた獲物を担いだまま走り出す。1キロも移動しないうちに、1体のあばれどりが歩いているのが見えた。その姿はムキムキの鶏のようだ。

(おりゃ!!)

その場で獲物を地面に下ろし、アレンは腕力に物を言わせ、あばれどりのこめかみ目掛け鉄球を投げ込んだ。鉄球がヒットしたあばれどりは、その場で倒れ込む。即死のようだ。レベル19になった今、Dランクの魔獣ならほとんど一撃で倒せるようになった。

(ふむ、今日はこれで十分だろう。そろそろ狩場をもっと遠くにするかな)

瞬殺したあばれどりの首を短剣で切って血抜きをしながら、そんなことを考えていた。白竜山脈の近くへ行けば、Cランクの魔獣が多くいるらしい。狩場を変えたほうが、経験値効率がいいだろう。

(タマがあんまりやられるようなら魔石が勿体ないし、この辺りだとDランクの魔獣が中心なんだよな)

食用で狩る獲物は鉄球で倒しているが、ゴブリンなど肉が不要なものは獣Eの召喚獣に倒させている。50メートルの範囲内なら召喚可能で、鉄球以上に便利で効率的だ。

（とりあえず、強化のレベルだけでも上げるか。上がったらCランクの魔獣に挑戦すると）

狩りをする機会が少なかったクレナ村では、生成、合成、強化を均一に上げてきた。そのほうが、召喚レベルが早く上がり、高ランクの召喚獣の加護によりステータスが増加するからだ。

今は召喚レベルを上げるためのスキル経験値が多すぎる。それであるなら、今まであまり上げてこなかったレベルのほうが上げやすい。強化のスキルのレベル上げを優先させ、召喚獣の強化を図り効率よく魔獣を狩りたい。

獣Eの召喚獣はゴブリンに負けることがあるほど弱い。このままCランクのいる狩場に行ったら、間違いなくEランクの魔石を大量に消費する。Cランクの魔獣は強化スキルを5にしてからだと決め、血抜きをしているあばれどりの様子を見る。もうすっかり血は抜けていた。獲物を括り付けた3本の棒を両肩に担ぎ、アレンは街へ走り出した。

大量の魔獣を棒に引っ掛け、街の門を抜ける。最初の頃こそ驚いていた門番も最近ではもう何も言わなくなった。すっかり慣れてしまったようだ。悠々と貴族街を進み、館を目指す。館の裏門は狭いので、大きな獲物が捕れた時は表門から入る。

今日は結構多めに魔獣を捕まえた。春休みで帰ってきたミハイのために、たくさん捕まえてきてとセシルに言われていたのだ。セシルは兄が大好きだ。

庭師から受けた指示に従い、魔獣を置くための板に獲物を載せる。

キン、キン。

ふいに剣戟《けんげき》の音が聞こえる。音のするほうを見ると、ミハイと騎士団長が試合を行っていた。グランヴェル男爵、男爵夫人、トマス、セシルが2人を取り囲んで見学している。久々に帰ってきたミハイの成長を皆で確認しているようだ。その場で試合を眺めていると、アレンはクレナとの騎士ごっこを思い出した。料理長を呼ぶことも忘れて、思わず見入ってしまう。

（おお！　ミハイさん中々の動きじゃないのか？　騎士団長が剣を振っているの初めて見たな）

「ふむ、ここまでです。ミハイお坊ちゃま。中々の腕前でございますな」

騎士団長の言葉に、ミハイはまんざらでもないようだ。

「ありがとう、でもそろそろお坊ちゃまはやめてほしいな」

その一言が周囲の笑いを誘った。

もう17時過ぎなので、料理長は今が一番忙しい頃だろう。いつも、もう少し早く帰ってきてほしいと言われているが、そのたびになるべく早く帰りますとだけ答えてお茶を濁している。アレンにはレベル上げのためのゴブリン狩りというノルマがあるので、どうしても帰りが遅くなりがちだ。

「ん？　アレン、戻ってきたの？　すごいじゃない、たくさん捕まえてきたわね」

庭先の解体場所に魔獣を運ぶアレンの姿を認めたセシルが声をかけてきた。なんか久々に褒められた気がするなとセシルを見る。庭にいる皆の視線がアレンに集まった。

「ただいま戻りました」

視線に応え、軽くお辞儀をして館に戻ろうとする。

玄関近くの解体場所に置いた魔獣を、これから、料理長と一緒に解体しなくてはいけない。

「すごいな、こんなに捕まえるなんて。アレン君も一つ、どうだい？」

（ん？　俺か？）

ミハイがアレンに試合を申し込んできた。どうしようか迷っていると、騎士団長が自らの剣を渡してくる。どうやら、試合をせよということなのだろう。

（おお！　さすが騎士団長だ。ミスリルの剣だ、かっこいい。って、試合か。今のステータス狩りモードなんだけど、いいのかな？）

ステータスを念のために確認する。

【名　前】アレン
【年　齢】8
【職　業】召喚士
【レベル】20
【体　力】412（515）+130
【魔　力】30（780）+200
【攻撃力】220（276）+130
【耐久力】220（276）+20
【素早さ】415（519）+60
【知　力】600（750）+40
【幸　運】415（519）+200
【スキル】召喚〈4〉、生成〈4〉、合成〈4〉、強化〈4〉、拡張〈3〉、収納、削除、剣術〈3〉、投石〈3〉
【経験値】126,470/200,000
・スキルレベル
【召　喚】4
【生　成】4
【合　成】4
【強　化】4
・スキル経験値
【生　成】94,730/1,000,000
【合　成】96,610/1,000,000
【強　化】310,560/1,000,000
・取得可能召喚獣
【　虫　】EFGH
【　獣　】EFGH
【　鳥　】EFG
【　草　】EF
【　石　】E
・ホルダー
【　虫　】F2枚、E1枚
【　獣　】E13枚
【　鳥　】E4枚
【　草　】E20枚
【　石　】

短刀が邪魔になるので建物の壁に立てかける。狩猟番になって、狩りに行く日は帯刀を許されていたので収納には入れず、常に持ち歩くようにしていた。騎士団長から借りたミスリルの剣を握りしめ、ミハイと一定の距離で相対する。

「まあ、ミハイが怪我をしてしまいますわ」

皆が見つめる中、男爵夫人が心配し始める。Cランクの魔獣を1人で捕まえてくるアレンが相手だ。男爵夫人は心配そうに両手を胸の前で握りしめている。

男爵夫人の言葉には答えず、騎士団長が合図をする。

「両者構え」

アレンとミハイが剣を構える。

「はじめ！」

素早さ400を超えたアレンがミハイに迫る。剣が音を立ててぶつかり合う。

（ん？　え？　結構強くない？　って、え⁉）

すぐにアレンは違和感に気付く。ミハイの斬撃がかなり重いのだ。スピードもミハイのほうが速い。どうやら手加減していい相手ではないようだ。

アレンは、攻撃力370の力を両手に込め、剣を振り下ろす。

（ぐ、片手で防がれた件について）

ミハイは、片手でアレンの斬撃を受ける。その後もアレンの劣勢は続く。

「奥方様ご安心ください」

試合を見ている男爵夫人に騎士団長が話しかける。

「え？」

「ミハイ様は、あの学園都市で1年間課題を乗り越えました。学園に行っていない者に負けるはずがありません」

騎士団長が断言したその時、剣をはじき飛ばされたアレンの喉元に、ミハイの剣先が迫った。

「参りました」

アレンの言葉を聞くとミハイは剣を納め、笑顔で語りかけてきた。

「すごいね。さすが、その歳で従僕になるだけのことはあるね！」

「いえ、さすがミハイ様でございます。お手合わせいただきまして、ありがとうございました」

（うは！　めっさ強い。全然歯が立たなかった）

深々と礼をする。

（そうか、ダンジョンを攻略したと言っていたな。夏休みの課題で）

きっとダンジョン攻略でレベルが上がったに違いない。

（これが、才能のある者がきっちりレベルを上げた強さか。それもまだ1年という話だからな。もしかしたら、夏休みのダンジョン攻略だけでここまで上り詰めたっていうこともありうるぞ）

ノーマルモードはヘルモードの１００倍の速度でレベルが上がる。あれだけ狩りをしてきたアレンでも、とても敵《かな》わない。

「さすが、セシルの従僕だ。妹をよろしく頼むよ」

「は、はい」

握手を求めてきたミハイに、アレンは握手で答える。才能のあるノーマルモードとの初対戦は、アレンの完敗に終わったのであった。

＊　＊　＊

3月の春休みが終わり、今は4月の上旬だ。ミハイは魔導船に乗って学園都市に帰っていった。ノーマルモードの彼との試合で、ヘルモードとの成長速度の違いを体感できたのはいい経験だった。来年の春にグランヴェルの街に戻るという話だったので、ミハイには再戦をお願いした。自分の力がどの程度なのかは定期的に確認しておきたい。

「おはようございます」

「ああ、おはよう」

いつものように、朝起きたら身支度を整え、食堂で従僕長のリッケルに挨拶をする。アレンが館に来て約半年が過ぎ、あの頃と変わったことがある。

毎日の朝食であるスープとパンに、もう一品肉料理が加わった。肉料理には、スープとは別の魔獣の肉が使われている。昨年末に狩猟番になったアレンは、それから週に2日、必ず魔獣の肉を持って帰った。おかげで末端の下級使用人を含め、館にいる全員の食事が改善されたのだ。

トマスがモリモリ食べているのを見るとホッとするのは、前世で35歳だったからだろう。

「お前、今日の晩餐気を付けろよ」

アレンの前で食事をしていたリッケルが、ふいに警告する。

「今日はカルネル子爵がいらっしゃるんでしたね？」

「そうだぞ。なんで、隣領の子爵がわざわざうちに寄っていくんだか。お前も最低限の給仕をすればいいだけだからな」

カルネル子爵が館に来るのが決まったのは、わずか数日前だ。結構急な話である。

アレンは給仕として、これまで多くの来賓と接してきた。館を訪れるのは冒険者ギルドや商業ギルドの支部長、高級な宿屋の支配人など、ほとんどがこのグランヴェルの街の有力者たちだ。ときには王都から貴族がやってくることもあった。魔導船があるので、王都とグランヴェル領の移動はアレンが思っていたよりかなり簡単なようだった。

「ああ、わざわざそのために魔導船を待たせているみたいだぞ」

王都とグランヴェルの街を繋ぐ航路を飛ぶ魔導船は、その航路しかないわけではない。グランヴェル男爵領の隣である、カルネル子爵領にある領都の街も繋いでいる。

各領の領都を繋ぐ航路もある。今回わざわざカルネル子爵が王都から自分の治める領都に帰るために、魔導船の便まで調整したという話だ。グランヴェルの街とカルネルの街は、白竜山脈が延びきっていない北側経由で航路を繋いでいる。陸路では山脈を大きく回り込まなければならないため、かなりの距離を歩くことになるそうだ。

カルネル子爵は昼過ぎにやってきた。２階の食堂に通された子爵をもてなすために、いつもの通り給仕を行う。食堂にいるのはグランヴェル男爵とカルネル子爵の2人だけだ。カルネル子爵は30代後半くらいだろうか、横長の顔にデコがかなり広い。背後には執事らしき男を従えている。光って見えるのはデコが広いからではないだろう。成金趣味なのか、キラキラした服を着ていた。

「よくぞ来られた、カルネル卿」

グランヴェル男爵が笑顔で歓迎の言葉を口にするが、目は笑っていない。普段、来客があれば男爵夫人、あるいはトマスやセシルも同席する。しかし、食堂でカルネル子爵を出迎えたのは男爵だけだった。しかも、長いテーブルの両端に座った2人の間にはかなりの距離がある。

「いや、なんの。うちの街は活気があるせいか、いつもやかましいほどに賑わっているからな。たまにはこんな何もないところも悪くないな」

「そうか、そうか。それは良かった、ははは」

男爵は、カルネル子爵の嫌味を聞き流す。

(何代にもわたって仲が悪いんだっけ)

アレンはカルネル子爵と目を合わさないように目を伏せながら給仕を続ける。グランヴェル男爵領とカルネル子爵領は白竜山脈を挟んで隣同士だ。そのことが、お互いを快く思わない大きな原因の1つであると聞いていた。

白竜山脈にはミスリル鉱脈があり、採掘権をそれぞれの領の境目で分けている。どちらの領地にもミスリル鉱脈は豊富にあるが、白竜の住処《すみか》が男爵領側にあるため、実際にミスリルを採掘できるのはカルネル子爵の領だけだった。そんなわけでカルネル子爵領はミスリル採掘で大いに栄える一方、グランヴェル領は農業で細々とやっている。

ただしこれはあくまで今現在の話で、その関係はしばしば逆転する。白竜は100~200年の周期で移動するからだ。事実100年以上前には子爵領側に白竜がいたため、男爵領がミスリル採掘で栄えていた。今も男爵領の白竜山脈には、ミスリルの発掘地が4か所ほど当時の姿で眠っているはずだ。

白竜の気まぐれでミスリルの利権が移ることから、グランヴェル家とカルネル家は、代々一方がもう一方を羨む関係だった。リッケルに聞いた話によると当代のカルネル子爵は特に性格が悪く、男爵に対して嫌がらせばかりしてくるという。

アレンがカルネル子爵に角ウサギの肉を使った料理を供する。もっといい魔獣の肉もあるはずだったが、子爵に食べさせるつもりは毛頭ないらしい。

「ん？　これは例のボアの肉であるか？」

カルネル子爵の言葉に、男爵の顔が引きつる。

「確か、そうであったな。我が領は肉も捕れるからな」

適当に答えるようだ。

「おお！　これが例の隠していたボアの肉であったか」

「な!?　なんのことかな。特に隠してはおらんよ」

(激怒しないように耐えているな。王家に納めるボア肉が増えたのもカルネル子爵のせいって話だしな)

子爵が館へ来る前に、アレンはリッケルから色々聞いていた。

ある時、カルネル子爵が国王のいる謁見の間で、

「とある領で利益が出ているのに報告していない」

と報告したことがあったそうだ。どこの領だと国王が反応すると、子爵はそれはグランヴェルだと言い放ち、「ボアの肉が大量に出ているのに王家に報告をしていない。これは王家に対する隠匿行為だ。反逆行為だ」と騒ぎ立てたという。実際に報告を怠っていた男爵は、謁見の間でかなり厳しい状況に置かれたそうだ。

そういえば、クレナ村の晩餐で男爵がそのことを思い出し、はらわたが煮えくり返っていたのを思い出す。

「それで、今日は突然来てどうしたのだ？」

男爵はさっさと話を聞いて、カルネル子爵を追い返したいようだ。

「おお、そうであった。ボアの肉がうま過ぎて、すっかり忘れておったわ！　ははは」

「そうかそうか、それでどうしたのだ？　何用で来たのだ？」

子爵の嫌味を軽くいなす。さっさと答えてほしいようだ。

「我の末娘がな。先日受けた鑑定の儀で才能なしであったからな。それを伝えに来たのだよ」

「ぬ？」

（鑑定？　そういえば4月は鑑定の儀があったな。クレナ村では4月の中旬だったけど、貴族はもっと早いんだな。そっか、あと10日もしないうちにマッシュの鑑定の儀か。結果知りたかったな。

手紙を送るか？　いや両親は文字が読めないし）

毎年4月になると、前年に5歳を迎えた子供は王族から農奴まで全員鑑定の儀を行う。カルネル子爵の話を聞いて、アレンは今年、弟のマッシュが鑑定の儀を迎えることを思い出していた。

（そうかそうか、子爵の娘は才能なしか。ん？　それにしては声が嬉しそうだな）

男爵はそうなのかとしか言えない。まったく興味がないように、だからなんだという顔をした。

「我の子の中にも才能ありが出てきてな。まさか末娘も、と思ったが良かった。才能なしでな、本当に良かったな」

「そうか」

段々男爵の表情が厳しくなっていく。目つきはまるで鷹のようだ。

「グランヴェル卿は残念であったな。3人の子供のうち、2人も才能ありが出てしまって」

学園に通う長兄ミハイと、魔導士の才能がある末娘セシルのことだ。

「まあ、貴族の務めを果たすだけだからな！」

男爵が強い口調で、とうとう怒りをあらわにした。

（ん？　なんだなんだ？　農奴や平民は才能ありでめっちゃ喜んでいるけど、貴族にとっては面倒なことなのか？　務めだとか、ノルマとかがあるとか？　学園でお金がかかるとか？　貴族は農奴や平民と随分違うんだな。何か不思議だな）

ドゴラに斧使いの才能があると分かった時、親子で抱き合って歓喜していたことを覚えている。村長とペロムスの親子も同じだった。ロダンもアレンに才能があってほしいと強く願っていた。しかし、カルネル子爵はわざわざ魔導船を使って、自分の子に才能がなかったことを自慢しに来た。

貴族と平民で随分捉え方が違うもんだなと思う。

結局それだけをグランヴェル男爵に伝え、意気揚々と帰ってしまったカルネル子爵であった。

第五話　Cランクの魔獣

カルネル子爵がグランヴェルの街を訪れてから半年ほど過ぎた9月の下旬。今日はアレンの休日だ。いつもだったらグランヴェルの街の外で魔獣を追って走り回っているのだが、今日は街の中にいる。10か月ほどかけて貯めたお金で買い物をすると決めていたのだ。

4月の終わり、アレンは執事に呼ばれ、マッシュの鑑定の儀の結果について聞かされた。マッシュには槍使いの才能があったという話だった。

カルネル子爵は自分の子供に才能がないと喜んでいたが、アレンはマッシュが才能ありだったと聞いて、とても嬉しかった。アレンがグランヴェルの街で元気でやっていることも、使者を通して伝えてくれたという。アレンは執事に深くお礼を言った。

アレンが街の中心にある広場へ向かっていると、ふいに誰かが声をかけてきた。

「やや！　これはこれは」

（ん？）

「あ、こんにちは」

以前、街の外で助けてあげた商人のようだ。近頃は街を歩いているとそこかしこで声をかけられる。

「あの時はありがとうございました」

「いえいえ、無事で良かったです」

深々と頭を下げられる。大の大人が、少年に頭を下げるので行き交う人の注目を集めてしまう。

狩猟番になってから、狩りの最中に何人かの商人や旅人を救ってきた。春になると魔獣が出てくるので、冒険者も活動的になる。そんな冒険者のピンチも何度か救ってきた。月に1回程度だが、鳥Eの召喚獣が索敵中、救援を求めてくるのだ。

魔獣に襲われている民を助けることも狩猟番の仕事なので、積極的に救援を行う。命の草も、必要とあれば葉っぱの部分を握りしめて、隠しながら使っている。Eランクの魔石を5個消費してしまうのだが、もったいないとは思わない。

「お～、いたいた。アレン」

商人がその場を去ると、また誰かから声がかかる。振り返ると剣を腰に差した冒険者だった。その横には2人の女性冒険者がいる。今日はレイブンたちと待ち合わせをしていたのだ。

「あ、レイブンさん。リタさんもミルシーさんもこんにちは」

「うし、まずは飯だな」

「はい」

昼食に誘われてついていく。大通りに面したレストランに入った。

（そういえば、街で飲食店に入るの初めてかもな）

従僕の仕事と狩りに明け暮れていたため、他のことはほとんどしていない。街で遊んだことは一度もなかった。もうここへ来て1年近くになるが、知らない店や行ったことがない場所はたくさんある。

「ほれ、まだ集めてんだろ？」

料理を待っていると、レイブンから麻袋を渡される。

「え？　いいんですか？」

「当たり前だ」

中にはEランクの魔石が山ほど入っている。会うたびにきっちり100個くれるので、きっと今回も同じだろう。これでもう500個だ。おかげでEランクの魔石もかなり増えてきた。

グランヴェル家の者であることは、レイブンにも少し前にバレてしまった。助けた冒険者のうちの、誰かから伝わったのだろう。レイブンに素性を知られてからも、相変わらず用事があれば会っている。

「それで、なんで呼んだんだ？」

まだ用件は伝えていない。何日か前にレイブンが泊まっている宿屋に行ったらいなかったので、宿屋の受付にお願いし、今日、街の中心の広場に来てほしいと伝えてもらったのだ。

「実は、もう少し街から離れた場所で狩りをしようと思いまして。Cランクの魔獣の特徴などを教えてほしいです。一度に現れる魔獣の数とか」

「「「！」」」

レイブンたち3人が驚いている。美味しそうな肉料理が運ばれてきた。銀貨数枚はするだろう。

「お前、分かっているのか？　Cランクの冒険者でも、運が悪ければ死ぬことがあるんだぞ」

「そうですね。だから、魔獣の情報を教えていただきたいんです」

以前会った時に教えてもらったのだが、冒険者にもランクがある。魔獣と同じEランクから始まり、Sランクまであるとのことだ。同ランクの魔獣と互角に戦えるというわけでもなく、むしろ基本的に倒すのに苦労するという。8歳なのでまだ冒険者にはなれないアレンだが、従僕を辞めたら次は冒険者かなと考えている。急ぎ必要な情報ではないが、念のためにレイブンから色々話を聞いていた。

レイブンたちの冒険者ランクもCランクだという。去年の12月、ゴブリン狩りの最中だったアレンと出会った3人は、同じCランクの魔獣である鎧アリに襲われたそうだ。鎧アリは群れを成すこともあるので、かなり危険だという。

だがもう、アレンは狩場をCランクの魔獣がいる場所に変更することを決めていた。食事をしながら、Cランクの魔獣について聞き出し、魔導書にメモをする。理由は山ほどあった。

・ゴブリンが激減したこと
・レベルが上がり、ゴブリン狩りの経験値ではレベルが上がりづらくなったこと
・来月9歳になると、ステータス抑制が少し解放されること（元ステータスの0・8から0・9倍へ）

・Eランクの魔石は十分なストックがあり、獲得量が減っても余裕があること
・強化のレベルが4から5に上がったこと

少し前、晩餐に参加した騎士団長が、半年でゴブリンによる被害が半減したと報告しているのを聞いた。街と白竜山脈の間に限れば、アレンは9か月の間に1万体を超えるゴブリンを狩っていた。おかげでゴブリンは激減し、発見にも時間がかかるようになっていた。Dランクの魔石も溜まったことだし、次のランクに挑戦するにはいいタイミングのように思えた。

食事が終わったら買い物だ。狩猟番を任されて9か月目にして、初めて防具を買いに行く。

「いらっしゃい」

レイブンにお勧めを聞きたいので、4人で防具屋に入る。子連れだなと店主から好奇の目で見られるが、気にせず店内を物色する。

「どんなのがいいんだ？」

「そうですね、移動に支障が出ないようなのがいいです」

そういえば初めて会った時も、あっという間に走っていなくなったなとレイブンは思う。

「じゃあ、鎧ではないほうがいいな。軽くて丈夫な服だと」

レイブンに相談していると、リタが短パンを持ってきた。

「アレン君だと、こういうのがいいんじゃないのかな？　ねえミルシー？」

「う、うん」

アレンに短パンを当てて、服のサイズを確認する。甥《おい》っ子の服を選ぶ伯母ちゃんのようだ。

（ふむ。冬でも短パンの、幼稚園か小学校の制服みたいだな）

健一だった頃、オンラインゲームには装備をデコレーションするサービスがよくあったが、あんなものを利用したことは一度もない。防具に必要なのは、防御力と魔法やデバフに対する各種耐性のみだ。もしも着ぐるみが最強の装備なら躊躇《ためら》わず着ることができた。

ただ現世では事情が異なる。今後も移動をしながらの狩りを続けるのだから、経験値効率を考えれば防御力より大事なのは速やかな移動を邪魔しない機動力だった。見た目より性能を重視する。そのモットーは、健一の頃と変わらない。

「これはおいくらでしょうか？」

とりあえず、勧められた短パンの値段から性能を測ろうとする。

「えっと、これは金貨2枚かな」

割と値段がするのは、魔獣の毛皮や素材を使っているからのようだ。

「これと同じような動きを重視した装備を、金貨5枚前後で買いたいと考えています」

今日買う装備に、全財産の半分以上をつぎ込むつもりだ。

「ひゅー、おっ金もちー」

「だったら、この辺だな」

・デススパイダーのマント金貨5枚

色は薄茶色　ブレス耐性小、各種耐性向上中
・ホワイトバットのフード金貨6枚
色は白　ブレス耐性中

（ほうほう、お値段的にはこのあたりか）

「ブレスって確かCランクの魔獣は使ってこないですよね」

アレンはレストランでの話を思い出しながら、レイブンに確認する。

「まあ、そうだな。白竜山脈に行く途中の魔獣にはいないな。寒さ対策や野営を考えると、マントのほうがいいんじゃないのか？」

レイブンが的確にアドバイスをしてくれる。耐性どうこうよりマントのほうがいいとのことだ。

（さすが冒険者だな。この世界で冒険者として生きてきたレイブンさんの意見を聞いたほうがいいか）

「じゃあ、こっちのマントにします」

こうして、Cランクの魔獣を倒すための準備が整ったのであった。

＊　＊　＊

10月に入り、アレンは9歳になった。いつものように朝6時前には門の前にいる。今日は防具屋

で買ったマントを装備している。裾を詰めてもらったので着丈もばっちりだ。

「お！　坊ちゃん。いいマントを着ていますね」

「ありがとうございます。つい先日、買いました」

門番がいつものように話しかけてくる。去年の11月からの付き合いだ。

（それにしても、マントで良かったかもな。上から羽織るだけでいいし、手も動かしやすいし）

手をぶらぶら動かして、動作に違和感がないか確認する。

ゴーン、ゴーン。

鐘の音とともに門が開き、走り出す。今日はこれまで狩りをしてきた、歩いて1日程度のところからさらに離れ、歩いて3日かかる辺りにいるCランクの魔獣を狩る。

（よしよし、走るのにもマントは邪魔にならないと。さて、武器は買ってないけど、どうだろうね）

防具屋の後に武器屋も見たのだが、目星をつけた剣を買うにはお金が足りなかった。アレンは妥協して安いものを買うより、目当てのものを買いたいタイプだが、今日戦ってみて、もし召喚獣と短剣、鉄球の装備で厳しそうなら、その時は妥協して買おうかなとも思っている。

執事からは「今月で館に来て1年になる。少し早いが、今月から従僕としての給金を、大人と同じく毎月金貨1枚にする」と言われた。狩猟番の給金と合わせると、毎月金貨1枚と銀貨50枚になる。

それを聞いてアレンは、もう館に来て1年になるのかと時の流れの早さを感じた。今年も、もうボア狩りは始まったのだろうか。家族やクレナのことを思い出す。
10月1日の誕生日に上がったステータスを、走りながら魔導書で再度確認する。ステータスは何度見ても良いものだ。ステータスを見ているだけ、ご飯が3杯食べられる。ステータスが増えたら5杯はいける。

【名　前】アレン
【年　齢】9
【職　業】召喚士
【レベル】24
【体　力】553（615）+140
【魔　力】846（940）+200
【攻撃力】298（332）+140
【耐久力】298（332）+20
【素早さ】560（623）+60
【知　力】855（950）+40
【幸　運】560（623）+200
【スキル】召喚〈4〉、生成〈4〉、合成〈4〉、強化〈5〉、拡張〈3〉、収納、削除、剣術〈3〉、投擲〈3〉
【経験値】194,810/600,000
・スキルレベル
【召　喚】4
【生　成】4
【合　成】4
【強　化】5
・スキル経験値
【生　成】291,700/1,000,000
【合　成】281,640/1,000,000
【強　化】200/10,000,000
・取得可能召喚獣
【　虫　】EFGH
【　獣　】EFGH
【　鳥　】EFG
【　草　】EF
【　石　】E
・ホルダー
【　虫　】E2枚
【　獣　】E14枚
【　鳥　】E4枚
【　草　】E20枚
【　石　】

これまでのゴブリン狩りであれば、少しでもスキル経験値を稼ぐために、朝起きたら魔力を30程度残し、あとは全て消費していた。今日は万全を期して魔力を消費していないため、マックスの状態だ。今日の狩りで魔力がそこまで要らないと分かれば、今後は徐々に減らしていく予定だ。

強化のスキルレベルは5になった。

その効果は、召喚獣のステータスのうち、加護になっている2つを＋200するというもの。強化のスキルレベル4で＋100だったから、さらに倍の効果になった。これもCランクの魔獣を狩ろうと判断した理由の一つだ。

数時間ほど走って、目的地に着いたか確認をする。

（結構走ったけど、この辺かな？　ホークたち出てこい）

『『『ピィー！』』』

鳥Eの召喚獣が4体現れる。

（えっと、この辺に鎧アリと呼ばれる丸い鎧を被った蟻か、オークと呼ばれる二足歩行の豚がいると思う。距離は10キロ四方から、いなかったらもっと遠くまで探してきて、必ず1体でいるものでお願い）

4体の召喚獣が一声鳴いて散開する。

今回標的にしているのは、先日レイブンから教えてもらった鎧アリとオークだ。Cランクには他にデススパイダーなどがいるが、個体数が少なかったり、毒や麻痺を使ってきたりと、発見や討伐に時間がかかりそうなものが多い。

鎧アリとオークは2～3体でいることが多いらしいが、今回は単体という条件を設けたのでなかなか見つからないようだ。30分以上待った。

（やはり単体でいることは滅多にないのか。なかなか帰ってこないな。強化しているから移動自体

は速くなってるはずなんだけど）

あれこれ考えていると、1体の鳥Eの召喚獣が戻ってきた。鎧アリを見つけたようだ。10キロは離れているという。

アレンは召喚獣の向かう方角へ駆けていく。そこには高さ3メートルほどの、頭は蟻、体は団子虫のような魔獣がいた。

（丸い殻、いやこの場合は鎧か。鎧で体を守っているのだと思っていたけど、想像していたのと随分違うな。蟻らしいところは頭だけか？　顎に捕まったらやばそうだな。レイブンさんは、あいつにやられたんだっけ？）

かなり凶悪な顎が生えている。胴体はサラダボウルを伏せたものを被っているようにも見える。とても頑丈そうだ。

（さて、どうやって倒すかな。急所は鎧で守られていない頭かな。とりあえずタマを全部けしかけてみるか。タマたち出てこい！）

アレンの掛け声とともに、サーベルタイガーのような姿をした獣Eが14体現れる。鎧アリを取り囲み、特技「ひっかく」を駆使する。

（鎧にはほとんど傷がつかないな。頭も結構硬いのか、攻撃が通っていないぞ）

アレンは木陰から戦いを分析する。獣Eでは鎧のない頭にさえ攻撃が通らないようだ。硬いものをひっかく音があたりに響く。

鎧アリもただ、ボーッと攻撃を受けているわけではない。その1メートルを超える大顎で獣Eの召喚獣を捕らえる。攻撃に全く耐えられない獣Eの召喚獣は1体、また1体と数を減らしていった。

アレンはそのたびに魔石と魔力を消費し、次々と獣Eの召喚獣を召喚するが、このままでは倒せないと判断する。

(ふむ、作戦を変えるか。アゲハ出てこい！　「鱗粉」を使って)

獣Eの召喚獣はそのままにして、1メートルほどある蝶々の形をした虫Eの召喚獣を2体追加する。Eランクの召喚獣がCランクの魔獣にデバフをかけるには、2体の召喚獣がいるのだ。

虫Eの召喚獣が羽をばたつかせ、鎧アリ目掛けて黄色い鱗粉を飛ばす。鎧アリの頭を中心に鱗粉が舞うと、鎧アリは項垂れて動かなくなった。眠ってしまったようだ。

(おお！　Cランクの魔獣にも効くぞ！　有能だな)

眠っている鎧アリに近づいていく。顎を避けながら、鎧アリの全体を眺めた。

(ふむ、タマがひっかいた傷はあるな。硬すぎて攻撃が通らなかったか)

獣Eの攻撃の効果を検証する。丸い体には獣Eの召喚獣の爪痕が無数に残っていたが、やはり相当硬いようだ。

(さて、起きる前に倒すか)

アレンは鎧の一番下、地面すれすれの辺りに両手を掛ける。

「むん！」

思わず声が出るほどの力を入れて、鎧アリを力任せにひっくり返した。

(重かったけれど想像したほどではないぞ。虫だから中はスカスカなのかな。加工して防具にした

鎧はそんなに重くないって話だっけ）

レイブンの話では、鎧アリの鎧はとても貴重で、非常に頑丈で軽いことから冒険者の防具に使われているということだった。

バランスを取りながら、ひっくり返した鎧アリの鎧の端までよじ登る。内側を見てみると普通の蟻のようだ。胸部から生える6本の脚。ずんぐりした腹部もある。完全に巨大な蟻だ。

胸部に飛び乗ったアレンは、渾身の力を込めて胸部と頭部を繋ぐ節に短剣を叩き込んだ。きっとここが一番柔らかいだろうと判断したのだ。

しかしアレンが込めた力は、そのまま両手に返ってきた。鎧アリの体を傷つけるには、銀貨50枚の短剣では厳しいようだ。

（硬い、これはドゴラから貰った剣が欠けるぞ。武器が弱すぎたか。……って起きたぞ）

アレンの攻撃で目覚めた鎧アリが棘《とげ》だらけの脚をばたつかせる。脚に当たらないように注意しながら、アレンは急所と睨んだ節を切りつけ続けた。

10分も過ぎた頃、ようやく短剣が深く刺さった。鎧アリは激しく足をばたつかせたが、その動きもだんだんゆっくりになっていく。

『鎧アリを1体倒しました。経験値３０００を取得しました』

（倒したか。つうか、こいつは無理だ。時間がかかりすぎるわ！）

発見から優に2時間は経っていた。時給で換算すれば、たったの１５００だ。

（めっちゃ時間がかかったんだけど。さて、魔石は回収しないとな）

一人毒づきながら、鎧アリの胸部に短剣を打ち込む。

キーン
「え？」

思わず声が漏れた。胸部は少し凹《へこ》んだ程度で、短剣を通さない。何度か打ち込んでみても、結果は同じだった。

（やばい、もしかしてこの短剣じゃ魔石も回収できないのか？）

どうやら銀貨50枚の短剣では、節は切れても鎧アリの解体まではできないようだ。短剣が刃こぼれしそうだし、これ以上時間をかけていられない。

効率が悪くて魔石も回収できない。獣Eの召喚獣が何体もやられたので、魔石も消耗した。

（こいつは物理攻撃で倒す敵ではないな。魔法攻撃かな。物理で押すなら両手剣みたいな大型の武器じゃないと厳しいか）

アレンは、鎧アリは今倒すには厳しい敵だと判断した。

空を仰ぎ見るアレン。既に索敵が終わったのか、3体のホークが宙を舞っている。

（ホークたち、この蟻は駄目だ。オーク1体を見つけたホークは降りてきて）

すると1体の鳥Eの召喚獣が降りてきた。案内させて、今度はオークのもとに向かう。

走ること20分。木の幹にもたれて昼寝をしている魔獣がいた。ボロボロの服を着た、豚面の魔獣だ。座った姿勢で寝ているので全体の大きさはよく分からないが、成人の人間より大きいのは間違いなさそうだ。傍らには大きな槍が置いてある。オークは以前セシルを探して湖のほとりで見たことがある。

（魔獣も寝るのか？　いやアゲハの特技で蟻でも寝たし、今更か。既に寝ているなら丁度いい。タマたち出てこい！）

木陰から覗き込みながら、14体の獣Ｅの召喚獣を召喚する。

『『『グルルル』』』

オークを取り囲む獣Ｅの召喚獣たちが、強化レベル5になった特技「ひっかく」で襲いかかる。

『ビヒイイイ！』

オークが悲鳴を上げた。鮮血が茶色の落ち葉を染めていく。

（お！　やっぱり強化レベル５で攻撃力２５０になっただけはあるな。オークには「ひっかく」の攻撃が通じると）

14対1なら、アレンが加勢せずとも倒せそうだ。オークと獣Ｅの召喚獣の戦いを遠くからを見ていて思い出したのは、ロダンやゲルダとの腕相撲だった。ゲルダには勝ち、ロダンには負けた。その時のアレンの攻撃力は３００弱だったから、ロダンの攻撃力はざっと３００～３５０だったと推測できる。ロダンはグレイトボアに止めを刺すとき、必ず槍を使っていたから、グレイトボアを倒すには３００～３５０の攻撃力と槍が必要だということが分かる。

（なるほど、腕相撲しておいてよかったな）

アレンが考えている間も獣Ｅの召喚獣の攻撃は続き、ついに地響きを立ててオークが地面に伏した。

『オークを1体倒しました。経験値1500を取得しました』

攻撃力250の獣Eの召喚獣が、ボアと同じCランクの魔獣オークを相手にダメージを与えて倒した。

(Cランクの魔獣を倒せたな。特技「ひっかく」の効果は攻撃力を1・5倍にする、かな)

腕相撲とオークのやられ具合から、ひっかくの特技の効果を推察する。今回Cランクの魔獣を狩る上での肝は、攻撃特化の獣Eの召喚獣攻撃が通るかどうかだ。獣Eの召喚獣の通常攻撃力250は、父ロダンやグレイトボア狩りの面々と比べるとそこまで高くない。オークとグレイトボアでは防御力が違うだろうが、攻撃が通るかどうかに不安があった。同ランクのオークや鎧アリに攻撃が通らなければ、再びゴブリン狩りに戻ろうかと思っていたところだ。

しかし、鎧アリは難しかったが、攻撃力250と特技「ひっかく」の合わせ技で、オークは倒すことができた。

(タマが3体やられたか。でも、アゲハの鱗粉と俺のサポートで、今後は魔石の消耗を防ぐことができるだろう)

倒れたオークのCランクの魔石を回収することにした。近くで見ると、オークの体長は2・5メートルほどあるようだった。鎧アリと違い、胸に短剣を突き立てると刃がすんなり通る。ピンポン玉ほどの大きさの紫の魔石が出てきた。

(そうか、1年でCランクの魔獣を狩れるようになったんだな)

感慨深いものがある。グレイトボアと同じランクの魔獣を1人で、しかもホワイトディアのように罠にはめることなく狩れたのだ。この1年で1万を超えるゴブリンを倒しレベルを上げ、コツコツと強化スキルを伸ばしてきた努力の賜物だ。

（む？　何を考えている。少なくとも俺はまだまだだろう）

感動に浸りそうになる自分を窘《たしな》める。つい半年と少し前、セシルの兄・ミハイには手も足も出ずに負けたではないか。

8年もかけてスキルやレベル上げを続けていたアレンが、ほんの1年学園都市で才能を磨いたミハイに負けた。わずか2か月のダンジョン攻略は、アレンの8年間をはるかに上回ることが分かった。ノーマルモードにおける才能ある者の成長速度と成長率が、ヘルモードとは段違いであることを実感した瞬間だった。

（特に学園組がこの異世界では強いらしいな）

学園については、ミハイが気さくに教えてくれた。要約すると、才能有りと才能なしだけが力の差ではないようだ。

・1番強いのは、才能があって学園を卒業した者
・2番目は、才能があって学園を卒業していない者
・3番目は、才能がなく体格や能力値に恵まれた者
・4番目は、才能がなく体格や能力値に恵まれていない者

1番目に該当するのは、人口の1パーセント未満しかおらず、1番目と2番目を合わせてもわずか1割程度だという。学園は、試験もありお金もかかる。卒業までにいくつか課題があり、クリアしないと落第とのことだ。学園を卒業するということは結構なステータスのように聞こえた。

騎士団がどこに入っているかというと、だいたい2番目と3番目が半々という話だ。1番目の者は騎士の中でも幹部候補になるという。騎士団長や副騎士団長は1番目に該当するらしい。

この話を聞いて、5歳のクレナにボコボコにされた副騎士団長を思い出した。副騎士団長はミハイよりはるかに強いらしいが、実際にクレナにボコられているのを見たアレンにとってはにわかに信じがたい。クレナが強すぎたのか、あるいは副騎士団長が手加減をしていたのだろうか。

冒険者になるのはほとんどが才能なしの3番目らしい。才能がある者は大抵が仕官したりするものだから、当然だなと思った。2番目から冒険者になった者はBランクが視野に入る。1番目ならAランクに至る可能性も出てくるという話をレイブンから聞いていた。

（ノーマルモードにも色々あるってことか。さて、ヘルモードの俺も狩りを続行するとしよう。次は2体組のオークに挑戦するぞ。3キロ圏内で探してきて）

気持ちを切り替え、狩りに専念する。まだまだ、今日の狩りはこれからだ。アレンの指示で4体の鳥Eの召喚獣がオークを探しに散開した。

それから4時間。結局その日は鎧アリ1体、オーク15体を倒した。経験値でいうと2500だ。

虫Eの鱗粉はオークにも効いたが、ゴブリンのように効果てきめんとはいかないようで、成功率は6割程度だった。鱗粉と鉄球で獣Eの召喚獣を援護すれば、そこまで大きな被害もなく3体組までのオークは倒せることも分かった。

(よし、そろそろ帰るか)

いつもより遠くまで来てしまったし、帰りの道中で食用の魔獣を何体か捕まえなければならないので、早めに引き上げることにした。太陽の位置を確認する。時計はないので、太陽の位置が方角と時刻を把握する数少ない方法だ。

(ふむふむ、ゴブリンの時は頑張っても経験値25000前後だったかな。オークに絞って朝から狩れば5万は経験値を稼げるかな？　ノルマは1日40体弱ってところか)

オーク狩りによるレベル上げは十分現実的であると判断した。この日から、アレンのCランクの魔獣狩りによるレベル上げが進んでいくのであった。

第六話　マーダーガルシュとの戦い

「先生に失礼なことを言ったら、ただじゃおかないんだからね！」

「もちろんです、セシルお嬢様」

11月の上旬。アレンは今、２階の広間でセシルと話をしている。

事の発端は10月の終わり、その日もアレンはセシルに呼び出された。いつものパシリかと思ったが、セシルからは「1年間私の従僕としてよく頑張ったわね、何か欲しいものはあるかしら」と言われた。セシルは、誰かに褒美を与えてみたかったのだろう。従僕1周年と称し、褒美をくれるというのだ。

「従僕1周年」という意味の分からない言葉が頭を満たす中、何を貰うか考える。セシルが普段食べているお菓子でも貰おうかと思ったが、ふいに思い出して、魔法について教師から教わりたい、それもできれば見学とかではなく、アレンのために授業をしてほしいとお願いをした。

セシルはいくつも習い事をしていて、教師が週に何人もやってくる。歴史や数学、語学などたくさんあるが、その中の一つに魔法の授業があった。セシルは魔導士の才能があるからだろう。あまり期待せず頼んでみると、セシルは「あら、そんなお願いでいいの？」とあっさり願いを聞き入れてくれた。

そうして迎えた今日は、アレンが魔法について教わる日だった。昼過ぎに、ローブを着て杖を持った年配の男がやってきた。アレンも何度か会ったことがある。セシルの魔法の講師だ。

「今日の生徒は君じゃな？」

「はい、よろしくお願いします」

魔法の講師が杖とは反対の手に提げている鞄は、いつもより大きく膨らんでいる。前回の授業で、セシルが「今回はアレンに教えてほしい」とお願いした時、では準備がありますので次回に教えましょうと言われたのだが、わざわざアレンのために準備をしてくれたようだ。

広間の中央に座るアレンとセシル。講師はその正面に座った。

「それでアレン君といったかの？」

魔法の講師がフードを取って、声をかけてくれる。白髭《しろひげ》を口と顎に蓄えた、皺の深い70歳近くの男だ。

「1日だけということだったのでいろいろ準備してきたのじゃが、初めに何か聞きたいことはあるかな？」

そう言いながら鞄からぶ厚い本やら水晶やらを取り出す。かなり重そうに見えるが、講師は見た目の割に力があるようだ。

（お!?　なんでもいいなら、一番聞きたいことを聞いちゃおう）

授業の終わりに質問しようと思ったことを、魔法の講師にぶつけてみる。

「では、先生。魔法を使える条件とはなんですか？」

ふむ、と言って髭を摩る。

「条件はただ1つ。才能じゃな」

「魔法使いとか魔導士とかの、ですか？」

「そうじゃな。他にも大魔導士、賢者、大賢者などの才能がないと魔法は使えないのじゃ」

「でも、僧侶とか聖女も魔法が使えますよね？」

「ふむふむ、アレン君は物知りじゃな。僧侶や聖女が使う魔法は回復魔法、魔法使いが使う魔法は攻撃魔法じゃな」

「あれ？　補助魔法はないのですか？」

「ぬ？　君は本当に物知りじゃな。補助魔法が使えるのは賢者や大賢者じゃ。まあ、細かく言うと他にも魔法を使える職はあるが、それも全て、才能があってこそなのじゃ」

あまりにも詳しいので、魔法の講師が不思議そうにアレンの顔を覗き込むように見つめる。アレンの隣で、セシルも呆気にとられていた。

（おっと、突っ込んで質問しすぎたな。あんまり持っている知識を出しすぎると不自然か）

アレンは講師から教わった内容を魔導書にメモをしていく。

「分かりました。ありがとうございます。次の質問いいですか？」

「もちろんじゃ」

「魔法はどうやって使うのですか？」

ほう、と言って講師がぶ厚い本のうちの1冊を手に取る。

「こういった本の中身を覚えないといけないのじゃ」

これはセシルお嬢様も学んでいる初級の本だといって、アレンに手渡してくれる。ずいぶんボロボロだ。パラパラと中身を見る。

「よ、読めないですね」

（日本語じゃない件について。見たことのない記号だ）

本をパラパラ見ていると、文字と思しき記号がびっしり書かれていた。日本語でも、前世で見たどんな言語でもない。初めて見る複雑な幾何学模様のような記号で、一つひとつの模様に統一感は全くない。

「そうじゃな。これを覚えるのじゃ。この文字の塊1つが、1つの魔法にあたるのじゃ」

講師が教えてくれる。魔法を使うためには、これを塊ごと暗記しないといけないようだ。

（これを暗記とか、魔法使いも大変だな）

「覚えるだけでいいのですか？」

「そうじゃな、頭で描けるようにすみずみまで暗記するのじゃ」

頭の中でこの複雑な記号を思い描けるように暗記する。そして、それを思い描いたら、魔力を消費し魔法を放つという流れだ。

「覚えたら、どんな魔法でも使えるのですか？」

「もちろん、ただ覚えれば良いというわけではないのじゃ」

魔法を覚えるのには順序がある。まず、本に書かれた記号を暗記する。そして、たくさん魔法を使用する。さらに、神の試練を何度も超えないと難しい呪文は使えないという話だった。

（ほうほう、たくさん使ってレベルを上げないといけないのか）

アレンは自分なりに理解しようと努める。

「ちなみに、私が魔法を使えるかどうかは分かりますか？」

「な!? アレンはそもそも才能ないでしょ!! さっき何聞いていたの？ 才能がないと魔法は使えないの!!」

セシルが横から口を出す。なぜそんな分かりきったことを聞くんだという口調だ。アレンは才能がないことになっている。

「ふむ、まあ授業を受けたいと聞いたのでな。一応、水晶を持ってきた。これで魔法を使えるかどうか分かるのじゃ」

魔法は使えるかという質問は、生徒あるあるのようだ。これは鑑定の儀で使う水晶の簡易版だと説明してくれる。魔法が使える職業の才能を判別するのに特化した水晶だということだ。

「おお!!」

（何かそれっぽい道具が出てきたぞ！ これで召喚士も魔法を使えるのか分かるんだ）

直径は10センチといったところだろうか、昔鑑定の儀で見た水晶よりかなり小さい。アレンの前に水晶が置かれた。

「では、手をかざしてみなされ」

「はい！」

アレンが元気よく両手をかざす。

しかし、何も起きない。しばらく両手をかざし続けるが、透明な水晶は一向に反応しない。

「ふむ、やはりアレン君は魔法を使えないようじゃ」

「え？」

（まじ？　このままでは……）

今まで考えないようにしてきた悪夢が、にわかに現実味を帯びてくる。

「諦めなさい。才能がないと魔法は使えないのよ」

アレンがあまりにショックを受けているので、セシルがやさしく諭してくる。

「ちなみに、セシルお嬢様が水晶に手をかざすとどうなるのですか？」

「な!?　先生を疑っているの!?」

水晶の性能を疑うアレンを見て、怒ったセシルが首を絞め上げた。わちゃわちゃしだしたので、魔法の講師が仲裁する。

「まあまあ、セシルお嬢様もおやめください。せっかくなのでセシルお嬢様も手をかざしてみなされ。そうすればアレン君も納得するじゃろう」

（納得するから、魔導士がかざしたところを見せてくれ。苦しい）

首を絞められながら、アレンは必死に水晶に手をかざしてくれと目で訴えた。講師の言葉を聞いたセシルが、仕方ないわねと手を緩め、そのまま水晶に手をかざす。

すると、水晶が反応し、黄色く輝き始めた。太陽のように暖かい光を放っている。講師はそれを見て頷いた。

「ふむ、黄色は魔導士じゃな」

（ひ、光った……）

アレンはあまりのショックで、呆然としながらその光を見ていた。講師が授業をしてくれると決まった日から、どんな質問をしようか色々考えていたが、それも全部吹っ飛んだ。できれば魔法も見せてもらいたかったのだが、もうそれどころではなくなってしまった。

（これは駄目だ。召喚士は完全なネタ職だ）

召喚士であるアレンの能力値はこうなっている。

・体力A／魔力S／攻撃力C／耐久力C／素早さA／知力S／幸運A

ステータスはSがトップで、そこからA～Eの順に上昇率が高い。アレンの知力はSなのだ。

（魔法が使えないのに知力がSとか。そのせいで攻撃力や耐久力がCしかないってのに）

アレンは知力が高い分、調整で他のステータスが低いと考えている。でも、知力が高いからといって魔法が使えるわけではないし、召喚獣のステータスがアレンの知力に連動して上がっていくわけでもない。

これでは知力がどんなに高くても、どんどん物覚えが良くなるだけじゃないか。こんな使えないステータスのために、他が犠牲になっているなんて。

アレンにしてみれば、このステータスで剣を握って攻撃するしかないのは、魔法使いに両手剣を担がせるような非効率なものだ。

（これは、ネタ職だ。召喚獣が加護をくれるから、その分ステータスを低くする措置なのか。どうしてこうなったのか）

水晶が光らなかった理由が、いくつも頭の中に浮かんでくる。

・鑑定の儀の後、半年ほど苦情申告をしたため神の怒りを買い、召喚士がネタ職に変えられた
・水晶が故障しただけで、実はレベルもしくはスキルレベルが上がると魔法が覚えられる
・実は知力の能力値「S」にはとんでもない秘密が隠されている

（も、もしかして、あの苦情申告のせいでこんなことになったのか？　エルメア様、御無体な）

アレンは遠くを見ていつまでも呆然としていた。従僕1周年記念の褒美でセシルから頂いた、魔法の講師による授業は静かに終わったのであった。

＊　＊　＊

アレンが魔法の授業を受けてから1か月ほど過ぎ12月に入った。つい先日初雪を迎えたが、そろ

そろ本格的に降り積もりそうだ。

今日はアレンが給仕をする日だ。お昼ということもあり、仕事はそれほど多くない。朝食や昼食は全員揃わないこともあるが、この日は学園都市に住むミハイを除く男爵家全員が揃っていた。

「まあ、トマス。そんなに食べちゃだめよ」

男爵夫人が、テーブルの中央に盛られたパンを多めに取ろうとしたセシルの兄・トマスを窘める。

アレンは去年の12月の終わりに狩猟番になってから、週2回の狩りをほとんど欠かさずこなしている。冬になり、食肉となる魔獣は角ウサギくらいしか見掛けなくなったが、それでも週に約10キロもの獲物を捕まえていた。1年前にアレンが狩猟番になるまで倹約質素の見本のようだった男爵家の食事は、今や使用人の分を含め大幅に改善された。

新たに生まれた困りごとといえば、トマスが食事のたびに大量に食べてしまうので、男爵夫人が心配することだった。料理長にもう少しトマスの食事を減らすようにと、夫人が厨房まで直接言いに行くのを見ることもしばしばだ。

トマスは料理を減らされたために、その分たくさんパンを取ったところを注意されたのだった。

トマスは夫人に謝るが、パンを籠に戻そうとはしない。

(まあ、11歳なんだから育ち盛りだし、それくらい食べてもいいんじゃないのかな。日中に剣の稽古もしてるんだし)

しょげかえるトマスを見てアレンは少し不憫に思った。トマスは今年から、指南役を呼んで剣術を学んでいる。たまに庭先で行われる練習を見ていると、才能の有無にかかわらず剣を修めるのは、貴族の責務だからなのかと思う。

「ねえ、アレン。ホワイトディアいつ捕まえてくれるの？」

そんなことを考えていたら、トマスから話しかけられた。

「そうですね。もう少し雪が降り積もったら、探してみようと思っております」

トマスから楽しみにしているよと言われる。いつもと変わらない男爵家の昼食だった。ところが。

カンカンカンカン
カンカンカンカン
カンカンカンカン
街の鐘が何度も何度も打ち鳴らされたのである。館中に響く鐘の音は、どうやら鳴りやみそうにない。12時の鐘は少し前に鳴ったばかりで、今は鐘の音を鳴らす時刻ではないはずだ。

「な、何事か!?」

グランヴェル男爵が立ち上がった。男爵夫人もトマスも不安そうな表情になる。鳴りやまない鐘の音がここにいる皆を不安にさせていく。

「確認してまいります」

男爵の傍にいた執事が、さっと食堂の外に出ていく。執事が戻ってくるのを皆食堂で待つ。アレンもその１人だ。

15分ほど経って、執事が戻ってきた。その隣には騎士もいた。

「戻ったか。それで、何が起きたのだ！」

「街にマーダーガルシュが接近しているとのことです」

男爵の問いに執事が答える。横にいる騎士が息を切らしながら強く頷く。

（マーダーガルシュだって!?）

マーダーガルシュの名前にアレンが反応する。弟のマッシュの名の由来となった魔獣だ。大型の狼の姿をしたBランクの魔獣だと聞いている。

「な!?　なぜもっと早く知らせなかった!!　いつ来るのか!?」

矢継ぎ早に男爵が問い詰める。先ほどの騎士がその場に跪《ひざまず》き、質問に答えた。

最初にマーダーガルシュを発見したのは、巡回中の騎士団だった。南からまっすぐグランヴェルの街に向かって進んでいたため進路を街方面から変更させるべく誘導を試みたが、失敗し数名の騎士が犠牲になった。このままだと街の南門に至る恐れがある。

そして、このままではグランヴェルの街に15時過ぎには到達するという。あと2時間もない。

「御領主様、いかがいたしますか？」

「ゼノフはどうした？　まだ戻らないのか？」

「御領主様、騎士団長及び副騎士団長は現在魔獣討伐のため不在です。あと2日は戻ってきません」

男爵も騎士団長がいないことは分かっていたが、聞かずにはおれなかったのだろう。

「では冒険者ギルドに緊急依頼を要請しろ。魔獣が少ないこの季節だ、街には多くの冒険者がいるだろう。……疾風の銀牙がいてくれれば良いのだが」

（疾風の銀牙って、この街唯一のAランク冒険者パーティーだっけ）

冒険者の集まりをパーティーと呼ぶ。レイブン、リタ、ミルシーの3人もパーティーだ。リーダーはレイブンで、全員がCランク。レイブンから聞いた話だと、この街にいる冒険者の大半はCランク以下だという。Bランク冒険者のパーティーが数組、Aランクは疾風の銀牙だけらしい。

12月の時期から雪が解ける3月くらいまで、冒険者は街でのんびり過ごすそうだ。よっぽど生活に困らない限り、無理して狩りはしない。冬でも変わらず狩りをしているのはアレンくらいだ。

「は、ではそのように。門はいかがしますか？」

アレンがレイブンから聞いた冒険者の事情を思い出している間、執事が男爵に次々と指示を乞う。

「街に向かっている民にはマーダーガルシュの接近を知らぬ者もいるであろう。門を閉めてどうする！」

「しかし、魔獣の侵入を許すことになりますが？」

「門は決して閉めてはならぬ。騎士団と冒険者は南門へ向かいマーダーガルシュを追い払うように、今すぐ指示を出すのだ」

「承りました」

執事は確認すべき事項について全て聞き終え、一緒に来た騎士と食堂から出ていく。これから関係部署に急いで指示を出すのだ。

（これは俺の仕事だな）

男爵と執事の会話が一段落つくまで無言で待っていたアレンは、男爵に進言した。

「御当主様、私も討伐に参加してよろしいですか？」

「ぬ？」

アレンが当たり前のように言うので、男爵が面食らったような顔をする。

「ちょ!?　あんた何言っているの？　今の話聞いたでしょ。マーダーガルシュが出たのよ！　討伐に参加して良いわけないじゃない!!」

「セシルお嬢様」

「な、なによ!?」

「私はグランヴェル男爵より、狩猟番の仕事を仰せつかっております。これは私の仕事だという認識です」

「え!?」

セシルはアレンの発言に驚くが、狩猟番の任務には、街の外で魔獣に襲われて困っている民がいたら助けてあげるという項目が含まれていた。アレンはこの1年間、狩猟番の仕事を全うしてきた。魔獣を狩り、肉を手に入れ、魔獣に襲われ困っている民や冒険者がいれば助けてきた。今日がもし狩猟番の日であれば、アレンは一目散に街の外へ飛び出していただろう。今日は狩猟番の仕事の日ではないから、わざわざ男爵に許可を求めているだけだ。

セシルが何も言わなくなったので、アレンは改めて男爵に向き直る。男爵は何も言わない。許可をくれと目で訴え続ける。

「……ふむ、そうか、アレンよ。お前はグランヴェル家に名を連ねる者だ。我が与えたその職を全うしようというのであれば、止める理由はない」

セシルが何か言おうとして、言葉を飲み込んだ。男爵の声が普段よりも低く、重たかったからだ。

アレンの言葉も筋が通っていたため、駄目だとは言えない。

「はい、では行ってまいります。火急につきこのまま向かいます」

アレンは従僕の格好のまま行くという。

「うむ、マーダーガルシュには手を出すことなく、民の避難を優先するのだ」

「承りました」

アレンは返事とともに、食堂から出て一気に走り出す。

(もう時間がないな。街はこの状況だ。混乱して走れないかもしれないか。北門から出て、南門まで回り込むか)

アレンのいる館は街の北側だ。南側に向かうには、街を縦に走る大通りを抜けるほうが断然近い。しかし、この状況では街の中央や南側が混乱している恐れがある。一度北門から外に出て、南門まで回り込んだほうが早いと判断した。

(魔力が足りん。魔力回復早く来てくれ)

こんなことは想定外だ。狩りがない日は予備魔力が必要ないので、3時間ほど前に魔力を消費して、スキル経験値に変えていた。現在、アレンの魔力は0だ。

従僕の黒い制服のアレンは早くも北門を抜け、さらに速度を上げて南へ走り続ける。2時間弱が経過し、外回りで南門側にたどり着いたころ、門の前は行列をなす旅人たちで溢れていた。誰もが必死に南門を通ろうとしている。その周りには冒険者や騎士の集団も見られる。溢れる行列を、魔獣から守っているようだ。

その集団から少し離れたところには、5メートルを超える巨大な魔獣がいた。何かを握りしめているようだ。よく見るとそれは、既に上半身のない馬だった。バリバリと音を立てて、今も馬を食らっている。

（マーダーガルシュだ！）

狼の形をした魔獣と聞いていたが、それはとても狼と呼べるような姿ではなかった。人面犬のような顔。馬を握れるほど大きい、人間のような指のある手。腕もまるで人間のようだった。大地を踏みしめる太い両脚の間からは、ゆらりと尻尾が伸びている。下半身は確かに狼だった。

馬を食らうマーダーガルシュの傍らには、車輪が外れ傾いた馬車がある。マーダーガルシュがやってきた方向からは、馬や人の惨《むご》たらしい死体が遠くのほうから点々と転がって血の道が伸びていた。マーダーとは殺戮《さつりく》という意味であるが、この光景を見ればその名が付いた理由もよく分かる。

「おい少年、そこで何をしている！　早く避難するんだ!!」

立ち尽していたアレンに気付いた騎士団の一人が注意を促すが、アレンはマーダーガルシュの挙動を観察し続けている。マーダーガルシュが食らっているのは、そばにある馬車を引いていた馬だろう。ふいに傾いた馬車の中で人影が動いたのが見えた。何人かいるようだ。

そのとき、マーダーガルシュが空いたほうの手で馬車の幌を引きちぎった。

「「「！」」」

既に御者の死体が地面に転がっており、馬車の中には親子2人が震えながら身を寄せていた。あまりの恐怖で叫ぶこともできないようだ。母親は必死に子供を抱きしめている。マーダーガルシュが顔を歪ませ、不気味な笑みを漏らした。人面犬のようなその顔からは表情がよく見て取れる。馬を食らって真っ赤になった口から、牙を伝って血がポタポタ滴り落ちていた。

騎士も冒険者も門の中に入る商人や旅人の護衛に徹するようで、遠巻きに固唾を呑んで親子の様子を見守っている。誰も馬車を救おうとしないが、そんなことはアレンには関係なかった。収納から鉄球を1つ取り出す。誰かに収納のスキルを見られたかもしれないがどうでもいい。

さらなる恐怖を与えようとしているのか、マーダーガルシュは人間の腕のような不気味な前足を、親子に向けてわざとゆっくり伸ばした。

（死にさらせ!!）

アレンが握りしめた鉄球をマーダーガルシュに全力で投げたのはその時だった。鉄球は吸い込まれるように、一直線にマーダーガルシュの片目にぶつかる。眼球を陥没させる鉄球。マーダーガルシュの目を潰したようだ。

『アゥアアアアアァアア！！！』

不気味に叫ぶマーダーガルシュ。

「おい！　こっちだ!!　こっちにこい、ぶっ殺してやる！！！」

さらに2球目を全力で投げる。しかし、既にアレンの存在に気付いたマーダーガルシュは、前足を使って簡単に鉄球をはじいた。

「ぼ、坊主何してんだ！！！」

「すぐに逃げろ！！！」

後ろのほうから声が聞こえる。アレンはそんな忠告にも一切反応を示さず駆け出した。マーダーガルシュの注意を引きながら、アレンは馬車の反対側に立ち位置を変えて街から離れたほうへ移動していく。白竜山脈を背にした格好で、さらに挑発を続ける。視界の奥には不安そうにアレンを見守る人々の姿が見えた。

「どうした！　来ないのか!!　犬っころ！！！」

さらに鉄球を投げたが、マーダーガルシュは簡単にはじき飛ばす。片目を潰したが、これ以上鉄球でダメージを与えるのは難しいようだ。

それでも注意を引くために、さらに鉄球を……というところで、それまで顔だけをアレンに向けていたマーダーガルシュが、ゆっくり体を起こした。

『アウアアアアア！！！』

一声遠吠えを上げたと思ったら、後ろ脚だけで立ち上がったのだ。二本脚で立ち上がったマーダーガルシュの高さは6～7メートルに達する。食べかけの馬を投げ捨てると、空から馬が降ってきたかのようだった。

ズウウウウウン！！！

前脚も地面に突き、全身がアレンに向き直る。

「こい！！！」

アレンの言葉を受けて、マーダーガルシュは歩みを進め、猛然と走り始めた。アレンに向かって、どんどん速度を上げていく。

（よし、魔獣のターゲットは、親子からこっちに移ったぞ）

「マーダーガルシュを白竜山脈のほうに連れていきます!!」

騎士と冒険者たちに大声で叫ぶと、アレンは振り返って全力で走りだす。魔導書を宙に出して、ステータスを確認する。魔力は回復しておらず、まだ０だ。

（まだか！　もう回復してもいい頃なんだが）

そう言いながらアレンは全力で疾走する。背後にはマーダーガルシュがピッタリ張り付いてくる。その差はどんどん縮んでいるようだ。

「あぶっ！」

マーダーガルシュが素早さ６００ほどあるアレンに追いつき、アレンの背中に前脚が迫った。マーダーガルシュの攻撃を寸前で躱《かわ》すが、体勢を崩して地面に転げる。アレンは慌てて体勢を戻し、一瞬視界から外れたマーダーガルシュの位置を、急いで確認した。

直ぐに追撃が来るかと思ったが、マーダーガルシュはニヤニヤしているばかりで攻撃をしてこない。どうやら転んでしまったアレンの様子を見て楽しんでいるらしい。片目を潰されたことを意にも介さずニヤケているのが一層不気味だ。

（ふむ、たまに敵が『にやにやしている』とかいって何もしてこないターンがあったが、こういうことだったのか）

アレンが前世で健一だった頃、ターン制で敵と交互に攻撃するゲームで同じような状況になったことがある。敵のターンで『にやにやしている』と表示され、何もしてこないのだ。その時は、敵が攻撃してこなかったのでラッキー、くらいにしか思っていなかった。現実に魔獣から同じことをされて、なぜそんな状況があるのかよく理解できた。マーダーガルシュは、アレンをおもちゃにして遊んでいるようだ。

（まあ、今でもラッキーと思っているけどな！　よし魔力が回復したぞ!!）

アレンが魔導書のステータス画面を確認すると、たった今アレンの魔力が全回復した。

（素早さが足りんな。鳥で上げるか？　いやここは耐久力も欲しいぞ、虫にするか）

・召喚獣から受けられる加護
・鳥系統／素早さと知力がアップ
・虫系統／耐久力と素早さアップ

アレンはゆっくり後退りをする。マーダーガルシュの油断を誘うため、必死に絶望しているような演技をした。体をガクガク震わせ、顔を恐怖でおののくように歪ませる。

『アウアウアアア!!』

アレンが絶望している様子を見て、マーダーガルシュの人面犬のような顔が歓喜で歪んだ。

（まじで性悪だな。マッシュにはこいつのことは黙っているか。父さん、名前のセンス最悪だぜ）

マッシュの名前の由来になったマーダーガルシュだが、こいつは到底子供の名付けの由来にしていい魔獣だとは思えなかった。もし、テレシアにもう1人子供が出来たら、テレシアが名前を付けられる女の子が生まれてほしいと思う。

アレンは怯えるふりをしながら、魔導書を使い召喚獣のカードの構成を一気に変える。魔石を収納にしまっておけば、アレンがいちいち手を使わなくても、意識をするだけで生成も合成もできる。最大魔力を上げるために草Eのカードを20枚持っていたが、これらを全て虫Eの召喚獣に変更する。魔導書がすごい勢いでパラパラと動き、削除と生成を繰り返す。攻撃力を上げるために使ってきた獣Eや獣Fの召喚獣も、全て虫Eの召喚獣に変更する。

変更して構成が変わったカードのそれぞれの枚数は以下の通り。

・虫Eのカード36枚
・鳥Eのカード4枚

マーダーガルシュがアレンよりも素早いと見るや、カードを全て素早さが上がるものに変更した。

マーダーガルシュの攻撃力はまだ未知数だ。捕まってしまうわけにはいかない。

アレンはさらに後退し、マーダーガルシュがすぐには迫ってこないと判断すると、一気にまた逃げ始める。後ろから地響きがする。ものすごい足音だ。その音からマーダーガルシュとの距離を推測し、追いつかれないよう必死に走る。

（もっとだ、もっと街から離さないと）

　街からマーダーガルシュを引き離すのは当然だが、できることならアレンは魔獣を倒してしまいたかった。まだここはさっきの馬車から数百メートルしか離れていない。騎士や冒険者たちの姿はだいぶ小さくなったが、召喚獣を出すなら、もっと離れた位置で戦いたい。

　街から１キロ以上離れ、木がパラパラと生えたあたりまで決死の鬼ごっこが続く。さらに数百メートル走る。ここなら街からアレンとマーダーガルシュの姿は確認できないだろう。

（よし、アゲハたち眠らせろ）

　アレンは走ったまま後方に虫Ｅの召喚獣を３体召喚する。マーダーガルシュはＢランクの魔獣なので、虫Ｅの特技「鱗粉」は３体いないと効かない。

　虫Ｅの召喚獣の黄色い鱗粉が、マーダーガルシュに降り注ぐ。マーダーガルシュの歩みが止まったようなので、効果を確認するためアレンも足を止めて振り向いた。

『アウアアアア！！！』

　マーダーガルシュが一声鳴いて、前脚で３体の虫Ｅの召喚獣を薙ぎ払う。虫Ｅの召喚獣は３体とも、光る泡となってそのまま消えた。

（え！　効果なかったぞ！　耐性があるのか？　たまたま効かなかったのか？）

　虫系統の召喚獣の特技であるデバフは、１００％の確率で効くわけではない。たまたま効かなかったのか、そもそも効かないのか、１回では判断できない。

（やばい、また追ってきた）

虫Eの召喚獣が消え、鬼ごっこが再開される。消えた分の召喚獣を再度生成し、アレンは必死に逃げていく。

それから3時間、アレンは木の陰に隠れていた。マーダーガルシュの気配はない。

（くそ、やっと撒《ま》いたか。それにしても全く鱗粉が効かない……というか、デバフは1つも効かないな）

収納からマントを取り出し、従僕の服の上から羽織る。

虫G・F・Eの召喚獣の特技を全て試したが、一切効かなかった。そのため一旦倒すことを諦め、逃げることにしたのだ。デバフなしではとても倒せそうにない。

（さて、街に戻るか。くそ！　魔石をかなり使ってしまったな）

魔石がずいぶん減ったことに毒づいていたその時。

メキメキッ
突然、アレンが背中を預けていた木が揺れた。獣のような悪臭が鼻をつく。

「ふぁ!?」

アレンが驚いて木の後ろを見ると、そこには、ニヤニヤ笑うマーダーガルシュがいた。人間のような手を使い、まるで雑草を抜くかのように、器用に木を引っこ抜いた。それを合図に鬼ごっこが再開される。

＊　＊　＊

街にマーダーガルシュが現れてから3日が過ぎた。

街の北門で警備をしていた門番が、遠くにマントを羽織ったアレンの姿を認めた。黒を基調とした制服は泥だらけだ。

「や！　坊ちゃん」

（やった、やっと戻ってこられたぞ）

「こんに……」

ふらふらと門までたどり着いたアレンは、いつもの挨拶を最後までできないまま意識を失い地面に倒れた。

「え？　ぼ、坊ちゃん、大丈夫かい!!」

門番が驚いて駆け寄る。アレンは糸が切れたかのように眠りに就いていた。

これがアレンとマーダーガルシュとの最初の邂逅《かいこう》であった。

＊　＊　＊

「ここは？」

アレンの目が覚めた。

（館の中か？　ん？　ここは客間じゃないのか？　あれ？　俺どうしたんだっけ？　マーダーガル

シュは？）

マーダーガルシュの不気味な顔を思い出して、慌ててベッドから起き上がる。まだ記憶が混乱している。服を見ると、制服ではなく寝巻だった。誰かが着替えさせてくれたのだろうか。

「目が覚めたかね？」

執事から声がかかる。どうやらずっとそばにいたようだ。

「こんにちは、私は？」

「どこまで覚えているのかね？」

アレンが混乱している様子を見て取った執事は、ゆっくりと尋ねた。執事の問いかけをきっかけに、アレンは記憶を辿る。マーダーガルシュに3日3晩追われ続けた。なんとか撒いて、街に戻ろうとした。

「街に戻るまでの記憶がないのですが」

「ふむ、北門で倒れたところを門兵に運ばれてきたのだよ。2日前のことだがね」

「そうだったのですね」

「これから騎士団長を呼ぶ。それから御当主様にマーダーガルシュについて報告してもらうが、問題はないかね？」

「は、はい」

「そうか、まだ時間があるから、それまで休んでいなさい」

「ありがとうございます」

執事が客間から去ると、いつもなら館の来賓が使うふかふかのベッドで3時間ほど眠った。再び目を覚ますと、ベッドの横に食事が置いてあった。夢中になって食事を終えると、騎士団長が館に来たので3階の会議室まで来るようにと部屋に入ってきた使用人に言われた。

（会議室か、入ったことないんだけど、こっちだったよね）

1年以上この館で仕事をしているが、男爵の寝室、書斎、会議室はこれまで一切入ったことがない。

3階に上がると、会議室の前に立っている騎士団長と目が合う。

「アレン、もういいのか？」

「はい。大丈夫です」

「そうか、無事でよかった。今ギルド支部長がいらしているからな。少しここで待つのだ」

「あ、そうなんですね」

（マーダーガルシュの件かな。緊急依頼とか言ってたしな。それにしても大ごとだったな）

北門付近から街の外までの追いかけっこの経緯を思い出す。今回マーダーガルシュに追われたことによって、Bランクの魔獣の強さは十分分かった。どうやら今のアレンの力ではCランクの魔獣までしか倒せない。レベルも召喚レベルも上げないとまだまだ通用しないだろう。

マーダーガルシュに馬車が襲われていても静観していた冒険者と騎士たちを思い出す。彼らに助けたい気持ちがなかったのではない。したくてもできなかったのだ。今のアレンには、彼らの気持ちが痛いほど分かる。

才能があり、Bランクの魔獣と戦えるほどの強さを持った騎士や冒険者はほとんどいない。そもそも冒険者のほとんどは才能なしだ。この領でBランクの魔獣と戦える冒険者と言えば、その筆頭は疾風の銀牙というパーティーのリーダーだとレイブンから聞いていた。

そして今、疾風の銀牙のリーダーよりも強く、領内最強との呼び声も高い男がアレンの隣にいる。実際に戦っているところは見たことないが、とてつもなく強いともっぱらの噂だ。冒険者や騎士団長のことをよく知る者は、彼を戦鬼ゼノフと呼んでいるらしい。マーダーガルシュが現れた時も、男爵が真っ先に呼ぼうとしたのは騎士団長だった。

騎士団長の才能は剣豪という話だ。聞いたことのない才能だったが、おそらく職業難度星1つの剣士と星3つの剣聖の間、星2つの職業なのかなと思っている。

（騎士団長が領内で一番強いんだってね）

騎士団長の強さについて考えていると、執事と一緒に筋肉ムキムキのスキンヘッドの男が会議室から出てきた。この男がグランヴェルの街のギルド支部長だ。アレンも給仕をしていて何度か顔を合わせたことがある。

「それでは失礼する、全くやれやれ」

何やら毒づいているが、緊急依頼の件で何かあったのだろうか。アレンと支部長の目が合った。

「こんにちは」

「ん？　ああ、アレンか」

支部長が自分のことを知っているとは思わなかったので、名前を呼ばれたのは意外だった。支部長がさらに話しかけてくる。

「アレ……」

「グランヴェル家の従僕に何か御用でございますか？　これから御当主様に報告があるのですが？」

「あ？　なんでもねえよ。無事で良かったな」

支部長はアレンの頭をポンポンと叩くと、そのまま執事に案内されて館から出ていった。

（ん？　今のなんだ？　なんだ？）

なぜだろう。アレンには、冒険者ギルドの支部長がアレンに話しかけようとしたのを、執事が遮ったように見えた。

支部長を見送った執事が3階まで上がってきて、執事、騎士団長、アレンが会議室に入る。中央に年季が入った丸いテーブルがあり、アレンは男爵の正面の席に促された。

「もう起きていいのか？　大事ないようで何よりだ」

「はい、御当主様にはご迷惑をおかけしました」

「ん？　何も謝ることはないぞ。今後のこともあるので、マーダーガルシュとの間で何が起こったか話してくれないか」

アレンは分かりましたとマーダーガルシュとの顚末《てんまつ》を語る。アレンが南門に駆けつけた時、既にマーダーガルシュはかなり近くまで迫っており、馬車を襲っていたこと。馬車の中にいた親子を救うために鉄球を投げつけ、アレンのほうに魔獣の気をそらしたこと。それから白竜山脈に向かって誘導し、街からマーダーガルシュを遠ざけたこと。

男爵が難しい顔でアレンの話を聞いている。時折、男爵が騎士団長の顔を見るたびに、騎士団長が頷いている。どうやらアレンの話の信憑性を確認しているようだ。

「マーダーガルシュはかなり執拗な性格をしており、何度撒いても追ってきました」

「それで3日も戻らなかったのか？　使用人の制服を着た少年がマーダーガルシュに追われて街から離れていったという報告を受けてな。もう食べられてしまったと思っていたぞ」

南門の前でのできごとは、多くの騎士や冒険者が目撃している。当然男爵の耳にも伝わっていた。

「はい、よく覚えていませんが、かなり遠くで撒いたかと思います」

どこまで連れていったかは、ここで証明ができないために濁して説明をした。アレンは追われに追われ、白竜山脈の麓まで行っていた。途中でホワイトディアや鎧アリを見つけると走るコースを変え、マーダーガルシュにけしかけてもみたが全く効果はなかった。そのたびに、マーダーガルシュは魔獣を蹴散らし、またすぐにアレンを標的にして追ってくるのだった。

「なるほど、事情は分かった。まず言っておくが、今回の件で従僕並びに給仕の仕事に穴が空いたからといって、アレンを責めるようなことは何もない。領民を救ったのでな。褒美もある」

「ほ、本当ですか！」

(褒美きた。久々の褒美だ!!)

「褒美はこれだ」

小袋を2つテーブルの前に置く。カチャリという音がするので、硬貨なのかとアレンの胸が高鳴る。

（2袋？）

なぜ2つなのだろう。アレンが疑問を浮かべて小袋を見つめる。

「今回のアレンの働きに対する報奨は金貨10枚とする。報告を聞く限り緊急依頼も終わったことだし、領民、冒険者、騎士たちの犠牲も最小限に抑えられたと思っている」

犠牲が0ではなかったので、最小限という表現にしたようだ。

「はい」

（金貨10枚か、奮発したな）

アレンがこの館に来て1年と少しになるが、1つ分かったことがある。この男爵家はとても貧乏なのだ。従僕になった最初の頃など、食事を見たときに農奴を続けたほうが良かったと思ったほどだ。ロダンやゲルダたちを平民に取り立てたのも、お金を与える余裕がなかったからだろう。今思えばそんな気がする。農奴を平民にするのに、お金はかからない。

王家の使いがこの1年で2回ほどやってきた。話の内容はいつも人頭税をもっと上げよというものだった。隣領のカルネル子爵領ほどではないが、まだ上げる余地があるという王家の主張を、男爵は民の生活があると常に断っている。その結果、領民の人頭税を据え置いた分と、収めるべき税金の差額は男爵家が捻出して国庫へ納めることとなり、男爵一家は今も貴族らしからぬ慎ましさで生活をしている。そんな男爵家の清貧を悪く思う気はしない。

そんなことを考えていると、さらに男爵が話を続ける。

「そして、もう1つの袋。こちらも金貨10枚だ。合わせて金貨20枚だな。アレンよ、これはお前が救った馬車の主からの謝礼だ」

「馬車の主ですか？」

馬車の主について男爵が説明をする。なんでも大通りにある高級な宿屋の支配人という話だった。妻と娘を救ってくれた感謝の気持ちとして、館に主が持ってきたという話だ。

（おお！　これならミスリルの剣が棚ぼたで買えるぞ!!）

金貨5枚くらいの鋼鉄の剣を買おうかと思っていたところに、思いがけず金貨を貰ったお陰でミスリルの剣に手が届きそうだ。

この会議が終わったら、一刻も早く武器屋に駆け込みたい。ところがその後もいくつか確認したいことがあると細かい話を聞かれて、その日は終わってしまったのであった。

第七話　召喚レベル5

「ぐふふ、ミスリルの剣はさくさく切れるぞ！」

今日は休日だ。グランヴェルの街から随分離れた場所で喜びの声を上げる。

先日、マーダーガルシュを街から退けた褒美と、そのとき襲われていた宿屋の親子を救った謝礼として、金貨20枚を受け取った。これに貯金から金貨5枚を加えた金貨25枚で、ミスリルの剣を買ったのだ。

まだ9歳ということもあり、長い剣は扱いづらい。そこで武器屋はショートソードと短剣の間くらいの長さで調整をしてくれた。ミスリルの量が減ったため、本来のショートソードなら金貨30枚のところ、少し安くしてもらえたのも幸いした。

（ふむふむ、鎧はかなり硬いから、相変わらず貫くことはできないと。それでも、鎧の中の本体はさくさく切れるようになったな）

硬い鎧で全身を守っている鎧アリでミスリルの剣の試し切りをしながら、ドゴラから貰った短剣との切れ味の違いを確認する。

（これで魔石も回収できるな）

以前鎧アリをしとめた時には取り出すことができなかった魔石の回収ができる。

体高3メートルになる鎧アリの上に乗る。

（相変わらず大きいな）

鎧アリを見ていると思い出す。魔獣について初めて疑問を持ったのは6歳の頃だった。

翼竜かと思うほどに大きい体長2メートルのアルバヘロンは、見た目に反してDランクと低いランクの魔獣だった。体高3メートルにもなるグレイトボアは、10年もそれを狩り続け、レベルがかなり上がったロダンに一撃で致命傷を与えた。

グランヴェルの街に来てから、その疑問はさらに大きくなった。

筋肉ムキムキの狂暴なゴブリンはDランクの魔獣。体高3メートルにもなる、生半可な攻撃を受け付けない鎧アリはCランクの魔獣だ。オークも2・5メートルもあり、槍という武器を持つ知性がある強敵だ。

そして、Bランクの魔獣マーダーガルシュは、騎士も冒険者も二の足を踏む、強敵なんて言葉ではすまない恐ろしい魔獣であった。討伐したら金貨200枚というのも頷ける。

（なんだろう、うまく言葉にできないな。この世界に来て、魔獣なんてここでしか見たことないけど、常に想定よりも一回り強いというか、そんな気がするな）

言葉にできないものを無理やり言葉にしようとするが、やはりうまく表すことはできない。

（おっといけない。今日はどうしても検証しないといけないことがあったんだ。マーダーガルシュに追われて、せっかく気付いたことがあるんだから）

ある検証のために、今日の狩りは抑えめにしようと考えている。マーダーガルシュに3日3晩追い回されているときに発見したあのこと――。

アレンは空を見上げる。鳥Eの召喚獣が何体も弧を描いて飛んでいる。特定の魔獣や冒険者を発見したらすぐ知らせるように伝えていたが、今はその指示にマーダーガルシュも加えている。マーダーガルシュが白竜山脈の麓からどこに行ったか分からないからだ。アレンが狩りをしている隙に、また街を襲いに来る可能性がある。

そのマーダーガルシュだが、レイブンによれば基本的に村や街は襲わない、街道などのフィールド上に現れる魔獣だということだ。これを聞いてアレンは、ゲームで弱い敵しかいないところに突然現れる通常ボスだなと理解した。

通常ボスとは、イベントやストーリーとは無関係にフィールドに点在している強敵のことだ。倒してもまた現れる。弱い敵しかいないエリアに突然現れて、まだ成長しきっていないプレイヤーを軒並み倒してしまうという、作成スタッフの遊び心によって生まれた存在だ。

アレンは上空を飛ぶ鳥Eの召喚獣を見る。

(ホークたち、2体降りてきて。1体は5分ほど遠くに行ったら、またここに戻ってきて)

アレンは降りてきた2体のうち1体の召喚獣をカードに戻す。まだ空中にいた1体のホークは、指示に従ってどこかへ飛んでいった。

アレンは実験を始める。

(ホーク、これを見てて)

その場に残ったカードに戻していない鳥Eの召喚獣の前で麻袋を取り出し、中に何もないことをアピールする。次にモルモの実を1個取り出して麻袋に入れる。

麻袋を地面に置き、その前にモルモの実、干し肉、干し芋を並べた。

（さあホーク、この3つのうちのどれが麻袋に入っているか分かる？　嘴《くちばし》で選んで）

目の前でモルモの実を入れるところを見ていた鳥Eの召喚獣は、あっさりとモルモの実を選んだ。

（よし、分かったな。さて、ホーク出てこい）

カードになっていた鳥Eの召喚獣を召喚する。この召喚獣はモルモの実を麻袋に入れたのを見ていない。

（どれがこの麻袋の中に入っているか当ててるんだ。勘で当てたら駄目だよ。分からないときは選ばないで）

するとカードになっていた鳥Eの召喚獣も、即座にモルモの実を選ぶ。

（やはり分かるのか）

結果は今のところアレンの予想通りだ。

そうこうしているうちに、5分ほど遠くに行かせていた鳥Eの召喚獣が戻ってくる。

（降りてきて）

遠くに行っていた鳥Eの召喚獣を地面に降ろし、同じように麻袋に何が入っているか当てさせる。

（この3つの中のどれが入っているか当ててみて。分からなかったら首を振って）

指示を受けた鳥Eの召喚獣は首を振った。分からないようだ。

（よしよし、分からないと。次は生成と）

魔石を1つ使って鳥Eの召喚獣を生成し、召喚する。話を理解できるように強化で知力を上げ、同じように麻袋の中に何が入っているか当てさせる。

すると、今度はモルモの実を容易に選択する。

（やはり、新しく生成した召喚獣も中に何が入っているか分かるか。次にポッポ出てこい）

鳥Fの召喚獣を召喚する。強化で知力を上げ、同じように何が入っているか当てさせる。

先ほど生成した鳥Eとは違い、首を振った。分からないようだ。

（やはりそうか、分からないか。マーダーガルシュに追われた甲斐があったな）

アレンは3日3晩、寝る間もなく追われ続けた。その際に、鳥Eの召喚獣の特技「鷹の目」を使い、マーダーガルシュの位置を把握しながら行動をしてきた。鬼ごっこの鬼役であるマーダーガルシュはなんとしてでもアレンを発見しようと執念深くアレンを追ううちに、鳥Eの召喚獣がアレンのもとへ戻ることを学習し、召喚獣を目掛けて追ってくるようになった。そこでアレンは苦肉の策で、鳥Eの召喚獣がマーダーガルシュを発見しても、自分の居場所には戻さないことにした。新たに生成した鳥Eの召喚獣にマーダーガルシュを捜させようとしたところ、最初からその位置を知っているかのように迷わず飛び立って行ったのだ。

驚いたアレンは、召喚獣同士の知識や情報がどのように共有されたり、引き継がれたりするのか検証する必要があると感じた。

（さて、今の実験結果を整理するか）

モルモの実を麻袋に入れる様子を、鳥Eの召喚獣に見せた。それとは別の召喚獣で、麻袋の中身を当てられたケース、当てられなかったケースを整理する。

●中身を当てられた召喚獣
・カードの状態から召喚した鳥Eの召喚獣
・新しく生成した鳥Eの召喚獣

●中身を当てられなかった召喚獣
・既に召喚していた鳥Eの召喚獣
・新しく生成した鳥Fの召喚獣

（こういうことじゃないのかな）

考察を進める。

・召喚獣が得た情報は生成及び召喚の際に全て同期し、最新のものに更新される
・情報の同期と更新が行われるのは、同じ召喚獣同士に限られる

（これは50メートルルールがなければもっと便利になるんだけど……）

50メートルルールとは、以下のようなものだ。

・召喚獣を召喚及びカード化できるのは、アレンから50メートルの範囲内
・特技の指示ができるのもアレンから50メートルの範囲内

アレンの指示を待つ鳥Eの召喚獣を見る。

(お前たち召喚獣は常にアップデートしているんだな。召喚士とともに歩み、その情報の全てを引き継ぎ、成長を続ける存在であると)

命を懸けた鬼ごっこは、その対価として金貨以外にも、アレンに大きな発見をもたらした。

召喚獣は自我があり、知識は絶えず更新をし続ける。

召喚士がいる限り、死すら超越し成長を続けることが分かったのだ。

＊＊＊

年が明け3月に入った。アレンは午前中、庭で剣の試合を行っていた。

キン、キン。

(いや全然勝てないんだけど)

3月になったので、セシルの兄・ミハイが学園都市からグランヴェルの街に帰ってきた。去年は

ミハイに大敗を喫していたので再戦を申し込んだところ、いいよと言ってくれた。

アレンはノーマルモードの成長速度についても知っておく必要があると考えている。情報は武器になる。去年の10月から魔獣狩りの対象をCランクに変更した。この半年で２０００体ほどCランクの魔獣を狩り、レベルは28まで上がった。ステータスも成長したが、それでも剣の腕に関してはミハイが上のようだ。アレンの剣筋はことごとく見切られ、容易に躱され、防がれる。

ミハイはまだまだ余裕があるのか、いつもの微笑を浮かべながら試合をしている。

（やばい、レベルも剣術のスキルレベルも結構上がっているな。ぐぬぬ、勝てぬ。やはり草カード20枚持ちでは無理なようだ）

ノーマルモードは、ヘルモードの１００分の1倍の経験値で成長できる。学園のカリキュラムが、レベルとスキルをしっかり上げるように組まれているのか、去年より差をつけられていることを身に沁みて感じる。

ミハイは剣士の才能があると聞いている。どんなカリキュラムか知らないが、圧倒的な成長速度だ。ミハイの１００倍の経験値を必要とするアレンとは、どんどん実力差が開いていく。

庭先ではグランヴェル男爵を筆頭に男爵夫人、トマス、セシルが観戦をしている。アレンから試合を申し込んだものの、すぐに決着がついた。前回同様にアレンはミハイに剣をはじき飛ばされ、それで試合終了である。

「お見事です！　ミハイ様、よくぞ成長されました」

騎士団長は去年ミハイに注意され、ミハイお坊ちゃまからミハイ様に呼び方を変えている。

「ありがと、それにしても、アレン君すごく強くなっているね」

「いえ、ミハイ様に比べたらまだまだです」

ミハイの誉め言葉に、謙虚に答える。すると、ミハイがアレンに握手を求めてくる。

（去年も同じだったな。学園のしきたりなのか？）

アレンは、学園で試合をすると最後は握手で終わるのかなと思いながら握手に応じる。

「さすが、セシルの従僕だ。妹をよろしく頼むよ」

「はい、精いっぱいお守りします」

その答えが嬉しかったのか、ミハイは笑顔で返す。

「そういえばアレン君、マーダーガルシュと戦ったんでしょ？　どんなだったか教えてよ」

（戦ったというか、鬼ごっこしただけだけど。鬼役を代わってくれなくてつらかった）

家族の誰かに聞いたのだろうか。もうお昼ですので、食事中にでもと答え、皆で館に戻ろうとしたその時であった。

「し、失礼します!!」

1人の騎士が慌てて館に入ってくる。

（ぶ、またか）

嫌な予感がする。前回は騎士が報告に来て、マーダーガルシュが現れた。また死の鬼ごっこが始まるのかと思う。

「ぬ、どうかしたのか？」

騎士が相手だったので、その場に居合わせた騎士団長が問いかける。

「は、白竜が移動しました!!」

「な!?　真《まこと》か。どこだ、どこに移動したのだ!?」

騎士が話し終える前に、男爵が興奮して質問する。その声は歓喜に満ちているようだ。

「御当主様、この時間です。一度部屋で話をしましょう」

(え？　俺も白竜が移動した話を聞きたいぞ)

会議室に行くのかと思ったら皆が食堂に向かうので、アレンは喜んだ。どうやらこの話はアレンも聞いて良いようだ。

グランヴェル男爵家に来て、1年半ほどになるが、領を治める男爵には色々な情報が入ってくる。情報の機密性によっては、人払いをすることもあった。

だが今回の話は最も機密性が低いものだったようだ。この場合、給仕中の使用人や男爵家の誰かに仕える者は傍らで話を聞ける。

さらに機密性が高くなると、話を聞くのは男爵家と血の繋がる身内しか許されない。この場合アレンは席を外すように言われてしまう。実際、給仕の途中でも食堂からたまに追い出されることがあった。もっとも機密性の高い情報は、食堂ではしない。男爵の書斎の隣にある会議室で、男爵、執事、騎士団長の3人で話が行われる。その時は部屋はもちろん、廊下に近づくことも許されない。

男爵は食堂で昼食を摂りながら、騎士の報告を聞く。

「それで、白竜が移動したというのはどういうことだ？」

「は！　疾風の銀牙の報告によると、白竜山脈の寝床から忽然と消したとのことです。その後、３日ほどかけて足取りを追いましたが所在を掴めず、一旦報告のため街に戻ったとのことです！」

「おおお！　とうとう移動したか、な、長かったぞ!!」

食事中なのに、歓喜のあまり男爵は席を立ちあがってしまう。握りしめた両手はわなわなと震えていた。感極まれりといったところだろう。

「現在、疾風の銀牙に再調査を依頼する予定でございます。報告は以上でございます」

騎士団長の下がって良いという言葉を受け、騎士は食堂をあとにする。男爵と騎士団長が今後について相談を始めた。

「そうか、移動したか。ミスリル鉱採掘地の状況がどうなっているかも、今後調査しないといけないな」

「は！　しかし、白竜がどこに現れるか分かりません。まずは新たな寝床がどこか、確認を急ぎます」

「分かっておる。しかし、ミスリル採掘は我が領の務めでもあるからな。なるべく早めに採掘地の状況を確認せねばならぬ」

なんだか話が嚙み合わなかった。騎士団長は白竜の場所を確認することが優先だというが、男爵としては１００年以上ぶりとなるミスリルの採掘を、なるべく早く再開したいようだ。ミハイが興味津々といった様子で話に加わる。

「ということは、採掘地までの魔獣を狩る必要があるということかな？」

「そうですね、ミハイ様。もし白竜が完全に男爵領からいなくなったとなれば、いち早く4か所ある全ての採掘地及びその周辺の安全を確保する必要があります」

「僕、まだ休みがあるから少し手伝うよ」

「なりません。白竜に遭遇するかもしれませんので。ミハイ様の身の安全が一番大事です」

騎士団長はミハイの調査参加を許可しなかった。白竜に遭遇したら、今のミハイでも危険と判断したのだろう。

（たしか、白竜山脈の麓には、ゴブリンやオークの村があるんだっけ？）

そばで会話を聞きながら、アレンは冒険者のレイブンから聞いた話を思い出した。白竜山脈の麓はうっそうとした森になっている。実際、アレンはマーダーガルシュに追いかけられたとき、そんな場所を見た覚えがある。その森には、ゴブリンやオークの村があるという。レイブンの話では、Dランクのゴブリンの巣にはCランクの上位個体のゴブリンがいるそうだ。Cランクのオークの巣も、同様にBランクの上位個体がいるという。

上位個体は繁殖力が強いため、ゴブリンやオークの村にはあぶれ者も出てくる。そうした者たちが白竜山脈の麓からグランヴェルの街のほうへ移動してくるのだそうだ。村から出てきたゴブリンやオークが村人や旅人を襲うことがある。あまりに数が多い場合は救助のために冒険者だけでなく、騎士団が派遣される場合もある。

また、森を抜けた先の山脈の山肌には鎧アリの巣が無数にあるという。それぞれの巣に無数の鎧アリがいて、やはり上位個体である女王鎧アリがいるらしい。

(なるほど、よしよし、ゴブリンやオークの村を騎士団が討伐してしまうかもしれないな。先を越されるわけにはいかないぞ)

アレンは貴重な経験値を騎士団に取られてなるものかと考えた。

それから数か月かけた調査の結果、白竜の移動先は同じ白竜山脈のカルネル子爵領側であることが判明した。

＊　＊　＊

セシルの兄のミハイが学園都市に戻り、さらに時が流れ今は7月の上旬。アレンは1人、街から歩いて1日以上かかる遠く離れた場所にいる。

(よしよし、街からかなり離れたし今日は魔力も満タンだからな。がっつり検証の日にするとしよう)

アレンはとうとう、召喚レベルを5にすることができた。今日は毎朝恒例となっている、スキル経験値のための魔力消費を行っていない。1日掛けて、新たに手に入ったスキルや召喚獣を検証するためだ。

魔導書のメモを確認する。魔導書の表紙に表示されたレベルアップの情報は、一定期間過ぎると消えてしまうので、急いでメモに転写した。

『合成のスキル経験値が1000000／1000000になりました。合成レベルが5になりました。召喚レベルが5になりました。魔導書の拡張機能がレベル4になりました。共有スキルを獲得しました』

アレンはステータスを確認する。

（召喚レベル5で新たに獲得するスキルは「共有」か）

【名　前】 アレン
【年　齢】 9
【職　業】 召喚士
【レベル】 30
【体　力】 688（765）+150
【魔　力】 1062（1180）+200
【攻撃力】 374（416）+140
【耐久力】 374（416）+20
【素早さ】 701（779）+60
【知　力】 1071（1190）+40
【幸　運】 609（779）+200
【スキル】 召喚〈5〉、生成〈5〉、合成〈5〉、強化〈5〉、拡張〈4〉、収納、共有、削除、剣術〈3〉、投擲〈3〉
【経験値】 2,516,810/3,000,000
・スキルレベル
【召　喚】 5
【生　成】 5
【合　成】 5
【強　化】 5
・スキル経験値
【生　成】 10/10,000,000
【合　成】 0/10,000,000
【強　化】 680/10,000,000
・取得可能召喚獣
【 虫 】 DEFGH
【 獣 】 DEFGH
【 鳥 】 DEFG
【 草 】 DEF
【 石 】 DE
【 － 】 D
・ホルダー
【 虫 】 E2枚
【 獣 】 E14枚
【 鳥 】 E4枚
【 草 】 E20枚
【 石 】
【 － 】

（召喚レベルを1つ上げるのに2年以上かかったな。召喚レベルを6にするには3000万も経験値が必要なのか。随分果てしなくなってきたぞ）

・1歳0か月　魔導書獲得、召喚レベル1、召喚獣Hランク
・1歳10か月　召喚レベル2、合成スキル獲得
・3歳0か月　召喚獣Gランク
・5歳11か月　召喚レベル3、強化スキル獲得、召喚獣F
・7歳9か月　召喚レベル4、収納スキル獲得、召喚獣E
・9歳10か月　召喚レベル5、共有スキル獲得、召喚獣D

召喚レベルが上がったときは、毎回魔導書に記録を取っている。自らがこの世界で歩んできたアルバムのような記録だ。

（さて、まずはホルダーの確認だな。拡張しているってことは、次は50枚かな）

拡張レベルが上がると、毎回所有する召喚獣のカードの枚数が10枚ずつ増えていく。前回40枚に拡張されたので、今回は50枚と予想する。

（やはり、50枚か。これで随分加護が増えるな）

召喚レベルが上がるたびに拡張されているので、さすがにそこまでの感動はない。でもDランクのカードが50枚になれば、加護による相当なステータス増加を見込めそうだ。

（さて、Dランクの召喚獣の分析は時間がかかりそうだし、新スキルについて確認するか）

召喚獣は新たに6体も追加された。時間をかけて6体の召喚獣を確認するより、まずは「共有」

スキルの効果を検証する。

(それにしても、強化みたいに召喚獣を強くするスキルではないのか)

狩る魔獣のランクは徐々に上がっていく。今はCランクの魔獣を主に狩っているが、なるべく早くBランクの魔獣を狩れるようになりたい。

なぜなら、レベルが随分上がり、それに伴い必要な経験値もかなり上がってしまったからだ。レベル30になるには経験値が300万いる。1つレベルを上げるのに、オークなら2000体狩らなくてはならない。1日探し回ってせいぜい40から50体しか狩れないのだから、高い経験値を稼ぐため高いランクの魔獣を狩る必要があるのは分かりきっていた。この辺りをうろつくオークもほぼ狩り尽くしてしまったのか、目に見えて減っている。

(「収納」もすごいスキルだったし、これは期待するしかないな。「共有」か、名前から察するに召喚獣と何かを共有するってことか？　ホーク出てきて)

『ピィー』

検証のため、目の前に鳥Eの召喚獣を召喚する。

(よしよし、「共有」！)

共有スキルを発動してみる。

「え!?　俺か??」

すると目の前にアレンが現れた。グランヴェル家の館には鏡がいくつかある。使用人用の食堂にも、身だしなみを整えるために大きめの姿見があり、アレンも従僕になってからは自らの全身を見る習慣ができたが、今見ている光景はまさにあれと同じだった。

（おおおお！　これはホークの視界だ!!　なるほど、視界の共有か）

どうやら「共有」のスキルでは、召喚獣の視界を共有することができるようだ。

（なんだこれ？　俺とホークの視界が両方、全く違和感なく見えるぞ。ホークちょっとあっちこっち向いてみて）

鳥Eの召喚獣の視界が見えるようになったからと言って、アレンが見ていた視界が見えなくなったわけではない。アレンは、違和感がないという事実に違和感を覚えた。ホークはアレンの指示に従って、首を動かし、辺りを見回す。

（ふむ、ホークの視界がガンガン動くのに、俺とホークの視界を同時に見ることができるな）

視界が増えたのに負担がなく、目を回すどころか違和感すらない。同時に別の視界を見て、同時に別の視界を理解することができる。

（よし、ホーク。空を飛んで！）

ホークは空へ飛び立つ。アレンも上空に上がっていくホークの視界を共有しながら、空から世界を見下ろすことができる。彼方には今まで木が邪魔で見えなかった地平線が見える。

（す、すげえ！　なんか感動するんだけど。よし、ちょっと移動してみて）

アレンの指示により、鳥Eの召喚獣は上空でゆっくり前に飛ぶ。アレンも一緒になってその視界を把握する。

（すごいな、なんだこれ、ホーク特技使って、おおおお！！　まじか。鷹の目の特技の感覚ま

で共有できるぞ)

鳥Eの召喚獣が特技「鷹の目」を発動すると視界はさらに広がり、数キロ先まで見えるようになった。数キロ範囲の円の領域に何がいるか感知した鳥Eの召喚獣の感覚が、直接アレンに伝わってくる。視覚だけではなく、特技の効果も共有できた。

(まるでホークに乗り移ったみたいだ。もしかして、50メートル離れても指示ができるのか?)

1つの事実が明らかになると、新たな疑問が湧いてくる。

これまで召喚獣に指示ができるのは、アレンを中心に50メートルの範囲内に限られていた。共有スキルを発動した状況で、どこまで指示が届くか確認したい。

鳥Eの召喚獣に、もっと遠くに行くよう指示をする。鳥Eの召喚獣は、アレンより50メートル以上離れた場所まで飛んでいってしまった。

(よし、指示ができるエリアを離れたかな。今使っている鷹の目を止めてみて)

すると、鳥Eの召喚獣は鷹の目の発動を止める。50メートル以上離れていても指示ができるようだ。視界の共有は継続したままだった。アレンは驚愕しながらも、次々と鳥Eの召喚獣に指示を与える。50メートル以上離れていても、上空を旋回させたり、低空飛行させたり、なんでも指示ができる。

感覚の共有によって、距離を無視して指示がダイレクトに伝わるようになった。

「これはまるで多重起動ではないか!　もしかしてそれ以上か?」

あまりの興奮で声を張ってしまう。この共有の特技に既視感があったからだ。

前世で健一だった頃、ゲームで2人のキャラクターを操作してプレイすることがあった。これを多重起動と呼んでいた。プレーヤーが操作するアカウントが増える分、月額配信料も増えるので、このスタイルを推奨する配信会社もあった。

なぜ月額配信料を増やし、ゲーム機やテレビを複数買ってまで多重起動するのか。それは、1人で狩りをすれば、手に入るアイテムを独占できるからだった。複数のキャラクター全部が自分のアカウントなので、アイテムは全部自分のもの。しかも仲間を募る時間がかからず、時間効率も良い。そんな環境を手に入れるべく、テレビゲームならゲーム機とテレビを複数用意した。別画面を動く2人のキャラを交互に見ながら、2つのコントローラーを必死に操作した記憶がある。

しかし、今のこの状況はるかにそんな状況を超えている。

鳥Eの召喚獣と自らの視界の両方を、手に取るように一瞬で把握できる。上空と地面の上では見ている景色が全然違うのに、違和感は一切ない。

「なるほど、これが「共有」の効果か。ん？　もしかして、これってとんでもないんじゃないのか？」

とある可能性に気付いたアレンは、召喚士としての活動が大きく変化する予感を抱いたのであった。

共有スキルの可能性を考える。

（これってもしかして、召喚獣に離れた場所で狩りをさせることができるんじゃないのか？　召喚獣隊とか作れないかな？）

今は広い空間を必死に移動して狩りをしている。鳥Eの召喚獣を使って魔獣を見つけたらそこまで走って向かい、そして倒す。その繰り返しだ。共有スキルで50メートル以上離れても召喚獣に指示ができたということは、自分がいちいち移動しなくても狩りができる可能性がある。しかも召喚獣は一度召喚すれば、連続で30日間稼働できるのだ。召喚獣が遠く離れて行動できるなら、アレンが館にいる間もずっと狩りが可能だ。狩りの効率が果てしなく上がる予感がする。

（まずは何体まで共有を使えるのか、調査が必要だな。ホークたち出てきて）

目の前に、新たに3体の鳥Eの召喚獣が出てくる。それぞれに共有をしていく。アレンの眼前には、自分のものも含め5つの視界が広がった。

（これで4体のホークと共有できたな。視界が5個になったけど違和感がない件について）

前世では多重起動を駆使し、1人で4キャラを操作する強者《つわもの》がいた。自分は2キャラが限界だったことを思い出す。しかし、共有スキルを使うと視界に負担が一切ない。当たり前のように5つの視界を同時に理解することができる。

（多重起動というか並行思考だな。よしよし、ホークはもう出せないからタマたちを出していくか）

1体ずつ出して、共有していこうとした。その時だ。

「ぶっ！　いたたあああ!!」

6体目の召喚獣の感覚を共有すると、突然頭に激痛が走った。あまりの痛さに頭を抱え地面を転がる。慌てて、6体目の共有を切る。

（へ？　消えた？　死ぬかと思った……。というか共有って普通に切ることができるんだな。6体目で激痛が走ったな。6体の共有は無理なのか？）

意識すれば、共有はいつでも切ることができることが新たに分かった。そして問題は、鳥Eの召喚獣4体のあと、新たな獣Eの召喚獣の2体目、合計6体目の召喚獣を共有したところ頭に激痛が走ったことだ。あまりの痛みで共有どころではなくなった。

（これは同じランクの召喚獣は5体までってことか？）

痛いのは怖いが、どうしても共有できる召喚獣の数を調べなければならない。恐る恐る虫Eの召喚獣のカードを消して、ランクの低い虫Gの召喚獣を生成召喚してみる。

（よし、じゃあピョンタに共有っと！　ぶっ！）

共有6体目の召喚獣である虫Gを召喚し、共有をした途端にひどい激痛に襲われる。

（ランクにかかわらず5体しか共有できないってことか？　むう、なぜなんだ？）

アレンは召喚レベルが上がり、召喚獣を50体まで召喚できるようになった。しかし、その中で共有できる召喚獣がわずか5体に留まるのは非常に残念だ。なぜ「共有」の上限が5体なのか考察する。

情報が足りないので、ステータスをもう一度確認する。

（「共有」は「収納」と同じでスキルレベルの概念がないな。これだけ見ると、スキルに成長性がないなら上限は5体のまま変わらないと思えるな。いや理由もなく5体しか共有できないって決められているのは意味分からんぞ。なぜ5体なんだ？）

アレンは考える。理由もなくずっと5体なのか、何か条件があって今は5体なのか、条件があるならそれはなんなのか。

（レベルが上がればもっと増えるとか？　今レベル31なんで、レベル6ごとに召喚獣を共有できる数が1増えるとか。あとはえっと、ん？　これって知力か）

知力のステータスを見た瞬間、アレンの頭に1つ大きな閃《ひらめ》きが生まれる。

知力は現在、加護の分も合わせて1075ある。この知力の高さで共有する召喚獣の数が変わるのかもしれない。それならレベルを上げなくても検証できそうだ。

（もし知力が条件なら、知力200ごとに1体共有できるって考えることができるな。知力を上げてみよう。召喚獣はDランクでいいか）

せっかく召喚獣のレベルの枠が広がり、Dランクの召喚獣を作れるようになったので、鳥Dの召喚獣を増やしていく。目指すのは知力1200だ。考察が正しければ、知力1200になると6体目の召喚獣とも共有できるはずだ。

（よし、知力1200になったぞ）

鳥Dの加護により、知力が目標値に達する。虫Gの召喚獣は召喚したままなので、まだアレンの横にいた。

（よし、ピョンタ。「共有」だ）

頭痛に襲われたらすぐに共有することを止め、激痛の時間を最小限にするよう構える。しかしそれは杞憂に終わり、今までで一番低い、地面擦れ擦れの視界が広がった。

「おおおお!!　6体目の共有ができた。知力だ！　「共有」は知力依存だ!!　知力200につき1

体か」

検証がうまくいくと感動するものだ。アレンは1人歓喜の声を上げた。
それから1時間が経過した頃には、「共有」の検証がおおむね完了した。

・消費魔力なし
・知力200につき1体の召喚獣に共有が使える
・意識を召喚獣と共有し、特技を含めた指示ができる
・共有した召喚獣を経由して、別の召喚獣への指示はできない
・共有するのは視覚と聴覚（味覚は検証していない）
・最初に共有する際は、50メートル以内に召喚獣がいる必要がある
・共有の解除は50メートル以上離れた位置からでもできる
・知力100以下の召喚獣は、共有しても指示は受け付けない
・共有している状態なら、50メートル以上離れていても召喚獣をカード化できる
・50メートル以上離れてカード化すると、自動的にホルダーに格納される

（まあ、こんなものかな。操作ではなくあくまでも指示で、俺が召喚獣に乗り移るわけではないと）

共有するとアレンは召喚獣に指示をすることができるが、アレンが直接召喚獣を操作するわけで

はない。だから、アレンの指示と召喚獣の動きには若干のタイムラグがある。アレンの考えに近い動きができるのは、イメージを意識レベルで共有できるからだろうと予想する。

（あとは50メートル以上離れた位置で魔獣を倒しても俺に経験値が入る、と）

召喚獣隊を編制した際に、50メートル以上離れたところで魔獣を倒した場合も普通に経験値が入った。遠隔での経験値取得は問題なさそうだ。

（そうか、これが召喚士の知力の使い道だったんだな）

去年の11月に、従僕1周年記念で魔法の授業を受けたことを思い出す。

あの頃は、魔法を使えないことにショックを受けたが、知力Sにはとんでもない意味があった。

（魔法使いも魔導士も知力が高い。その知力を使って難しい記号を暗記し、魔法を発動する）

魔法の授業の際、無数にある幾何学的で複雑な記号を暗記して、魔法を発動することを教えてもらった。アレンが前世で健一だった頃のゲームでは、魔法を使う職業は知力や賢さのレベルが高いことが多かった。複雑な記号を暗記したり、複数の視界を瞬時に把握したりといった芸当は、常人では到底できない。それを可能にするために、知力の高さが必要なのだ。この世界の知力には、ちゃんと意味があることを初めて知った。「共有」でできることは、しっかり検証しておかないとな。

さて、Dランクの召喚獣の検証をするか。Dランクの魔石は大量にあるから、じゃんじゃん検証するぞ）

共有によって召喚士の活動に大きな広がりを感じる。アレンはさらに、Dランクの召喚獣の検証に取り掛かるのであった。

第八話　Dランクの召喚獣

朝から共有のスキルの検証を始めたが、ひと通り検証を終えるまでにかなりの時間がかかった。気がつけば昼もとうに過ぎていたので、干し芋とモルモの実をかじりながら小腹を満たす。

アレンはマーダーガルシュに追われた経験から、狩りの際は干し芋、干し肉、モルモの実などの食料1か月分、毛布などの野営道具、火熾し用の魔導具、松明《たいまつ》などを常備している。街に何日も戻れないことを想定したものだ。収納の中では時間が経過しないため食料を入れておいても腐ることはない。松明も火をつけたまま収納できたので、火が消えることも想定して、何本も火のついた松明を入れていたから、火熾しの魔導具はいらなかったかもしれない。

（まあ、Dランクの魔石は1万個以上あったからな。Dランクの召喚獣は今回はさくさく網羅できるな）

食事を終えたアレンは、さっそくDランクの召喚獣を次々に召喚した。そうして分かったのが以下の情報だった。

・草D（ジャガイモ）のステータス
【種　類】草
【ランク】D
【名　前】ジャガバタ
【体　力】50
【魔　力】200
【攻撃力】40
【耐久力】35
【素早さ】40
【知　力】60
【幸　運】200
【加　護】魔力20、幸運20
【特　技】魔力の実

・虫D（蜘蛛）のステータス
【種　類】虫
【ランク】D
【名　前】スパイダー
【体　力】120
【魔　力】0
【攻撃力】140
【耐久力】200
【素早さ】200
【知　力】125
【幸　運】60
【加　護】耐久力20、素早さ20
【特　技】蜘蛛の糸

・石D（銅像）のステータス
【種　類】石
【ランク】D
【名　前】ブロン
【体　力】200
【魔　力】0
【攻撃力】180
【耐久力】200
【素早さ】100
【知　力】140
【幸　運】108
【加　護】体力20、防御20
【特　技】身を守る

・獣D（クマ）のステータス
【種　類】獣
【ランク】D
【名　前】ベアー
【体　力】200
【魔　力】0
【攻撃力】200
【耐久力】128
【素早さ】80
【知　力】130
【幸　運】60
【加　護】体力20、攻撃力20
【特　技】かみ砕く

・魚D（鮭）のステータス
【種　類】魚
【ランク】D
【名　前】ハラミ
【体　力】80
【魔　力】200
【攻撃力】54
【耐久力】34
【素早さ】160
【知　力】200
【幸　運】170
【加　護】魔力20、知力20
【特　技】飛び散る

・鳥D（フクロウ）のステータス
【種　類】鳥
【ランク】D
【名　前】ホロウ
【体　力】76
【魔　力】0
【攻撃力】83
【耐久力】67
【素早さ】200
【知　力】200
【幸　運】160
【加　護】素早さ20、知力20
【特　技】夜目

召喚獣の検証を終えたアレンの目の前には、2体の鎧アリが倒れている。サラダボウルを伏せたような装甲に大きなヒビが入り、破壊された箇所からは体液が流れている。その前には体長2・5メートルほどの、グリズリーのような茶色の召喚獣がいる。鎧アリに勝利して、どこか誇らしげだ。この態こそ獣Dの召喚獣だった。

その横には体長1・5メートル、体高0・6メートルほどの巨大な蜘蛛《くも》がいる。全身真っ黒なその蜘蛛は2本の前足を掲げ、鎧アリに勝利した後も威嚇を続けていた。これが虫Dの召喚獣だ。

(よしよし、ベアーの特技「かみ砕く」で鎧アリの鎧は砕けると。一撃必殺ってわけではないが、その辺はスパイダーとのコンボ次第だな)

砕かれた鎧アリには、ねばねばの白い糸が絡まっている。虫Dの召喚獣の特技である「蜘蛛の糸」を使った。粘着性の高い糸を腹部の先から噴射し、その糸で敵を搦《から》め捕って動きを止めるか、動きを遅くしてしまう効果だ。

獣Dの召喚獣は相変わらず攻撃特化の召喚獣で、虫Dの召喚獣も相変わらずデバフ担当の召喚獣だった。獣系統と虫系統の召喚獣は狩りの主要メンバーだ。どちらも初期値で知力が100を超えているのはかなり嬉しい。

アレンは木の枝に止まる大型の梟《ふくろう》を見る。翼を広げれば1・5メートルにもなりそうな鳥Dの召喚獣だ。アレンを大きな目でじっと見下ろしている。

(ホロウの夜目は検証できなかったな。だが、名前の通り夜に辺りが見えるようになるなら、ホークが日中しか索敵できないのを補ってくれるだろう。日中は鷹の目、日が沈んだら夜目か)

鳥Dの特技が名前の通りであることを願いながら、日が沈んだ後の検証に思いを馳せる。

そうして今度は足元にいるジャガイモに手足が生えた不思議な生物を見た。これが草Dの召喚獣だ。

草系統の召喚獣はF・Eランクと同様に、一度特技を使うと回復アイテムになってしまう。草Dから変化した魔力の実は、その名前から魔力の回復薬と予想した。効果を確認するため、魔力を0にしてから使ってみる。梅の実ほどの大きさの実が、手の中でふっと消え、魔力が1000回復した。

とうとう魔力の回復薬を手に入れたのだ。

スキルレベルを上げるためには魔力の消費が欠かせない。次の召喚レベル6には3000万のスキル経験値を必要とするので、時間経過で回復する魔力は全てスキル経験値に回し、魔力が必要な戦闘に備えて魔力の実を携帯しておくのが良さそうだ。Dランクの魔石は1万以上もあるので魔力の回復には当面困らない。強敵の奇襲にも十分対応できる。

（これで、マーダーガルシュが襲ってきても魔力で困ることはないぞ）

アレンの横には高さ2メートルほどの銅で出来た西洋甲冑《かっちゅう》のような召喚獣がいる。大柄な召喚獣は、これまた縦横2メートルにもなる大きな盾を持っていた。

（あとは石のブロンか。Eランクのカベオは、結局使う機会が全くなかったな。それにしても銅の体なのに属性が石とは、この異世界の神は心が広いな）

アレンの狩りは、索敵と移動を同時に行うスタイルだ。前世の言葉で言うなら、移動狩りである。

相手を待ち構えて狩るスタイルではないので、これまで石Eの召喚獣を活用する機会は皆無だった。ホルダーに納めてすらいない。狩り方を変えずに石Eを使う方法がないか。今後の課題になりそうだ。

（さてと、これで5体の召喚獣の検証が終わったな。最後はハラミだ。加護は魔力と知力の上昇か。知力が上がるのは、共有できる魔獣が増えて助かるな）

最後に新たに追加された魚系統の召喚獣の分析をする。

（ふむ、魚か。1体作るのに、生成と合成で魔石15個も使う件について。これだけ見ると、虫と獣は魔石を1個しか消費しないんだから優秀だな。攻撃力、素早さ、体力のステータスが上がるし、序盤で手に入って良かったぜ）

Eランク以上は召喚獣を生成するのに魔石が必要だ。魔石は合成にも必要で、複雑な合成が求められる召喚獣にはそれだけ多くの魔石を消費する。魚系統の召喚獣は生成と合成を繰り返す関係で、1体作るのにとうとう15個もの魔石が必要になった。

必要な魔石の数

・虫系統　1個
・獣系統　1個
・鳥系統　3個
・草系統　5個

・石系統　９個
・魚系統　15個

（さて、出してみるか。ハラミ出てこい）

検証のため、１体の魚Ｄの召喚獣を召喚すると、目の前にカードの絵柄と同じ鮭が現れた。大きさは１メートル近くありそうだ。地面の上でぴちぴちいっている。

「なんか今までで一番使えなそうだな。デンカを彷彿《ほうふつ》とさせるな」

思わず声が出る。２年以上かけて新たに追加された召喚獣が、移動もできない魚だった。まな板の鯉《こい》とはこのことだ。

（とりあえず特技を使ってみるか。ハラミ、飛び散るを使って）

すると、魚Ｄの召喚獣は光る水滴をまき散らしながら、地面で体をばたつかせる。

「おお！　地面の中に入っていくぞ!!　ん、体が光ったな？」

魚Ｄの召喚獣は「飛び散る」を使うと地面の中へと潜り、みるみる溶け込んでいく。背びれと背中の部分が少しだけ地面から見えている。魚Ｄの召喚獣は地中を悠然と泳ぎ始めた。魚Ｄの召喚獣が体をばたつかせた際に上がった水しぶきはアレンの体を濡らし、しばらく淡く光っていたがやがて収まった。

（体の光は収まったな。何か変化があるのか？）

魔導書でステータスを確認する。

「おお、回避率がついている!!」

【名　前】　アレン　物理魔法回避上昇

名前欄の横に今まで見たことがない表示があり、そこには物理と魔法の回避率が上昇したことが示されていた。

(魚はバフを使うのか。さっき他の召喚獣にも水しぶきがかかったな。これは俺だけでなく、50メートル以内にいる召喚獣全てに効果があると見ていいのか)

アレンが水しぶきを浴びたとき、周りにいた召喚獣が光ったように見えた。木に止まる鳥Dの召喚獣も光っていたので、かなり広い範囲に効果があると見た。召喚獣への指示をはじめ、何かと50メートルの範囲で効果が及ぶことが多いので、この効果も同じだろうと予想する。

(だが、助かるな。魔獣に殴られて召喚獣がやられることもあるからな。これがあれば、召喚獣を生成していた分の魔石の消耗もいくらか抑えられそうだ。効果の持続時間も調べていかないとな)

アレンは新たに加わったDランク召喚獣のさらなる分析を進め、戦術の幅を広げようと決意するのであった。

＊　＊　＊

「さて、今日も楽しい狩りだった」

今日は狩りの日。16時を過ぎた頃なので、最後に食肉となる魔獣を狩って帰ろうかというところだ。

アレンの前には、獣Dの召喚獣によって頭をかみ砕かれた1体の魔獣の亡骸がある。鎧アリだ。前回の狩りでDランクの召喚獣を使えば鎧アリを安定して狩れることが分かったので、今までオーク一辺倒であった狩り対象に鎧アリを加えることにした。鳥Eの召喚獣の「鷹の目」を共有して索敵したところ、どうもオークより鎧アリのほうが数が多いことも分かっている。豚より蟻のほうが繁殖力があるのはもっともだ。索敵の情報がダイレクトに伝わってくる「共有」は、かなり優れたスキルだと感じる。

(さて、執事にも許可を取っているし、こいつも持って帰るか)

頭を潰した鎧アリの鎧をひっくり返し、ミスリルの剣で胴体からさくさく切り離す。胸部にある魔石の回収も忘れない。

最近までは狩りを優先して、素材を持って帰ることはほとんどなかった。店に行き売買をするだけで2~3時間はかかるからだ。館から店までかなりの距離があるし、その時間を狩りに充てたい。金策より経験値だった。

しかし、召喚レベルが5になり、鎧アリを安定して倒せるようになると、少し考えが変わった。そもそもアレンが思いついたのは、肉のために魔獣を持って帰る際に、籠代わりに鎧アリの鎧を使うことだった。それ以降は、召喚獣にも鎧アリの鎧を壊さず、頭を狙うよう指示している。その後、この鎧が金貨1枚で売れることを知った。1個当たりの単価がとてもいいし、肉を運ぶのにも便利だ。狩りの帰りに1個くらい持って帰ろうと考えた。

執事にも、鎧アリの鎧を狩りのたびに持って帰るから防具屋に売ってもいいか相談した。男爵家で買い取ってもらってもいいのだが、男爵家には鎧を買い取る理由がない。執事は、問題ないと言った。

そこでさらに、鎧を防具屋へ売りに行くのを、使用人の誰かに依頼したいと付け加えた。手伝ってくれた使用人には、10個運ぶごとに鎧を1個あげることを条件にすると、執事はきっとみんな喜ぶだろうと、これも承諾してくれた。これで防具屋へ行く時間が省ける。

（よし、解体終了と。じゃあ始めるか）

アレンの狩りはここで終わらない。

魚Dの召喚獣を30体ホルダーに入れているので、アレンの知力は1600ほどある。知力200当たり1体の召喚獣の共有できるので、今では8体の召喚獣と共有可能だ。また、Dランクの召喚獣については、あれから追加の検証を終えていた。鳥Dの召喚獣の特技「夜目」は、予想通り夜間に効果を発揮する索敵スキルだった。ただし障害物の先にあるものは分からない。魚Dの召喚獣の特技「飛び散る」の持続時間は24時間だった。ある程度Dランクの召喚獣のことも分かってきたので、今日はこれから召喚獣に「共有」で指示をしながら狩りが続行できるか、実験しようと思っている。

（できれば2部隊作りたいが、それだと1部隊あたり4体になってしまうからな。8体全ての団体

行動にするか）

８体を次のような構成にした。

・虫Ｄの召喚獣１体
・獣Ｄの召喚獣４体
・鳥Ｅの召喚獣１体
・鳥Ｄの召喚獣１体
・魚Ｄの召喚獣１体

召喚獣だけでの狩りにまず大事なのは、やられないことだ。召喚士が傍にいないので、死んでしまったら召喚獣の補充ができない。その分戦力が落ちてしまうので、虫Ｄと魚Ｄの召喚獣によるデバフとバフは欠かせない。昼間は鳥Ｅの「鷹の目」、夜は鳥Ｄの「夜目」を使って索敵をする。当然魔獣を倒すのは獣Ｄの役目だ。獣Ｄは虫Ｄや魚Ｄを守る役目も担っている。

Ｃランクの魔獣を狩るには十分すぎる布陣だと思っている。

（じゃあ、後はよろしく。他の冒険者を攻撃したら駄目だよ）

今回の召喚獣隊にとって最も重要なことは、どれだけ魔獣を倒せるかではなく、他の冒険者を一切傷つけないことだ。指示したことは当然守ってくれると思うが、冒険者に襲われても反撃しないことも徹底する。

鳥Eと鳥Dの召喚獣には、他の冒険者には近づかないよう言い含めてある。なぜそんな必要があるかというと、アレンは指示を終えたら寝るからだ。眠っている間も「共有」は切れることはないが、眠っている間になにか起こしても、さすがに対応できない。アレンが寝ている間、召喚獣の行動は各自の判断に委ねられるので、きちんと注意点を言い含める必要があった。

まだ検証の途中だが、「共有」の効果はどうやら召喚の限界である30日間、ずっと続くようだった。眠っている時の共有は、前世でゲームしながら寝落ちしたときと似たような感覚だ。外部からの物音はちゃんと耳に入ってくる。

アレンが街に戻る途中も、「共有」で8体の召喚獣に指示をする。指示は1体ずつではなく、8体同時に出している。8体の視界を確認し、それぞれの体格や特技の特徴を理解しながら同時に命令する判断力は、知力1600の賜物なのだろう。

鳥Eの召喚獣が索敵を行う。もう少し暗くなったら、鳥Dの召喚獣の出番だ。

（まずは魔獣を見つけないとな。最初は少なめがいいな）

鳥Eの召喚獣の「鷹の目」のスキルで辺りを見回す。この「鷹の目」も、「夜目」と同じで遮蔽物の先は索敵できない。共有して分かることもたくさんあった。

3キロ先にオークを2体発見した。

（お、ちょうどいいな）

この時、残りの7体の召喚獣は、鳥Eが魔獣を発見したことを即座に察知し、一直線にそちらに向かっていく。

「共有」ができるようになり、情報の伝達速度は格段に上がった。視覚や特技を共有することができるので話が早い。時間のロスも大幅に減った。

鳥Eの召喚獣が捕捉した2体のオークのもとへ、7体の召喚獣が向かう。周囲は木がまばらに生えているだけで視界が良いため、オークからも7体の召喚獣の群れがよく見える。お互いが距離を詰め臨戦態勢に入った。

突進するオークに対して、虫Dの召喚獣が特技「蜘蛛の糸」を発射した。糸の粘着力でオークの動きが封じられる。さらに獣Dの召喚獣が特技「かみ砕く」で畳み掛け、2体のオークは為すすべもなく倒されていく。

『オークを1体倒しました。経験値1500を取得しました』

『オークを1体倒しました。経験値1500を取得しました』

(うしうし、余裕だぜ。ちょっと移動速度が遅いが、まあその辺は我慢だ)

アレンのほうがDランクの召喚獣より素早さがかなり高い。移動速度に多少の不満が残るが、狩りを続行する。

(あとは、召喚獣にも経験を積ませないとな)

新たに召喚された召喚獣は、同系統同ランクの召喚獣が倒される前の記憶や経験を引き継いで生成される。召喚獣隊のメンバーに狩りの仕方を学ばせることも重要な目的だった。

召喚獣隊を狩りに送り出した翌朝。魔導書で経験値の上昇を確認したところ、アレンの経験値はまったく増えていなかった。一晩中魔獣を倒していた形跡はログにも残っており、狩りに出た召喚獣たちは体験値を積み上げている。どうやらアレンが寝ている間、召喚士のアレン自身には経験値が入らないようだ。さすがに放置ゲーにはならず、胸の内に熱いものが漲ってくる。

アレンはさらに、経験値取得の条件を検証していく。

＊　＊　＊

それから数日後。アレンは「共有」を使って、また別のことを試している。

今日の検証の舞台はクレナ村だ。アレンは鳥Gの召喚獣であるインコの視界を通して、クレナ村の懐かしい風景を見ていた。人間の足で歩けば片道5日の距離も、強化した鳥Gの召喚獣なら数時間で飛んでいける。

「我が名は騎士クレナ！　参る!!」

「こい!!」

2年近くの月日を経て成長したクレナとドゴラが試合をしている。もはや2人の試合は騎士ごっこのレベルではない。武器屋であるドゴラの親父に、鉄製の剣と斧を作ってもらったようだ。武器がぶつかり合う音が、以前より激しくなったように思える。

クレナとドゴラがガンガン打ち合っている傍では、マッシュとペロムスが木刀で騎士ごっこをしている。久々にクレナ村に戻ってきたので、インコ姿のアレンは近くの木に止まったまま思わず見入ってしまった。

（さて、渡すものを渡さないとな）

皆の成長を確認したアレンは、クレナの家の庭先から自分の家を目指す。

土間にはテレシアがいた。

（母さんだ。ミュラも随分大きくなったな）

土間に侵入した鳥Gの召喚獣に、テレシアは気付いていないようだった。まだ2年も経っていないはずなのに、久々に母親を見て、視界を共有しているアレンの胸が熱くなった。まるで10年ぶりのようにも思える。

チャリン。

「え？」

背後で金属音がしたのに気付き、テレシアが振り向く。

そこには既に鳥Gの召喚獣の姿はなく、床には1枚の金貨がきらめいていた。

＊　＊　＊

10月に入り、アレンは10歳になった。アレンはこの館で丸2年間働いたことになる。ここに来た当初は従僕として2～3年務めたら、やはり自分にこの仕事は合いませんでしたと執事に伝えてさっさと帰るつもりであった。今でも12歳になったら辞めるつもりだが、この2年で思った以上にグランヴェル家と関わってしまったなと思う。あと半分の2年でお別れだと思うと、日々従僕の仕事をきっちり務めようと考えてしまう今日この頃。朝は従僕長のリッケルと雑談をしながら朝食を摂る。アレンが10歳なら、リッケルはもう20歳だ。自分がこの館に来て2年になるという話をしたら、俺は12年になると胸を張る。従僕になる前は小間使いを何年もしている大ベテランだ。いつもアレンの話に乗ってくれる。

セシルの従僕としての務めにも、少しずつ変化が出てきた。セシルも10歳になり、子供特有の我儘が減ってきたなと思う。パシリで街に買い物に行く機会も随分減ってきた。まあ、性格は相変わらずだ。

他に変わったことといえば、今日から狩猟番の給金も毎月金貨1枚にすると執事に言われた。これで今月から給金は従僕分の金貨1枚と合わせて、毎月金貨2枚になる。従僕長の給金を抜いてしまった。

今日は騎士団長がミスリル鉱の採掘地の調査を終えて、白竜山脈から戻ってくる。会議室ではなく食堂で報告してほしいと心から願っていたが、その願いが通じたのか、報告は食堂で行われることになった。食堂ならアレンも騎士団の調査状況について知ることができるので、とても助かる。

昼食を食べながら行われる報告に、アレンは給仕をしつつ耳をそばだてる。

「それで、ミスリル鉱の採掘地はどうなっている？」

早速、男爵が騎士団長に確認する。３月に白竜がカルネル子爵領に移動したことが分かってから、すぐに調査の指示をした。

どうやら男爵は一刻も早くミスリル鉱の採掘に取り掛かりたいようだ。貧乏領主なので、すぐにでもミスリル採掘で利益を出したいのかなとアレンは考えている。

「では、現地の状況から」

椅子から腰を浮かせ、男爵が今か今かと待ちわびる中、報告が始まった。

やはり、１００年以上前に使っていた採掘地は魔獣の巣窟になっていた。男爵が眉をひそめながら騎士団長の報告に聞き入る。白竜山脈の麓にはゴブリン村、オーク村が複数あり、白竜山脈には鎧アリの巣がいくつか発見されたという。

「そして、輸送経路については」

採掘地の周りだけ魔獣を排除すればいいわけではない。採掘したミスリル鉱を加工する溶鉱炉などがある精製所、輸送のための道など、安全を確保すべき領域はかなり広い範囲になる。だから半年以上調査に時間を費やしたのだ。

騎士団長によれば、採掘地からミスリル加工を担っていた村の跡地までを繋ぐ道、その村からグランヴェルの街までミスリルを運ぶための道の途中にも、多数の魔獣の巣窟が発見されたという。

「それで、実際に全ての魔獣を掃討し、ミスリルの採掘が開始されるのにどれくらいかかるのだ？」

いつから採掘が可能なのか。話の核心に迫る。

「最低でも5年、炭鉱労働者や溶鉱炉で働く人員を集める必要もございますので、さらにかかるかもしれませぬ」

最低で5年。炭鉱や村の再開拓も入れたら10年近くかかるかもしれないと騎士団長は説明をする。

執事もその意見に同意する。

「ご、5年など待てぬ。段階的に採掘を始める方法はないのか？　例えばグランヴェルの街に最も近い場所から1つずつ採掘を開始するといったことも可能であろう？」

白竜山脈は北から南に連なっている。最北にある採掘地がグランヴェルの街とほぼ同じ緯度だから、街から最も近いその採掘場から南に向かって徐々に採掘地の整備を進めれば良いのであって、全部で4か所ある採掘場を同時に開拓する必要などない。それが男爵の考えだった。

「確かに。それでも3年はかかるかもしれません」

「さ、3年か。無理を承知で言っている。なるべく早く頼むぞ」

それでも3年はかかる。それを聞いて男爵は天を仰ぎ、目をつぶった。何が何でもさっさと採掘を始めたいようだ。

（ほうほう、やはり北から攻めるか）

アレンは給仕をしながら、「共有」で山脈の採掘地を上空から見つつ話を聞いていた。鳥Eの召喚獣には「鷹の目」を使い、山脈上空を飛ぶように指示してある。白竜山脈の最北に位置する採掘地の場所を確認すると、今度は鳥Eの召喚獣を旋回させ、周囲のゴブリン村やオーク村、鎧アリの巣を探し始める。

執事が「では採掘地などで働く人員の募集を始めます」と話している。ミスリルの採掘についてはある程度話がまとまったので、男爵は次の質問をする。

「それで、カルネル子爵領の状況はどうなっている？」

「は！　白竜が領内にいるにもかかわらず無理やり採掘を強行したため、白竜の怒りを買ったという話を聞いております」

　近くをうろうろする人間に激怒した白竜が火を噴いて、労働者たちを一掃したという話だった。

（やばい、やはり白竜の索敵は範囲がかなり広いんだ。「鷹の目」の上位版だな。白竜の居場所を見に行かせなくて良かった）

　アレンは白竜をまだ見たことがない。鳥EやDの召喚獣と共有すればその姿を見ることもできるのだが、それはやめておいた。「鷹の目」の性能と白竜の行動を考えると、かなり危険であると判断したからだ。

「鷹の目」の範囲は半径数キロメートルにも及ぶ。アレンは既に、グランヴェル領の採掘所の一部が、カルネル領の採掘地よりも白竜の住処の近くにあることを把握していた。

　白竜の住処から見て山脈の手前にあるカルネル領の採掘所では一切採掘ができず、奥のグランヴェル領では白竜の住処の傍でも採掘できる。白竜はなぜ住処からの距離を無視して、グランヴェル領での採掘だけを許すのだろうか。

　もしかすると、白竜の索敵能力は「鷹の目」と同様、遮蔽物の向こう側を感知できないのではないか。山脈そのものが大きな遮蔽物となっていて、その奥には白竜の索敵能力は及ばない。ただし、その範囲は「鷹の目」をはるかに凌《しの》ぐだろう。もし、鳥Eの召喚獣が白竜の索敵範囲内に入り、追ってきた白竜が男爵領に戻ってきたら困る。白竜の姿を見たいという野次馬根性だけで、そんなリスクは負えない。

「ふむ、やはり無理に採掘をさせたか」

男爵が難しい顔で話を聞いている。

「はい」

「カルネル卿は、ミスリルの採掘があるから新たな村など手に負えないと、領内開拓令を無視し続けていたからな」

王家にミスリルの利益供与をチラつかせ、命令を無視し続けていたという。金にものを言わせて、かなりあくどいこともやっていたように聞こえる。

「カルネル子爵領におけるミスリル採掘の再開は絶望的という話です」

（やはり隣領だから、常に状況を確認しているんだな）

「まあ今は蓄財があるだろうが、それを食いつぶすであろう来年以降は予断を許さぬな。何かおかしなことをしてくるかもしれぬ。今後も確認を怠るでないぞ」

「承りました」

男爵は執事にてきぱきと指示する。

「あと分かっていると思うが、今後カルネル卿と会うつもりはない。話をしても無駄であるからな」

「では、そのように」

面会を求められても断れという男爵の言葉に、執事が頭を下げ返事をした。

どうやら食堂での報告会は以上のようだ。騎士団は今後、白竜山脈の北から順に魔獣の討伐を行う。執事は、新たな炭鉱労働者の募集とカルネル子爵領の確認を進めることとなった。

（北から開拓で決まりか、では北から魔獣を討伐していくぞ）

アレンの今後の予定が決まった。「鷹の目」で見た限り、ゴブリン村、オーク村、鎧アリの巣は合わせて100を超えそうだ。

（なるほど、俺の今後2年間の仕事はこれだな）

アレンの中に1つの目標ができた。2年後に冒険者になって館を出ていくその前に、男爵家に対するせめてものお礼として、領内の白竜山脈に巣くう魔獣を退治するのだ。男爵が一刻も早くミスリルの採掘をしたいなら、すぐにでも始めよう。ミスリルの採掘に邪魔な魔獣の拠点を掃討してやる。

（まずは一番弱いゴブリン村から始めるか）

騎士団に経験値を奪われるわけにはいかない。早々に魔獣の討伐を始めようと決意するアレンであった。

第九話　ミハイとの約束

10月に入って初めての休みだ。先日の騎士団長の報告を受け、アレンは白竜山脈の麓までやってきていた。厳密に言えば、この辺りは既に山脈の裾野ということになる。この辺りの森から何日か歩いていくと、段々傾斜が厳しくなっていき、荒涼とした風景に変わっていく。森の至る所にはゴブリン村とオーク村がある。鎧アリの巣はもう少し先の斜面にあり、大きな穴を作って暮らしている。

今日はゴブリン村を1つ討伐する予定だ。あと数日で騎士団が到着するだろうゴブリン村を選定し、先回りした。経験値を騎士団に譲るつもりはない。当面はゴブリン村の討伐を中心にやっていく予定だ。

ゴブリン村のボスは、ゴブリンキングと呼ばれるCランクの魔獣だ。Cランクなので余裕で倒せるだろう。一方、オーク村のボス、オークキングはBランクの魔獣である。マーダーガルシュとは鬼ごっこが精一杯だったアレンにとっては、まだ相手取るには早いだろう。ゴブリン村を討伐して経験を積んでから挑戦しようと考えている。

そして鎧アリの巣であるが、こちらもかなり厳しい。巣には1000を超える鎧アリとその女王がいるらしい。女王鎧アリはBランクの魔獣という話だ。女王鎧アリを倒し、鎧アリを掃討すれば、この穴を手に入れることができる。敵の数の多さや穴の中に入る危険を考えるとオーク村以上に難易度は高いが、鎧アリの巣の討伐には大きなメリットがあった。あの巨体が通る巨大な巣穴は、ミスリルの鉱脈まで続いている可能性もあるそうだ。鎧アリを殲滅すれば、ミスリル鉱脈まで続く理想の坑道が手に入るかもしれないというわけである。実際、今4つある採掘地のうち2つは、元を正せば鎧アリの巣だ。

アレンは「共有」した鳥Eの召喚獣が捉えたゴブリン村の前にいた。空では複数の鳥Eの召喚獣が旋回し、ゴブリン村全体をくまなく観察している。

（さて、1体残らず殲滅するぞ）

ゴブリン村は粗雑に組まれた柵で囲まれていた。門の前では2体のゴブリンが守りを固めている。

（よし、行け！　ベアーたち!!）

4体の獣Dの召喚獣が門に向かう。当然、強化と魚Dの特技「飛び散る」をかけてある。召喚獣に気付いた2体のゴブリンは、その瞬間にもう息の根を止められていた。既にDランクの魔獣にはほぼ負けない。

異変に気付いた村のゴブリン1体が櫓《やぐら》に登り鐘を鳴らす。けたたましい鐘の音を合図に、4体の召喚獣が村の内部へ躍り出た。

木の棒を組み合わせた骨組みとボロ布で作った家から、ゴブリンたちがワラワラと出てくる。召喚獣は迫りくるゴブリンたちを特技「かみ砕く」で次々と仕留めていく。

すると今度は、塀や櫓の上に弓を持ったゴブリンが現れた。近距離がダメなら遠距離攻撃を仕掛けようということだろう。そんなゴブリンの動きを、虫Dの召喚獣たちが特技「蜘蛛の糸」で封じていく。ゴブリン相手だとデバフがよく効く。

(遠距離攻撃、いいな。俺の召喚獣は今のところ遠距離攻撃の手段が何もないからな。遠距離攻撃や範囲攻撃を手に入れたいぜ)

糸に巻かれて真っ白になった櫓の上のゴブリンが持つ弓を羨ましく思う。バフができる召喚獣が手に入ったことは嬉しいが、やはり遠距離攻撃、範囲攻撃が狩りの効率を圧倒的に向上させる。

召喚獣たちに続いてアレンも村の中に入っていく。この村には200～300のゴブリンがいるようだ。村の門前で、アレンは召喚獣とゴブリンとの戦いの様子を遠巻きに眺める。

(ふむ。やはりこんなに多かったら、多少は取り逃がすな)

初めてのゴブリン村襲撃。「共有」による召喚獣隊だけで村のゴブリンを殲滅できるか検討したが、どうやら難しそうだった。できれば全て倒してしまいたいが、こんなに多いと半分くらいは取り逃がしてしまいそうだ。ゴブリン村の制圧は、召喚獣を何体も出せる自分が同行できる時にやろうと考える。

(さて、さくさく倒してしまうぞ。ベアーたち出てこい)

さらに6体の獣Dの召喚獣が出てきて、元いた4体の獣Dの召喚獣に加勢する。ゴブリンたちが圧倒的な劣勢でやられていく。一部のゴブリンが後方から撤退を始めた。

するとゴブリンが逃げていった方向から、新たに10体の獣Dの召喚獣が慌てて走ってきた。召喚獣たちに村の反対側に待機させ、鐘が鳴ったら村に入ってこいと指示をしていたため、ゴブリンは挟み撃ちになったのだ。ゴブリンにとっては最大級の緊急事態なのだろう。鐘は終始鳴り止まなかった。

挟撃によってどんどん数を減らしていくと、ひときわ大きなゴブリンが現れた。普通のゴブリンは1・5メートルほどだが、2メートルはあり体格もいかつい。腕には大きなバトルアックスを持っている。

（お！　ゴブリンキングだ）

ゴブリンキングは他のゴブリンたちを押しのけ、アレンのもとへ足を踏み出した。

『グガアアア！！！』

しかしその瞬間、虫Fの召喚獣の特技と獣Dの召喚獣による強襲によって、ゴブリンキングは倒れこむ。

（やはり、さくさく狩れるな）

獣Dたちの猛攻を見ながらアレンは勝利を確信した。Cランクの魔獣はこれまで何千体も倒してきた。ゴブリンキングも同じCランクの魔獣なので問題ないようだ。ついにはバトルアックスを手から離し、動かなくなった。

『ゴブリンキングを1体倒しました。経験値4200を取得しました』

ゴブリンキングを倒した後、さらにゴブリンの残党を倒していく。1か所に集まったゴブリンを獣Dの召喚獣が取り囲み、その環《わ》を徐々に縮めて、最後には一掃した。

(よし倒しましたと、さて建物の中にまだいないかな?)

悪臭のするゴブリンの家に入っていく。

(ベアーたちは2体ほど俺についてきて、残りは村の中央にゴブリンの死体を集めていて)

召喚獣に指示をしながら、ゴブリンの家を物色していく。

(さて、怯えるゴブリンの子供でも出てくるのかなと思ったが、そういうことはないな。さっき狂犬のように襲ってきたし)

家には未成熟なゴブリンがいるだろうと思っていたし、怯えていたらどうしようかとも考えていた。実際は小さなゴブリンも年を取ったゴブリンも、狂犬のように全力で襲ってきたため、考える間もなく他のゴブリン同様に倒してしまっていた。人間を見たゴブリンは、反射で殺意を抱くようだ。

そんなことを考えていると、別の家で思わず眉を顰めるものを発見した。どこかで攫《さら》ってきた何体もの人間の死体だった。ほとんど白骨化しており、生きている者はいない。

(やはり、滅ぼさないとな)

ゴブリンは貴重な経験値だ。ゲーマーであった前世の自分なら、ゴブリンの数を減らしてしまって勿体ないという気持ちがあってもおかしくなかった。しかし、その考えのままゴブリン村を放置しても犠牲は増える一方だ。改めてゴブリン村の殲滅を胸に誓う。人間の死体も、召喚獣に指示して村の中央に集めた。

ゴブリンから魔石を回収する。Dランクの魔石は草の召喚獣の特技「魔力の実」など貴重な使い道がある。ゴブリンキングのCランクの魔石も取り出し、２時間ほどかけてようやく全ての魔石を回収し終わった。

（ベアーたち、家建材を持ってきて）

ノシノシと歩きながら、獣Dの召喚獣たちが柱だの布切れだのを運んでくる。ゴブリンの死体の山の上に積むよう指示をする。

召喚獣が建材を積み終えると、アレンは収納から火がついたままの松明を取り出した。収納には火がついたものも安全にしまうことができる。

ゴブリンの死体の上に積まれた建材に松明で火をつける。死体を捨て置いたままにすると、後から到着した騎士団が感染症を起こすかもしれないからだ。次第に火は大きくなり、やがて巨大な火柱になった。

（さて、攫われた人間についてはどうするかな。火葬して埋めてあげてもいいんだが、騎士団のやり方は別にあるかもだしな。綺麗に並べて騎士団に任せるか）

あまり余計なことをして、かえって迷惑をかけても申し訳ないと思った。

（さて、ゴブリン村は余裕そうだしとっとと殲滅だな。そのあとオーク村にも挑戦だ）

ゴブリン村の殲滅は問題ないと実感できた。白竜山脈の麓におけるゴブリン村掃討は始まったばかりであった。

＊　＊　＊

年が明けた3月のある日。アレンは装備の最終確認を行っていた。ミスリル製の愛剣を握りしめる。マーダーガルシュとの戦いの後に購入した剣は、1年以上経った今も刃こぼれ一つない。動きづらいという理由からマントは装備せず、いつもの従僕の制服だけで臨むことにした。これがこれから始まる戦いにおけるベストの装備だろう。

アレンは目の前にいるミハイと向き合った。どこか以前と雰囲気が違う気がするのはなぜだろうか。

ミハイは3年にわたる学園生活を全うして無事卒業できた。お兄ちゃんっ子のセシルが喜んだのは言うまでもない。ところが魔導船に乗って帰ってきたミハイが最初にしたことは、アレンを呼び出すことだった。

「僕と本気で戦ってほしい」

いつも微笑をたたえていたはずのミハイに、笑顔はなかった。

「分かりました、本気で戦います」

アレンは答えた。なぜ本気の戦いを挑まれたのかは分からないが、今この庭で、ミハイとアレンは対峙している。去年も一昨年もアレンはミハイと試合をしているが、今年はどこか雰囲気が違う。ミハイから、何か並々ならぬ覚悟を感じる。

アレンは魔導書を出し、ステータスを確認する。昨年アレンが10歳の誕生日を迎えたときに、年齢によるステータス減算がなくなった。お陰でステータスが随分見やすくなったなと思う。

【名　前】　アレン
【年　齢】　10
【職　業】　召喚士
【レベル】　34
【体　力】　865+400
【魔　力】　1340
【攻撃力】　472+400
【耐久力】　472+600
【素早さ】　883+600
【知　力】　1350
【幸　運】　883
【スキル】　召喚〈5〉、生成〈5〉、合成〈5〉、強化〈5〉、拡張〈4〉、収納、共有、削除、剣術〈3〉、投擲〈3〉
【経験値】　1,490,410/7,000,000
・スキルレベル
【召　喚】　5
【生　成】　5
【合　成】　5
【強　化】　5
・スキル経験値
【生　成】　1,256/10,000,000
【合　成】　1,820/10,000,000
【強　化】　2,455,180/10,000,000
・取得可能召喚獣
【　虫　】　DEFGH
【　獣　】　DEFGH
【　鳥　】　DEFG
【　草　】　DEF
【　石　】　DE
【　魚　】　D
・ホルダー
【　虫　】　D30枚
【　獣　】　D20枚
【　鳥　】
【　草　】
【　石　】
【　魚　】

過去2回の試合はノーマルモードとヘルモードの成長差を測ることに主眼を置いていたが、今回は勝ちに行くつもりでカードの構成を変更した。草カードなど1枚も持っていない。「共有」で狩りをさせていた召喚獣も全て仕舞い、ステータスに振っている。

「ありがとう」

「え？」

突然ミハイにお礼を言われた。アレンが本気を出して戦うつもりであることを察したようだ。それだけ言うとミハイも剣を抜き、アレンと相対する。

「では、ミハイ様、アレン。用意はいいな？」

2人の真ん中で、審判役の騎士団長が確認する。アレンもミハイも「はい」と答える。いつも通り男爵家の面々が連なり、固唾を呑んで試合開始の合図を待っている。

「では、はじめ！」

その瞬間、遂に素早さが1400を超えたアレンが飛び出し、一気に距離を詰める。この一瞬で終わらせるつもりだ。ミハイは一瞬驚きの表情をあらわにしたが、アレンの剣戟を受け止める。

（む、受けられた。いやこの動き……素早さは俺のほうが上だぞ!!）

ミハイの動きで自分のほうが素早さは上だと確信した。攻勢に出たアレンに対して、ミハイの顔にもう焦りは見られない。丁寧に受け続ける。まるで授業で教わったよと言わんばかりの、淡々とした受けだ。アレンのほうが速いが、力はミハイのほうが上のようだ。剣と剣がぶつかり合うたびにアレンのほうが押される。しかし、構わず剣戟を繰り返す。

男爵は2人の試合を見ながら神妙な顔をしている。男爵夫人、トマス、セシルの3人は驚きの表情で試合を見ている。

（むう、合わせられる。なんだろう、剣の動きを読まれているな。俺の剣術のスキルレベルが低すぎるからか？）

ミハイのお手本のような動きにいなされる。素早さで先行していたアレンが、後手に回ったミハイに少しずつ攻められるようになってきた。まるで速いだけで単調な動きを予想しているかのようだ。スキルレベルの差で見切られているのだろうか。そうこうしている間に、息を切らしたアレンの喉元にミハイの剣が迫った。

「そこまで！」

騎士団長が試合を止める。ミハイの勝利だ。

（ぐう、負けた。素早さはこちらが上だと感じたんだが、攻め切れなかったな。これはスキルレベルによる命中率の補正があるからか？　もう少し素早さを上げるか？　いや向こうのほうが攻撃力が結構上だし、かなり力負けしてたしな）

ミハイとのステータスやスキルレベルの違いによる攻撃の威力の差、命中率補正について考えを巡らせていると、

「すごいね。さすがセシルの従僕だ」

とミハイが声をかけてきた。ミハイもまた、息を切らしているみたいだ。

「はい、ありがとうございます」

（あれ？　握手ないの？）

これまで試合の後は握手するのが恒例だったが、今回はしないようだ。観戦していた男爵家の面々とともに、ミハイが館の中に戻っていく。

その日の夕方。アレンは男爵家の晩餐で給仕をしていた。

「それにしても、アレンはとても強いのですね」

試合直後は言葉も出ない様子だった男爵夫人が、アレンに賛辞の言葉を贈る。

「ありがとうございます、ミハイ様に比べたらまだまだです」

「そうよ、ミハイお兄様に明日から剣術を習いなさいよ」

セシルはニマニマしながら言う。ミハイが館に帰ってきたのも、自分の従僕が強いのも嬉しくてたまらないといった様子だ。

「そうですね、またお暇がございましたら、ぜひ剣のご指導を賜りたいです」

アレンはそう言ってミハイに頭を下げた。セシルの明日からという言葉を聞いてうつむいたミハイが、顔を上げて口を開いた。

「実はセシル」

「なんですか？　ミハイお兄様」

「これから3年ほど、王家の勤めがあるんだ」

「え？」

今日からミハイがずっと館にいると思っていたセシルは、思いがけない言葉にショックで固まる。

「ごめんね、言ってなくて」

「そんな、いつからですの？」

「明日からかな」

「……」

さらにショックを受ける。もう言葉も出なくなってしまった。

「大丈夫、今度手紙を書いて送るから」

ショックのあまり、それ以上何を言ってもセシルにはミハイの言葉が聞こえないようだ。

（明日から王家の勤めで出ていくのか。カルネル子爵の言葉を思い出すな）

以前、カルネル子爵が自らの子に才能がないことを喜んでいたことを思い出す。学園を卒業したあと、何か面倒な勤めがあるのかなと思っていたがその通りだったようだ。学園を頑張って卒業したのに、また3年も家を離れて仕事をするのかと思う。

翌朝アレンが朝食を摂っていると、執事が使用人の食堂に入ってきた。9時にミハイが館を発つので、皆で見送るようにとのことだ。8時からはセシルの身辺の世話がある。ミハイが出発する前に全ての仕事を終えなければならない。

部屋を片付けながら着替えを終えたセシルを見ると、まだ元気がないようだった。3年というのはとても長い。王家の勤めには春休みのような長期休暇もないので、手紙だけになるだろう。昨晩のミハイの言葉を思い出す。

9時近くになると、使用人たちがエントランスホールに集まってきた。玄関前には既に馬車が停めてあり、正門は大きく開放されている。

正面の階段から伸びる通路を挟んで、使用人が二手に分かれて並び立つ。従僕の中では一番下っ端のアレンも、使用人の列の末席、玄関の扉のすぐ手前に立った。

階段の上の廊下から、カチャ、カチャという重みのある音が響き、鎧を身に纏い、腰に剣を差したミハイが降りてくる。その後ろにゆっくり男爵家の面々が続く。

（鎧を着ているな。あの姿で王家の勤めに行くのか）

セシルはずっと顔を伏せがちだ。階段を降りながら、ミハイがセシルの頭をポンポンと叩く。

「ミハイお兄様、無事のご帰還をお待ちしております」

「うん、またね、セシル」

そう言うと、ミハイは玄関に向かう。

（いってらっしゃい、って、ん？）

そのまま出ていくかと思ったが、ミハイがまっすぐアレンのもとに寄ってくる。アレンはなんだろうと思いながら、向かってくるミハイを見つめる。

突然ミハイがアレンを抱きしめた。

（え？）

「アレン、セシルをよろしく頼む。守ってあげてくれ」

「は、はい」

アレンの頭1つ分大きなミハイの行動に、驚きながらもなんとか返事をする。

アレンとの抱擁を解いたミハイはそのまま玄関に向かって足を数歩進め、振り返ると馬車を背に告げた。

「それでは、グランヴェル家の勤めを果たしに行きます」

男爵家の全員に見送られながら、ミハイは馬車に乗り込む。

（あれ？　震えていなかった？）

鎧を着ていてはっきりとは分からなかったが、ミハイに抱きしめられた時アレンは確かにそう感

じた。こうしてミハイは王家の勤めのため、ふたたび館をあとにしたのであった。

＊　＊　＊

ミハイが館を離れて2か月が経ち、今は5月。アレンは白竜山脈の麓にいた。

去年の10月から始めたゴブリン村掃討はその後も続いており、長く連なる白竜山脈の麓からゴブリン村はすっかり姿を消した。この間に、アレンは52か所のゴブリン村を制圧した。1つの村あたり約200体のゴブリンがいたので、ざっと1万体を超えるゴブリンを倒したことになる。騎士団もゴブリン村に出動していたが、全体の8割以上はアレンが片付けている。

ゴブリン村はなくなったので、今日からはオーク村の掃討にかかる。ゴブリン村のボスはCランクのゴブリンキングだったので、余裕を持って倒すことができた。しかしオーク村にいるオークキングは、まだ倒したことのないBランクだ。今日はBランクの魔獣に、初めてまともに挑む重要な日でもある。

鳥Eの召喚獣による特技「鷹の目」で見る限り、騎士団はまだはるか後方だ。人数が多い分、移動も遅い。この村に着くのは明日になるだろう。できれば今日中に掃討してしまいたい。

今回もゴブリン狩りで培った方法を踏襲する。村の裏手に5体の獣Dの召喚獣と1体の虫Dの召喚獣を待機させる。表門からアレンが襲い、10分程度経ったら村の裏側からも待機していた召喚獣が攻めて、挟み撃ちにする作戦だ。

（さて始めるぞ、ベアー、スパイダー、ハラミ、ブロン出てこい）

　6体の獣D、1体の虫D、1体の魚D、2体の石Dの召喚獣が現れる。ゴブリン村のときとは作戦を変え、今回は石Dの召喚獣を2体用意した。ゴブリンは弓や投げ槍を使ってきたが、おそらくオークも同じだろう。しかもオークが相手だとゴブリン以上に手こずることが予想される。戦闘の時間が長引けば、敵の遠距離攻撃がアレンの下に届く可能性が高まる。

　そこで石Dの召喚獣をアレンの前方に配置して、守りを固めることにした。2メートルにもなる巨大な盾を持つ、全身銅でできた召喚獣がどんな働きを見せるのか。これは石Dの召喚獣の試験運用も兼ねている。新たな召喚獣の可能性は常に検証していきたい。

　魚Dの召喚獣が特技「飛び散る」を使い、全員にバフがかかった。召喚獣たちは表門の死角に隠れるよう出現させたが、結構な数なので村の塀に陣取る見張りに見つかりそうだ。そうなる前に、さっさと始めよう。

（オーク村初狩り、行こうか！）

　アレンの指示の下、オーク村掃討の第一歩が踏み出された。

　ゴブリン村と同様に、オーク村でも槍を持ったオークが2体、門を守っている。召喚獣の編制部隊が雄たけびを上げて表門から姿を現すと、見張りの櫓や塀の上に緊張が走った。緊急事態を告げる鐘の音がけたたましく村中に響く。

　最前線にいる獣Dの召喚獣たちが、門番のオーク2体をかみ砕き屠《ほふ》っていく。強化した獣Dの召喚獣は、1対1でもオークに負けはしない。

（むう、矢がガンガン飛んでくるな）

石Ｄの召喚獣が盾を上に掲げ、アレンを矢から守ってくれる。しかし、獣Ｄの召喚獣には次々と矢が突き刺さっていく。召喚獣の体力を確認する方法は今のところない。やられ具合をよく見ておかないと、急に倒れて光る泡に変わってしまう。

（召喚獣1体1体の体力の残量が分からないのは残念だな。狩りをしていても急に倒れてしまうもんな。もう少しスパイダー増やすか。出てこい）

これ以上獣Ｄの体力を削らせないために、虫Ｄの召喚獣をさらに2体増やして対応する。こういった調整についても記録を残し、今後のオーク村掃討の参考にするつもりだ。

蜘蛛の姿をした3体の虫Ｄの召喚獣が塀や見張り櫓に向かって特技「蜘蛛の糸」をまき散らしていく。隙を見て門を入ると、そこにはざっと２００体ほどのオークが群れを成していた。

（よしよし、経験値がいっぱいいるな。皆ごちになります）

アレンは喜び勇んで前進しようとしたが、オークの数が多すぎて思うように進めない。邪魔なオークたちを獣Ｄの召喚獣が特技でかみ砕いていく。そこに来て、オークの後方からアレンが用意しておいた増援部隊がやってきた。挟み込むように、獣Ｄと虫Ｄの召喚獣がオークの群れを不意打ちする。

30分ほど攻めて、オークが残り半分程度になったその時である。

前方を確認していたアレンの目が、オークの集団の後ろで何かが光るのを捉えた。

（ん？　火か、身を守れ!!）

次の瞬間、真っ赤な炎が数メートル上空に現れるとそのまま火球となり、アレンに向かって飛んできた。アレンはとっさに石Dの盾に隠れ、特技「身を守る」を発動させる。

ズウウウウン

(ま、魔法か!? やられたか、いやまだ大丈夫だ、って、ぶ! ガンガン飛んでくるぞ)

オークの群れの後方に、何体かヒラヒラとした服をまとい、杖を持ったオークがいた。複数の火球が上空に現れ、容赦なくアレンの陣営に迫ってくる。魔法を使う魔獣を見たのは、この世界に来て初めてのことだった。

(魔法を使える奴もいるのか。む、反対側にいた召喚獣がやられたな。召喚獣を出し続けねば)

挟撃のために用意していた召喚獣は全てやられてしまったようだ。召喚獣の数がこの狩りの生命線だと判断したアレンは、ステータス画面のカードの枚数を見て召喚獣の残数を確認しながら、獣Dの召喚獣の生成、強化、召喚を続ける。空中に浮いた魔導書が、それに合わせて目まぐるしくペラペラとめくれる。

(これは、ブロンももっと増やしておくか。というか貴様は死ね!!)

召喚を続けながら鉄球を1つ収納から取り出す。渾身の力を込めて魔法を使ってくるオークの1体に投げつけ、顔面を粉砕する。

(うし、1体減らしたぞ。守りを増やしつつ魔法を使うやつを優先して殲滅だ。む、見えなくなったぞ)

仲間がやられたと見るや、隣にいた別の魔法を使うオークがアレンの召喚した石Dの召喚獣の陰に隠れた。

（くそ、隠れたな、賢いぞ！　ホーク、後ろの魔法を使う奴を捉えろ）

上空にいるホークの視界を共有し、戦況全体を確認しているので、魔法を使うオークが隠れている位置は分かる。しかしアレンがそこを目掛けて鉄球を投げても、石Dの召喚獣によって阻まれてしまう。獣Dの召喚獣に指示を出して倒そうにも、オークの群れが邪魔で近づくことができない。

アレンを目掛けて飛んでくる火球を石Dの盾がはじき飛ばしたため、四散した炎で辺りに火の手が上がる。塀も見張り台も煌々《こうこう》と燃えて、地獄絵図の様相を呈している。

（これは仕方ない。作戦は失敗だ。だが物量戦なら負けないから覚悟しておけ）

魔法を使うオークの存在を考慮していなかったため、行動が後手に回った。魔法を使うオークの知略が優れていたことも予想外だった。しかし、2年半ほどの狩りによってアレンは2万を超えるDランクの魔石を所有していた。獣Dの召喚獣なら2万体以上出すことができる。多少ごたついても、こちらの勝利は時間の問題だ。魔法に耐えつつ、目の前のオークを1体ずつ倒していくことにした。

地道な戦いが続き、さらに数十体のオークを倒したその時である。魔法を使うオークのさらに後方から、1体のオークが勢いよく迫ってきた。仲間のオークたちを払いのけて突進してくる。

（オークキングだ）

明らかに格が違う。他のオークより二回りほど大きいその魔獣は鎧を着ており、手には大きなハルバードを持っていた。初めの勢いそのままに、一気に最前線へ躍り出る。

『グモオオ！！！』

一声雄たけびを上げたかと思うと、ハルバードで薙ぎ払う。一振りで2体の獣Dの召喚獣が光る泡へと変わった。アレンは慌てて再召喚を行うが、オークキングの攻撃に追いつかない。持久戦になると考えて、30体以上まで増やしたはずの獣Dの召喚獣が少しずつ減っていく。

（ここは一旦後退か）

後退の指示を出そうとしたその時、火球がアレンをまた襲う。石Dの召喚獣が盾で防いだ瞬間、とうとう光る泡に変わってしまった。

（やばい、ブロンがやられたぞ）

さらに火球が飛んでくる。獣Dの召喚獣たちがとっさに身を挺してアレンを守るが、爆風でとうとうアレンは吹き飛ばされてしまった。

（あたた、これは戦況がこれ以上悪くなる前に撤退するか）

体をしこたま地面に打ち付けたアレンが立ち上がったその時、後ろから聞き慣れた声がした。

「ふむ、苦戦しているみたいだな」

「え？」

振り返ると、そこには騎士団長が立っていた。

「炎が上がっていると報告を受けたから来てみれば、なんだこれは？」

ひげを蓄え、顔や腕に無数の傷がある騎士団長がアレンの眼前に現れた。アレンに問いかけながらも騎士団長は腰から剣を抜き、ゆっくりとアレンの横を通り過ぎて進んでいく。

（騎士団長だ。到着は明日になると思っていたけど、もしかして走ってきたのか？）

「ちょっと、オーク村を制圧しようと思いまして」

正直に答える。目の前に転がる１００体を超えるオークの死体を見れば、何をやっているのかは一目で分かる。騎士団長が召喚獣を標的にしてはいけないので、召喚獣たちをカードにしまう。石Dの召喚獣くらい守りのために残そうかなと思ったが、散歩でもするようにオークの群れのほうへ平然と歩いてゆく騎士団長を見ると、それすら不要なように感じた。

（がっつり召喚獣を見られたな）

召喚獣が戦っているのを騎士団長に見られたのは間違いないだろう。あとであれこれ詮索されるだろうか。

『グモ？』

オークキングは騎士団長の姿を認めると、思わぬ新手の出現に警戒を高める。

「オークキングか、これは我が倒す。レイブランド副騎士団長、他の雑魚はお前が倒せ」

「は!!　騎士団長」

（え、副騎士団長も来ていたのね）

槍を持った副騎士団長が、騎士団長と同じようにアレンの横を通り過ぎていく。騎士団長が見せる余裕が癪《しゃく》にさわったのか、オークキングが力を込めてハルバードを振り下ろす。

『グモオオオオオオ！！！』

身の丈４メートルに達するのではないかというオークキングが、５メートルはあるハルバードを振り下ろして繰り出す渾身の一振り。それを騎士団長は剣で簡単に受け止め、軽々とはじき返す。その勢いに負けて4メートルの巨体が一瞬宙に浮いた。頭に来たのか、オークキングはアレンが思わず身じろぐほどの勢いでハルバードを振るう。騎士団長とオークキングの激しい戦いが始まった。

一方の副騎士団長は、槍を肩に担ぎながらオークの群れに進んでいく。表情から恐怖は一切読み取れない。それを見ていた魔法を使えるオークたちが魔法を発動した。上空に3つの火球が発生する。

「魔法か」

そうつぶやいた副騎士団長の輪郭が、陽炎《かげろう》のように揺らめいた。瞬間、オークの群れに向かって、目にも留まらぬ速度で槍を突き出す。

すると槍先から衝撃波が飛び出し、直線上にいた5から6体のオークの腹に大きな円状の穴が開く。少し遅れて血が吹き出した。ばたばたと倒れるオークのうち、1体は魔法を使えるオークだった。どうやら魔法を使うオークを優先して狙ったようだ。

1つの火球が魔力を失い四散する。別の角度から2つの火球が副騎士団長目掛けて放たれた。

「はっ！」

副騎士団長が槍を薙いで2つの火球を切り裂くと、火球はその形を崩し霧散する。その間も副騎士団長は眉一つ動かさず、歩みを止めない。

魔法が副騎士団長にかき消され、一瞬怯んだかのように思えたオークたちが一斉に攻撃を仕掛けてきた。ゆっくり歩いていた副騎士団長が、それに呼応するかのように突進するオークの群れを目掛けて駆け出す。副騎士団長はオークたちを縦横無尽にバターのように切り裂き、あっという間に殲滅した。

時を同じくして、騎士団長とオークキングの戦いも決着がついた。上から振り下ろした騎士団長の剣が、剣を受け止めようとしたハルバードも、頑丈そうな鎧もものともせず、オークキングを縦に真っ二つにする。オークキングは騎士団長の相手ではないようだ。ものの数分で、騎士団長と副騎士団長はオークの残党とオークキングを片付けてしまった。

（めちゃくちゃ強い。さすが領内最強の男だ。副騎士団長も本当に強かったんだな）

騎士団長の戦いぶりを知っている者は、彼を戦鬼ゼノフと呼ぶ。アレンはいつかレイブンから聞いた話を思い出していた。副騎士団長にしたって、幼いクレナにボコボコにされた男と同一人物とは思えない。以前からミハイが副騎士団長は強いと言っていたが、どうやら嘘ではなかったようだ。

（副騎士団長が使っていたのは、もしかしてエクストラスキルかな？　そうか、別に剣聖だけでなく全ての職にエクストラスキルがあるのか。それでいうと騎士団長はエクストラスキルを使ってなかったな）

先ほどの戦闘を分析していると、騎士団長がアレンのほうに寄ってくる。

「騎士団が夕方過ぎには来るからな。それまでに片付けるぞ」

どうやら、アレンがここにいる理由は不問にしてくれるようだ。騎士団長、副騎士団長、アレンの３人で２００体を超えるオークを村の中心に集めていく。わざわざ召喚獣を見せる必要もないので、アレンは自力でオークを運んだ。アレンがゴブリン村でしてきたのと同じように、火葬するようだ。

「騎士団長、魔石は半分欲しいです」

「ぬ？　まあそうだな、かまわぬ」

魔獣を半分以上倒したのはアレンなので、権利はしっかり要求する。本当はBランクの魔石も欲しかったが、騎士団長が止めを刺したので、そこまで要求するのはやめておいた。オークの死体の山からさくさくと魔石を回収していく。アレンがふいに騎士団長のほうを見ると、何か言いたげな表情だった。召喚獣のことを聞きたかったのかもしれない。


一か所にオークを集めたあとの処理を確認する。村をこのまま残すと、またオークがやってきて跡地を利用するかもしれないので、必ず焼却する必要があるということだった。人間の遺体については、遺族が遺品を求めるかもしれないので一か所に集めるだけで良いと言われた。

３人が村の一か所に遺体や遺品を固めている時、騎士団が到着した。騎士団も騎士団長たちを追って通常の日程を前倒ししてやってきたようだ。

（そろそろ帰らないと間に合わんぞ）

日が随分傾いていることに気付き、アレンが太陽の位置を確認する。ここは街からかなり離れているので、これ以上ここにいたら今日中に街に戻れなくなる。一旦街に戻りますと言ったら、騎士団長から「あとで男爵には伝えておくから、今日は野営地に泊まるように」と言われた。そう言われては仕方ないと、アレンは騎士団の野営地に宿泊することにした。

オーク村は悪臭がするので、村から少し離れたところへ移動し、騎士たちが野営や夕食の準備を始める。鳥Eの召喚獣で上空から確認したところ、騎士団の規模はおよそ100人といったところだった。オーク村の掃討に必要な人数はこれくらいということだろう。正直、騎士団長だけで行けるんじゃねとも思うのだが、それぞれの役割がきっとあるのだろう。個人の力だけで何とかなるものでもないようだ。

騎士たちが慣れた様子で野営の準備を進める。

「アレンよ、こっちで飯にするぞ」

「はい」

騎士たちの様子を隅のほうで眺めていると、一緒に飯を食うように騎士団長に促された。焚火に当たりながら、手渡された野鳥のモモ肉をがつがつ食べる。

「ゴブリン村が襲撃されていたが、あれもアレンだったのだな」

「そうですね」

騎士団長が眉を顰める。

「騎士団の長としては最新の状況を知りたいのだが、この先にゴブリン村はどれくらい残っているる?」

「もうないかもしれません。52か所潰しましたから」

（最近新たに村ができたなら話は別だけど、白竜山脈の麓にはもうないかな）

ゴブリン村は鳥Eの召喚獣を使って念入りに調べて、しらみつぶしに攻め落とした。それを聞い

た騎士団長はさらに眉を顰め、難しい顔をする。

「聞いていた通りか、いや聞いていた以上か」

　ブツブツと何か言い出す。

「え？　聞いていた？　何を聞かれたんですか？」

　アレンの質問に騎士団長が答える。騎士団長が聞いた話というのは、これまでアレンがしてきたことについてだった。アレンは野鳥のモモ肉を食べるのをやめ聞き入る。

　クレナ村にわずか6歳で初めてアルバヘロンを狩った少年がおり、7歳の時点でその数は50体を超えた。この期間、グランヴェルの街にはクレナ村からアルバヘロンの羽が大量に届いた。

　そして少年は、同じく7歳にしてボア狩りを先導し始める。その結果、今まで年に10体がやっとだったボアの討伐数は倍以上になった――。

（え？　なんで知っているの？　まあクレナ村を調べたら分かるけど、でもなんで？　むっちゃ詳しいんだけど）

　アレンの頭に疑問符が浮かぶ中、騎士団長は話を続ける。

　少年が館にやってくると、すぐにグランヴェルの街と白竜山脈の間で異変が起き始めた。何かで切り裂かれたような傷があるゴブリンの死体が散乱し、そのどれもが魔石を抜かれていた。その数はどんどん増え、報告に上がっただけで最終的に１０００体を超えるという。

　1年後にはオークについても同様の報告が入るようになった。去年からは鎧アリまで同じように倒され、魔石を抜かれるようになる。これらの報告が上がる日は、アレンの休日や狩猟番の日に必ず重なっていた。そして最近では、騎士団が向かう先々でゴブリン村がことごとく襲われ、既に焼き払われていた――。

（なんでしょう、ほぼ完ぺきに把握されている件について。まあ、考えてみればそうだよね、魔石を抜かれた魔獣の死体がそこら中に転がっているんだからね。俺もわざわざ魔獣を土に埋めるなんてことしてこなかったし。騎士団長の立場なら普通に報告が上がってくるか）

これらの報告を受けていた騎士団長は、アレンの鑑定の儀に対して疑問を抱いた。とても才能や能力値が低いとは考えられない。３年連続で春に行ったミハイとの試合に立ち会ったときも相当の腕であった。

そこでアレンの鑑定の儀を担当した神官らを全員呼び出し、鑑定の儀の状況を詳しく尋ねた。神官たちは口々に才能はなかったと言った。その言葉にさらなる疑問が湧く。

鑑定の儀を行う一団は王都から始まり、各領都、村々に移動する。その間に鑑定する子供の数は数え切れないほどだ。にもかかわらず、彼らはなぜ何年も前に行ったアレンの鑑定の結果を覚えているのか。

騎士団長が疑問を投げかけると、確かにその通りだと神官たちが自らの発言に疑問を感じる。そうして神官たちはその時のことを思い出す。才能によって水晶は光り方を変えるが、アレンの鑑定で放たれた光は、目を開けていられないほどの規模だったのだ。黒目黒髪の珍しい見た目も相まって、その光景は神官たちの心に深く刻まれたのだろう。答え合わせをするかのように、その時の状況を鮮明に思い出しては頷き合う。

　こうして全ての記憶が掬い上げられた。鑑定の儀の責任者をしていた神官は、水晶に表示された漆黒の金属板を思い出し、「才能はあった」と前言を翻した。

　ただ、難解な文字で書かれており読めなかったのだ。全体の能力値も低かったので、そのときは漫然と才能なしと判断してしまったのだった。

「数々の魔獣たちを倒してきた成果は、その才能の賜物だったのだな」

「まあ、そうですね」

「ふむ」

　その言葉に騎士団長は確信する。アレンは才能なしと鑑定されたにもかかわらず、自分には才能があることを知っていた。それをずっと黙っていたことになる。

（才能があることに勘付いていたのか。召喚士について聞いてくるのかな。答えるつもりはないんだけど）

　才能について聞かれても何とか誤魔化すつもりだったが、結局騎士団長は何も聞いてこなかった。焚火を見つめながら、焼いた野鳥をもそもそ食べている。

「……」

　長い沈黙が続くので、アレンは思わず騎士団長の顔を覗き込む。

「御当主様は全て知っておいでだ」

　ふいに騎士団長がつぶやいた。アレンがやってきてまもなく3年になるが、男爵はとうに全て知っていたというのだ。となると、その上でこれまで自由にやらせてもらっていたことになる。館に迎え入れて間もないアレンに狩猟番という役職を与えたことも、狩りが好きなアレンの希望を汲み取った上でのことだったということか。

「え？　なぜそこまでしてくれるのですか？」

疑問をそのまま騎士団長にぶつける。

「……まあ、そうだな。気になるだろうが、我の口から言うことではないな。そのうち御当主様がお話しになるだろうから聞いてあげてくれ」

（俺が聞いてあげる？　何か言葉がおかしいな。まるで男爵が従僕の俺に何かお願いしてくるみたいな言い方だな）

今後は自分が館を訪れた際に、アレンの狩りの標的やその進捗状況について報告するようにと告げると、騎士団長はまた黙り込んでしまった。騎士団長の立場で考えてみれば、入念に装備や準備を整えてゴブリン討伐に向かい、蓋を開けてみるとことごとくゴブリン村が焼き払われていたことになる。そんな調子で徒労が続けば士気も下がることだろう。さすがにここまで自由にさせてくれている以上、報告を断る理由もないので、アレンはそのようにしますと答える。騎士団長は頷くと、また黙り込んでしまった。召喚獣のことも、日ごろの活動についても何も聞いてこなかった。

＊　＊　＊

夕食を終えて火に当たっていると、騎士の1人が風呂の準備ができたという。風呂といっても桶にお湯を溜めて、汗や汚れを拭きとるだけの簡素なものだ。騎士団長が立ち上がり、その場で鎧を脱ぎ始める。

助けてもらったお礼がまだなので「背中拭きましょうか」と申し出る。半裸になった50過ぎの騎士団長の体は、歴戦の勇士と呼ぶにふさわしく傷だらけだった。アレンは思わず息を呑む。顔や腕に傷が多いなと思っていたが、鎧の下にもこんなに傷跡があったとは。

どれだけの激戦を生き抜いてきたのかと感心しながら、アレンは騎士団長の背中を拭くためにしゃがみこむ。そこで再び息を呑んだ。間近で見た騎士団長の背中は、皮が大きく剥がれ、肉が削げている。アレンでも致命傷に近いと分かる古傷が無数に刻まれている。


「ぬ？　どうした」

「あ、すいません、今お拭きしますね。それにしても」

(古傷か、それにしても痛々しいな)

「どうした？」

「回復薬を持っていますが使いましょうか？」

アレンが気を利かせて、命の草で回復させようとする。

「良い」

「いえいえ、薬はたくさんありますので」

「いや、使わなくて良いと言った。このままで良い」

「そ、そうですか」

まさか断られるとは思ってもいなかった。どうやら傷はこのままにしてほしいようだ。アレンが無言で背中を拭き続ける。

（それにしても、今日の狩りは全然駄目だったな。あんな風に門からじわじわ入っていっても、守りを固められていずれじり貧だ。俺が門の中に入ったのも致命的なミスだな）

背中をせっせと拭きながら、今日の狩りの反省をする。

「狩りが楽しいのか？」

ポツリと騎士団長が口にする。心が読まれたような気分になった。

「そうですね。とても楽しいです」

騎士団長はそうかと言って、それ以上は何も話さなかった。どこか寂しそうな表情をしていたが、アレンからは見えなかった。翌日、１日遅れで館に戻り執事に事情を説明したが、お咎めは何もなかった。ただ、無事で良かったなと言われた。この対応から、アレンは今までかなり自由に狩りをさせてもらっていたことを改めて知った。しかし、その理由までは分からなかった。

＊　＊　＊

それから２週間後の５月の終わり。

『グモオオオオオオオオオオオ！！！』

オークキングが血を流し、雄たけびを上げて地に伏した。

『オークキングを1体倒しました。経験値２５０００を取得しました』

（ふむ、このやり方が正解なのか？　Ｄランクの魔石を１２０個も消耗したけど。というかＢランクの魔石初ゲットだな）

アレンはとうとう試行錯誤の結果、オーク村の制圧に成功した。

そもそも入口からじわじわ入っていくのは駄目だった。この方法だと、オークに陣形を作られてじり貧になる。その反省を踏まえて、作戦を変更した。

まずは40体ほどの獣Ｄの召喚獣を10体ずつに編制し、オーク村を四方から一斉に攻める。1体の召喚獣がオークを2体倒せば、80体のオークを倒せることになる。オークに陣形を組ませないためには、まず一気に数を減らす必要があった。

獣Ｄの召喚獣のうち4体に「共有」を使って遠隔から指示ができるようにし、まずは魔法を使えるオークを倒す。魔法を使えるオークを最優先に倒すことは他の召喚獣にも伝えている。あとは召喚獣がどれだけ倒されようが、オークキングが出てこようが、やることはシンプルだ。ひたすら召喚獣を召喚し続け、物量にものを言わせるだけである。本体であるアレンが襲われない位置に陣取っておけば、あとは時間の問題だ。

案の定、オークキングはアレンが繰り出す召喚獣の数に押し切られ倒れてしまった。

（少々魔石を消耗してしまったが、勝ちにこだわれば勝てると。初見プレイでは失敗してしまったが、それもまた良しと）

予備知識のない状態でゲームに挑むことを、前世では初見プレイと呼んでいた。オーク村制圧の失敗は初見プレイの失敗の典型だと思っている。ゲーマーなら自ら積んだ経験を次に活かすことが大事だ。

（さて、とりあえず独力でのオーク村初制圧は完了かな。今後はもう少し効率を考えて制圧を進めていくか）

アレンは今回のオーク村制圧を皮切りに、白竜山脈の麓にあるオーク村の殲滅を目指すのであった。

第十話　セシル、家出をする

10月に入り、アレンは11歳になった。5月の終わりに初めてオーク村を制圧してから、かれこれ20ほどのオーク村を潰してきた。まだまだ村はあるが、地道に全てのオーク村を制圧するつもりだ。当然、ミスリル鉱の採掘再開を念頭に、白竜山脈の北側から攻めている。

頑張った甲斐もあり、4つある白竜山脈のうち、最北の採掘地の再開はかなり早いペースで準備が進んでいる。本来であれば再開まで最低3年はかかると見られていたが、これを2年に短縮できそうだ。採掘地における仕事の斡旋《あっせん》も進んでおり、来春からは採掘地とミスリル鉱を精錬する村の整備が開始される。

（全て順調だな。このままオーク村は全て潰して、できれば鎧アリの巣も全部潰して来年には冒険者か）

8歳の時に、12歳になったら従僕を辞めて館を出ていこうと決心した。あれからもう3年が経つ。随分長く館にいるんだなと思う。

『アレン、セシルをよろしく頼む。守ってあげてくれ』

館を出ると決めた日が近づくにつれ、ミハイの言葉を思い出すことが多くなった。一体、ミハイはセシルを何から守ってほしいと言ったのだろう。あの言葉が一生セシルに仕えてほしいという意味であったなら、それには応えられない。他にどんな意味があるのか色々考えてみるが、答えは見つからなかった。

「王家の使いが来るんだってな」

「そのようですね」

アレンが朝食を食べていると、いつものように従僕長のリッケルが声をかけてきた。リッケルとの朝の会話も、もう3年になる。リッケルが話した通り、今日は王家の使いがやってくる日だ。本日正午過ぎに来賓があると、使用人全員に昨日伝達があった。従僕と従者は2階の食堂に集まるよう言われている。

（また、人頭税を増やせとかそういう話なのかな）

何しに来るのか、理由は皆知らないらしい。王家の使いは大抵の者が横柄なので、あまりいい気分はしなかった。

正午過ぎ、王家の使いがやってきた。執事がエントランスホールから2階の食堂まで案内する。食堂でスタンバイしていたアレンの立ち位置は、男爵家側の末席に座っているセシルの後ろだ。他の従者や従僕も同じように、各々が専属で仕える男爵家の面々の後ろに立っている。給仕の仕事は任されていないので、昼食を摂るわけではなさそうだ。

食堂にやってきた使いは3人だった。最初に入った使いは、他の2名より身なりが良い。後から入ってきたのは側近か何かのようだ。上座に一番身なりの良い使いが座り、両脇に2人の側近が並び立つ。側近は手に何か持っている。執事が、使いの真向かいに座る男爵の後ろに立った。

「ようこそおいでくださいました。本日はどのような御用向きでしょうか？」

「ふむ、グランヴェル男爵には日ごろから、王家のために良く尽くしてもらっている。国王陛下もグランヴェル男爵の献身は、貴族の模範であると言っておられる」

「そ、そのようなお褒めの言葉。グランヴェル領を預かる身として、ありがたく頂戴いたします」

王家の使いは少なくとも男爵よりかなり偉い。国王陛下の言葉を借りて話せるのも王家の使いの特権だ。男爵は、王家の使いがこんな風に話を切り出すのを見るのは初めてだったため、あからさまに動揺する。

それからしばらく沈黙が続いた。男爵は次に続く言葉を待つ。トマスが「なんなの？」と言わんばかりに王家の使いを凝視する。

「ふむ……グランヴェル男爵にこれを渡すのは、大変心が痛むのだが」

王家の使いが重く閉ざしていた口を開く。すると、その言葉を合図に、側近の1人が長いテーブルの中央に足を踏み出す。それを見た執事が同じく歩みを進め、側近と向かい合った。執事が側近から封筒を受け取る。執事はそれを恭しく男爵の前に置いた。

「手紙？」

「そうだ、御子息からの手紙だ」

男爵の質問に王家の使いが答える。ミハイの手紙と聞いて、セシルの意識がテーブルに置かれた手紙に集中した。

「ミ、ミハイからの？」

「……」

今度は何も答えない。王家の使いがこれ以上何も言ってこないと見ると、男爵は封蠟《ふうろう》されていない封筒を開けて、中から1枚の羊皮紙を抜き取る。

その時、薄紫色の糸のようなものが何本かテーブルにはらりと落ちた。それを見て、男爵の表情が急変する。不安を隠しきれない様子のまま、手に取った羊皮紙を読み始めた。

「な!?　こ、こんな!!」

男爵が嘆きの声を発する。

「お、お父様、ミハイお兄様はなんて書いていらっしゃったの？」

通常、来賓がいるときは男爵以外の者が自ら言葉を発することはない。何か話すのは、来賓から話しかけられた時に限られる。しかしそんな習わしも無視して、セシルは男爵に話しかけた。しかしセシルの言葉にも反応を示さず、肩を震わせながら手紙を読む。

「こ、これはいつ書かれたのですか？」

「定期的に書かせているもので、3か月ほど前になる」

「な!?　そんな、は、話が違うではないか！　な、なぜ半年でこのようなことが!!」

王家の使いの態度が淡々としていたのが気に入らなかったのか、男爵が暴言を浴びせる。感情をむき出しの態度は、とても普段の男爵からは想像できないほどかけ離れている。

「御子息は勤めを全うされた」

「そんな、ど、どうせ、わ、我らが下級貴族であったから、危険な場所に置いたのであろうが!! ミハイはまだ学園を卒業したばかりだというのに!!」

男爵は激昂して立ち上がり、王家の使いを睨みつけたまま罵声を浴びせ続ける。

「それは王家に対しての言葉として受け取ってよろしいのか？」

「！」

王家の使いの横柄な態度は食堂に入ってきたときから一切変わらない。同じ言葉遣い、同じトーンで警告じみた言葉を返され、男爵は思わず言葉を飲み込んだ。

「な……わたくしにも読ませてください！」

男爵夫人がたまらず立ち上がり、男爵から手紙を奪うように取って読み始める。

「な、そんな、ミ、ミハイ……」

男爵夫人は、あまりのショックで気を失ってしまった。男爵夫人専属の従者が、倒れ込む前に慌てて抱きかかえ、そのまま夫人の部屋まで運んでいく。

「勤めを全うした方々の各人の名簿を精査中でございますので、見舞金は追って送らせていただきます」

「……」

頭が真っ白になった男爵は、事務的に話を進める王家の使いの言葉についていけない。

「では、手紙は確かにお渡ししました。これから次の領に参りますので、これにて失礼いたします。それでは、グランヴェル男爵」

「は、はい？」

　立ち上がった王家の使いが告げる。

「これからもグランヴェル領を預かる男爵としての勤め、よろしくお願いします」

「……」

　男爵は完全に放心しているようで、とても答えられる状況ではない。そんなことも構わず、３人の使いは順に食堂を出ていった。執事が見送りをするためにあとに続くと、「見送りは結構」とにべもなく断られる。

　王家の使いが退出し、男爵夫人もいなくなった食堂に沈黙が生まれる。

「お父様、ど、どういうことですか？」

　セシルが沈黙を破り、男爵に質問をした。この会話の流れだ。ミハイが亡くなったことは、王家の使いとのやり取りでみんな分かっていた。何がどうしてこうなったのか、セシルはその説明を求めているのだ。

「そうだな……。皆席を外してくれぬか？　トマスもだ」

　男爵が皆に出ていくように言う。男爵家の一員であるトマスも話を聞けないようだ。男爵とセシルと執事の３人だけが食堂に残り、アレンも出ていくことを余儀なくされた。

　昼過ぎは他の女中たちと一緒に館内の掃除をする。掃除をしながら、アレンはミハイが館を出るときに残した言葉を思い出していた。

『アレン、セシルをよろしく頼む。守ってあげてくれ』

（もしかして、ミハイさんの言いたかったこと、託したかったことって）

アレンも王家の使いと男爵の会話から、ミハイが亡くなったことは察していた。きっとあの手紙は遺書だったのだろう。今日のようなことが起きることがミハイには分かっていたのだろうと思う。

突然、2階の食堂から館じゅうに響くほどの怒号が聞こえてきた。

「そ、それでは、お父様はミハイお兄様を見殺しにしたというのですか！　死ぬと分かっていて送り出したということですか!!」

「な!?　そ、そうは言っておらぬ。き、貴族の勤めがあるのだ」

「そ、その勤めのために私も死ねと言うのですか！　私は殺されるために生まれてきたということですか!!」

「な!?　そうではない。ま、待ちなさい。セ、セシル!!」

食堂の扉が乱暴に閉ざされ、今度はその音が館中に響く。セシルは怒って出ていってしまったようだ。セシルの周りの使用人たちが、何事でしょうとざわめく。その日の晩餐にセシルの姿はなかった。

そして翌朝。

「アレン、昨日の怒鳴り声聞いたか？」

「そうですね、かなり大きな声でしたから」

館にいる者は全員、男爵とセシルのやり取りを聞いていた。

「それにしても本当だったんだな」

「本当？」

ああ、そうだと言って、テーブル越しに話していたリッケルが身を乗り出し、アレンに体を寄せて小声で話をする。

「昔聞いた噂話なんだがな。グランヴェル家はみんな短命なんだってよ。確か、御当主様の御両親も、そして御当主様の兄君も若くして亡くなっているって話だぞ」

こんな話、大っぴらにはするなよと言いながら教えてくれる。リッケルが小間使いとして働くよりもっと昔から伝わる噂のようだ。リッケルと話をしているうちに、セシルのお世話の時間がやってくる。女中とともに、昨日晩餐に出なかったセシルの部屋へ向かう。いつものようにセシルの服を着替えさせるため、女中がドアをノックして中に入る。その間、扉の前で待機しているのがアレンの日課だ。

「セ、セシル様!!」

部屋に入るやいなや、女中が叫んだ。何事だとアレンが部屋に躍り込むと、腰を抜かした女中が口を両手で押さえている。

セシルがいなかったのだ。

（ま、窓が開いている！　ここから出たのか!?）

セシルの部屋は３階だ。本当にそんなことは可能なのかと窓の外に顔を出す。ここから見える庭先のどこにもセシルは見当たらない。

「な、何事ですか!?」

女中の叫び声を聞きつけた執事が、慌てて駆け込んでくる。女中が状況を説明すると、即座に執事が全員でセシルを捜すよう指示を始めた。男爵も男爵夫人も一緒になって辺りを捜すが、セシルは見当たらない。アレンも馬小屋のすみずみに至るまで館の敷地じゅうを捜したが、やはりセシルはいなかった。一旦セシルの部屋に戻り、途方に暮れている執事に声をかける。

「執事、もしかしたら街中にいるかもしれません。捜しに行ってもよろしいでしょうか？」

「そうだな。頼んだぞ！」

はいと返事をして、アレンは館から飛び出す。

（どこだ！）

アレンはセシルの部屋の窓から外を見たときに、８体の鳥Ｅの召喚獣を空に飛ばしていた。召喚獣を空に召喚したいときは、ちゃんと空が見えていないとだめなのだ。先ほどから鳥Ｅの召喚獣の特技「鷹の目」を共有し、街全体を捜索し続けている。

（この街は無駄にデカいんだよな。建物の中に入ってくれるなよ）

かつてミスリルで栄えていたからか、グランヴェルの街はかなり広い。しかも「鷹の目」では建物の中を見ることができないため、外にいることを願う他ない。

（いた！）

アレンはセシルを発見した。繁華街の大通りから何本も奥に入った路地の片隅で、薄紫色の髪をした少女が膝を抱えて座っている。どう見ても治安が良い場所ではない。アレンが急いで向かうと、やはりそこはスラムに近い様相だった。空気が淀み、どこかジメジメしている。アレンがセシルに近づくと、一瞬肩をビクッと震わせて顔を上げた。

「アレン?」

「はい、そうです」

返事をしたアレンは、失礼しますと言ってセシルの隣に座る。しばらく何も話さないまま時間が過ぎた。セシルがアレンに尋ねる。

「連れ戻しに来たの?」

「いいえ」

「え? じゃあ?」

「私はセシルお嬢様の従僕ですからね。お嬢様が外出されましたら、いつも通り同行させていただくまでです」

アレンはセシルの従僕として、これまで街の色々な場所に同行している。買い物であったり、男爵家の娘として出席する行事であったり、これと言った用事がない気ままな散歩に付き合うこともあった。今の状況はそれと同じだと言う。

「……」

そんなことを言われるとは思ってもみなかったので、セシルの口からは言葉が出てこない。

「セシルお嬢様、足にお怪我をされていますね。私が薬草を持っていますので治しますね」

おそらく館から飛び降りた時に怪我をしたのだろう。アレンは命の草を使って回復させる。

「え……」

瞬く間に傷が治るその薬草に驚く。暫く何も言わず座っていると、セシルのお腹《なか》の虫が鳴った。

恥ずかしそうにセシルがお腹を押さえる。昨日から何も食べていないのだろう。

「セシルお嬢様、こんなものしかございませんがどうぞ」

モルモの実や干し肉、干し芋を収納から取り出す。「どこから出しているの？」とセシルは不思議がるが、空腹が勝っているためか深くは追求してこない。セシルが夢中で食べている間も、アレンは黙って路地の様子を眺める。

（さて、こんなところで絡まれたらたまらんからな。ん？）

狼藉者《ろうぜきもの》に絡まれたら困ると、アレンが「鷹の目」で索敵していると、セシルがぐすぐすとすすり泣きを始めた。お腹がいっぱいになったので心に余裕ができたのだろう、昨日の食堂での出来事を思い出したようだった。小さな声で「死にたくない」と繰り返している。

（ふむ、11歳の少女を励ましたことなどないが仕方ない）

「セシルお嬢様」

「なに？」

「館には戻らず、私と一緒にこの街を出ませんか？　確か明日なら魔導船もやってきますし、街から陸路で他の領に行くこともできますよ」

「え!?」

まさか家出を提案されるとは思わなかったようだ。俯き加減だった顔をあげてアレンの顔を見る。

「家のことなんて忘れて、一緒にいろんな国に行って、いろんな街を見てみませんか？」

（見るのは街より魔獣がメインだけど。今ちょうど後衛が足りなかったところだ）

魔獣という言葉は死を連想させるから、街と言い換える。アレンの召喚獣に遠距離攻撃できるものはいないし、セシルの攻撃魔法は心強い。

「そんな無理に決まっているじゃない！」

「そんなことはありませんよ。ほら」

逃走資金はありますよと、パラパラと金貨を出して見せる。

「え？」

「まあ、一度館に戻って来年まで待つこともできますね。12歳になったら冒険者登録ができますし、それからでもいいかもしれませんね」

「そんな、学園が……」

セシルはこれまで、12歳になったら学園都市に行くものだと聞かされて育ってきた。

「学園なんて、行く必要ありませんよ」

「必要ない？」

「はい、誰かに行けと言われても、行きたくないなら行く必要はありません。セシルお嬢様はどうされたいんですか？　全てはセシルお嬢様次第ですよ」

「私がしたいこと……」

アレンはセシルに、人生には選択肢があることだけ伝えたかった。それを聞いてセシルが考え事を始めたので黙って待つ。もしかしたら、自分が何をしたいか考えること自体が初めてなのかもしれない。そのまま1時間ほど経過すると、大通りがにわかに騒がしくなった。どうやらセシルの捜索はいよいよ大掛かりなものになってきたようで、奥まった裏通りの路地までセシルを呼ぶ声が聞こえてくる。

「アレン」

「はい」

「私、館に戻るわ」

「分かりました」

「アレン、おぶって」

「どうぞどうぞ」

アレンが背中を向けてしゃがみこむと、セシルがおぶさる。アレンは大通りを目指して歩き出す。

「アレン」

「はい、なんでしょう?」

「ありがと……」

セシルは恥ずかしそうに、アレンの肩に顔をうずめてお礼を言った。

「いえいえ」

大通りに出ると騎士と目が合った。セシルお嬢様を発見しましたと伝え、セシルをおぶったまま館に戻る。既にセシル発見の知らせは伝達が行き届き、捜索は打ち切られたようだ。道中、走り回る騎士はすっかりいなくなった。

歩いて戻ったのでかなり時間がかかったが、ようやく館が見えてきた。館の前では男爵家の面々が並んで待っている。セシルは両親が立っている場所の少し手前で、「ここで降ろしてほしい」と告げた。

「セシル……」

アレンの背中から降りたセシルに男爵が駆け寄り、力いっぱい抱きしめる。

「お、お父様、御迷惑をおかけしました……」

「良いのだ、本当に良いのだ」

「そうよ、セシル。セシルだけが背負うことはないのよ」

横にいる男爵夫人もセシルの無事を喜び、涙ながらに言葉をかける。

男爵がセシルの両肩をつかみ、瞳を見つめる。

「もうすぐだ、もうすぐなのだ」

「え？」

「もうすぐミスリルの採掘が始まる。採掘権の一部を王家に献上すれば、お前の勤めを免除してもらえるかもしれぬ。私が全力で王家と掛け合おう。だからセシルよ、お前は何も心配することはないんだ」

本当は、昨日男爵がセシルに伝えたかったのは、このことだったのかもしれない。

（そうか、だから急いでいたんだ）

白竜が住処を移動したという報告を受けてからの男爵は、一日でも早く採掘を開始したいとどこか苛立った感じだった。愛する子供の命を救うために、ミスリル採掘に賭けていたようだ。

「いいえ」

「ぬ？」

しかし、男爵の言葉をセシルが拒絶する。

「わ、私セシル＝グランヴェルはグランヴェル家の勤めを全うします。ミハイお兄様がそうしたように、もう逃げません」

吊り目がちの深紅の瞳を持つ少女は、震える声で、自分がしたいことを宣言したのであった。

＊＊＊

セシルの家出騒動から数日が経ったある日。アレンは鳥Gの召喚獣と「共有」をしてクレナ村を訪れていた。今日も仕送りの金貨を持ってきている。昨年7月から始めた仕送りはこれでもう10回以上を数える。

チャリン。

鳥Gが金貨を土間に落とすと、その音に気付いたテレシアが振り向いた。

「あらピッピちゃん、こんにちは。また持ってきてくれたの？　今日は手紙もあるのね」

（チャッピーだけどね）

『ピ！』

鳥Gの召喚獣の足元には、1枚の金貨と羊皮紙に書かれた手紙がある。金貨を嘴でくわえ、手紙を両足で摑んで運んできた。テレシアが金貨と手紙を拾う。

鳥Gの召喚獣は、3回目の仕送りの時にテレシアに見つかった。もっとも、わざと見つかるように土間に入ったのだった。その仕送り以降は、金貨に手紙を添えている。初めての手紙には、

『アレン』

と一言しか書かなかった。ほとんど文字が読めない両親だが、さすがに家族の名前は分かる。両親は贈り主が誰か察してくれた。

「ぴっぴちゃん！」

4歳になったミュラが鳥Gを捕まえようと土間に出てくる。アレンが付けた名前は『チャッピー』だが、家族には『ピッピ』で定着してしまったようだ。

（摑まれなければどういうことはないな）

鳥Gの召喚獣は素早さ200を超えている。狭い土間を器用に飛び回り、我が妹ミュラの手から華麗にすり抜ける。

「もう、ミュラだめよ～」

「は～い」

「お！　また来ているのか。アイツ大丈夫なのか？」

ちょうど外から戻ってきたロダンが土間に入り、水甕《みずがめ》の水を掬ってのどを潤す。

これから家族で昼食だ。ロダン、テレシア、マッシュ、ミュラがテーブルを囲む。平民に取り立

てられた今も家は農奴の頃のままだったし、食事風景も当時と変わらない。

「てがみがきているの？　みせてよ」

ピッピが運んできた手紙を、マッシュが手に取る。

（お？　読めるようになったかね？）

家族に手紙を出すようにしたのは金貨が届くのを家族が不審がるからだが、理由はそれだけではない。去年からマッシュが文字を習い始めたのだ。

去年村に講師がやってきて、クレナの受験に向けた勉強が始まった。学園都市に行くために2年間クレナは勉強に明け暮れるわけだが、村長の取り計らいでマッシュも一緒に授業を受けて良いと言われた。他にもドゴラやペロムスら、数人の生徒がクレナと一緒に勉強している。授業を見たことはないが、どうやら文字や算数を教えているようだ。講師が文字を書いてくれた羊皮紙を持ち帰ったマッシュは、毎日声に出して必死に覚えている。

『とうさん、かあさん、まっしゅ、みゅら、げんきにしていますか？

あれんは、げんきにしています。

とうさんは、おさけをのみすぎないように。

みゅらは、よるはいいこでねるんだよ。

また、てがみをおくります』

つたないながらも、マッシュは最後まで手紙を読んだ。

（ほうほう、だいぶ文字が読めるようになったな。勉強は順調のようだな。正直、父さんもその気

があれば、すぐに覚えられると思うんだけど）

レベルアップによる知力の上昇に伴い、物覚えの速度が上がる世界だ。ロダンの知力の能力値がDやEであったとしても、ボア狩りでレベルが上がっている分、人より物覚えはいいだろう。1年くらい真面目にやれば読み書きくらいできるようになると思うのだが。

「ミュラ、おにいちゃんがちゃんとねるようにいっているぞ」

「ちゃんとねてるもん！」

ふかした芋を握りしめたミュラはそれを頬張りながら、マッシュに言い返す。

「それにしても、こんなに仕送りをして、アレンは大丈夫なのか？」

何度かこちらの生活は大丈夫だと手紙に書いているが、それでもロダンは心配をする。金貨1枚は、農奴や平民にとってかなりの額だ。

アレンは鎧アリの鎧を売り始めてから、給金と合わせて月に金貨10枚以上を稼いでいる。金貨1枚の仕送りはアレンにとって大した負担ではない。心配し過ぎないように、金貨1枚で抑えているくらいだ。従僕になって1年半以上も家族には何もできなかったが、「共有」のおかげで仕送りが容易になった。異世界では前世のような生活の保障など何もない。何があっても当面はしのいでいけるよう、仕送りは続けるつもりだ。

＊　＊　＊

「共有」で鳥Gの召喚獣に指示をしながら家族の無事を確認していると、セシルから声がかかる。今は男爵家の昼食中で、アレンは給仕をしている。

「アレン、あとで部屋に来なさい」

「はい、セシルお嬢様」

セシルはここ数日で、なんとか気持ちを持ち直したようだ。万全とはいかないが、もうどこかに出ていくような不安定な感じではない。あの日以来アレンに対しては少し優しくなったような気がする。口調は相変わらずだが、目つきが以前より柔らかくなった。

給仕の仕事を終えると、ほどなくしてセシルの部屋に向かう。ノックをすると、部屋の中から入りなさいと返事があった。さっきまで実家の風景を見ていたせいで、セシルの部屋がやたら豪華に見える。セシルは部屋に置かれた丸テーブルの席に座っていた。2人でお茶をするのに丁度いいくらいの小さなテーブルだ。

「アレン、この前は私を良く見つけたわね」

「ありがとうございます」

部屋に入ると、初めにこの前の家出の件でお礼を言われる。

「こっちに来なさい」

「はい」

テーブルの前に立つと、座りなさいと言われる。アレンはセシルの向かいにある椅子に座った。テーブルの上にはお茶とお菓子が載っていた。普段セシルが食べているお菓子より豪勢だ。

「アレン、私の従僕になって丸3年になりますね。先日は、私を助けてくれましたね。これは褒美です」

(お！　お菓子だ！　ご褒美きた!!　それにしても去年は従僕2周年記念がなかったが、3周年はあるのか)

アレンがセシルの従僕になって1年が経ったときに、褒美をあげると言われた。セシルが従僕1周年記念と名付けたが、その時はセシルの計らいで魔法の授業を受けることができた。お陰でこの世界の魔法使いと知力の関係を知ることができたのだ。

去年は、当初1周年記念で貰おうとしていたお菓子をお願いしようなどと考えていたのだが、そもそも2周年記念の褒美自体がなかった。アレンはセシルが周年のご褒美を忘れてしまったか、あるいは1周年で飽きてしまったのだと思っていたが、3周年は先日のお礼も含めて、ちゃんと褒美を頂けるようだ。

「さあ、お食べなさい」

「はい」

食べていいと言われたのでバリバリと甘い焼き菓子を食べる。

(むっちゃうまい！)

元々甘党なアレンは、セシルの前で遠慮もせずに次々と目の前のお菓子を食らう。そんなアレンの様子を眺めていたセシルが、このお菓子について話し始めた。なんでも男爵に頼んでお小遣いを貰い、料理長に作ってもらったという。このお菓子には男爵からのお礼の気持ちも含まれているようだ。

（おお！　料理長がこんな美味しいお菓子も作れるとは。さすが元宮廷料理人だ!!）

豪華なお菓子を作ったのが料理長だと知ると、アレンはリッケルに以前聞いた話を思い出した。

この館には、以前王城で働いていた人が2名いるというが、そのうちの1人が料理長だというのだ。50歳過ぎまで王城で宮廷料理人を務め、引退してから故郷であったグランヴェル領に帰ってきたのだという。リッケルの話を聞きながら、あの口調でも宮廷料理人が務まるのかと思ったのを覚えている。

もう1人はセシルの魔法の講師だ。アレンに魔法について色々教えてくれたかなり年配の講師も、王城での仕事を引退した後に男爵家に出入りするようになった。ただ、料理長と違うのはグランヴェル領が講師の故郷ではないことだ。なぜ今、彼がこの館で講師をしているかというと、全てはセシルのためだという。貴族に魔法を使える才能があると分かれば、講師を雇って魔法を教えるのが通例だが、魔法使い程度の才能なら、わざわざ王城に所属する講師がやってきたりはしない。しかしセシルは、魔導士というかなり貴重な才能を持っている。誰か良い講師はいないものかと探していたところ、同じ魔導士の才能を持ち、引退を考える年齢に差し掛かっていた彼の存在を知り、講師に抜擢したのだそうだ。今は週に1回セシルの授業を行い、普段は貴族街の一角に与えられた住居で隠居生活をしているという。

「アレン、アレンは心配しなくていいのよ」

「え？」

（なんのお話？）

セシルはまだ話したいことがあるようだ。アレンはお菓子に伸ばした手を一旦止めて、話を聞く。

「アレンは将来のことを考えて冒険者の話をしてくれたようですけど、その心配はないわ」

（冒険者？　ああ路地での話か）

セシルが家出して路地に座り込んでいた時、元気づけるために家のことなんて忘れて冒険者になろうと話したのを思い出した。

「アレンは立派に働いています。なるべく早く従者になれるよう、お父様にも言っています」

（ぶっ!!）

セシルは屈託のない笑顔で話したが、アレンは「勿体なきお言葉です」としか言えないのであった。

第十一話　鎧アリの巣への挑戦

年が明け3月になった。ミハイが亡くなってから半年ほどが過ぎ、セシルはだいぶ元気になった。それでもやはりミハイのことがあるためか、今まで以上に習い事に励んでいる。

『アレン、私も狩りに連れていきなさい』

と命じられるようにもなった。どうやらセシルは強くなりたいようだ。ただ、これは男爵の許可がおりていないので、さすがに断っている。

あと半年と少しで12歳だ。館に来てからもう3年半、時の流れの速さを感じる。ミハイがこの世を去る結果となったグランヴェル家の勤めがどんなものなのかは今でも分からない。以前、リッケルに王国はどこの国とも戦争をしていないと聞いた。ミハイの件もあったのでもう一度リッケルに確認したが答えは同じだった。

この王国の北には何十倍もの国土を誇る巨大な帝国がある。何十年も前は戦争をしていたらしいが、今は和平協定を結んでいる。リッケルは、話のついでにこの世界の現代史をかいつまんで教えてくれた。

狩りの進捗について触れておくと、2月の終わりにオーク村は全て滅ぼした。ゴブリン村よりも殲滅に時間がかかったが、その甲斐もあって白竜山脈の麓からオーク村はすっかり消え去ったのだ。ただ、村はグランヴェル男爵領側だけにあるわけではない。いつかまた、どこからかやってきたオークによって村が出来るかもしれないが、その時はまた退治すればいい。

アレンや騎士団の活躍で、来月の4月から始まるミスリルの採掘に向けて、予定通り人員も確保できた。ゴブリンやオークがいなくなったため、冒険者から仕事を鞍替《くらが》えする者も結構いたらしい。ゴブリン村やオーク村を滅ぼし冒険者の仕事をなくしてしまったことを心苦しくも思うが、実際に犠牲になった人々の遺体をたくさん見てきたアレンは、やはり魔獣の村を滅ぼして正解であったと思っている。

ミスリル鉱石をミスリルに錬成する溶鉱炉が置かれる村は、春から入植が始まる。夏過ぎには採掘を開始するという話であった。

初期投資に費用がかかるので、最初の数年は赤字になる見込みだが、始めることが大事なのかなと思う。1つ心配事があるとすればカルネル子爵だ。白竜がカルネル領に移動して丸2年になるのだが、一切音沙汰がない。ミスリルなしで領の運営をできるとは思えないが、グランヴェル家に泣きついてくるわけでもない。この沈黙が逆に不気味だった。男爵も気にしているようで、よく執事にカルネル領の状況を確認させている。

ゴブリン村とオーク村を全滅させた今も、アレンは白竜山脈を狩りの拠点にしている。白竜山脈の麓から上を目指して森を抜けたところにある、植物がほとんど生えない荒涼とした場所に立つと、白竜山脈の全容が見えてきた。山脈は長く、そして広範囲にわたる。今見ているのはその斜面のほんの一部だ。しかし、召喚獣と「共有」して上空から見るのと、切り立った崖から直《じか》に山肌を見るのとでは迫力が違う。

（さて、鎧アリの巣はあれだな）

アレンがいる場所から少し離れた斜面に、大きなかまくら状の膨らみがある。鎧アリの蟻塚だ。3メートルもあるたくさんの鎧アリが巣穴を出入りしているのが見える。

（む、結構巣穴は小さいんだな。いや鎧アリが大きいのか。これって鎧アリが邪魔で中に入れないんじゃないのか？）

巣穴の幅は鎧アリ1体分の大きさしかない。人が入るには十分な大きさだが、侵入を試みても鎧アリに道を塞がれてしまうことは容易に想像できた。

鎧アリの討伐方法はレイブンから聞いていた。まず、巣にはざっと1000体を超える鎧アリがいるらしい。そして、その中には必ず女王鎧アリというBランクの魔獣がおり、女王は息の根を止めない限り延々と鎧アリを産み続けるという。ただ、レイブンも人から聞いたことがあるだけらしく、アレンが色々詳しく聞こうとしても、いつものように明確には答えてくれなかった。

（きっと中は一方通行のトンネルだな。穴が小さくて、不便じゃないのかね？　全部とまでは言わないが、かなりの数の鎧アリを外に出して倒さないと侵入できないか？）

親玉である女王鎧アリを倒すには、まず巣の中から大量の鎧アリをおびき出す必要がありそうだ。

アレンは4体の獣Dの召喚獣、1体の虫Dの召喚獣、1体の魚Dの召喚獣を召喚し、「共有」を使う。

（何事も挑戦だな）

ここには攻略本もインターネットもない。この6体の構成で、鎧アリの群れにどの程度対応できるだろうか。アレンはオーク村で追い詰められた反省から、少し離れたところから攻めてみることにした。

むき出しの岩や石をぬって、6体の召喚獣が蟻塚へ向かう。獣Dの召喚獣はそれなりに大きいため、すぐに気付かれてしまった。それでも構わず突き進む。

『ギチギチ！』

『『『ギチギチ!!』』』

召喚獣たちが蟻塚に迫ると、1体の鎧アリが大顎で警戒音のような音を発した。すると巣の外にいた鎧アリたちがそれに呼応し、一斉に警戒音を鳴らし始める。鎧アリの大合唱に合わせて巣穴からぞろぞろと数十体の鎧アリが這《は》い出て、蟻塚を囲んだ。

（おお！　いいねいいね、どんどん湧いてこい。無限に湧いてくれ。これは6体の召喚獣じゃ足りないな。もっと増やすか）

この様子を見たアレンは、さらに20体の獣Dの召喚獣を召喚する。既に強化済みの獣Dの召喚獣がアレンの指示の下、鎧アリの巣に向かっていく。

辺りはたちまち戦場と化した。鎧アリは鎧より頭を守る外骨格のほうが幾分柔らかいため、獣Dの召喚獣は皆一様に鎧アリの頭を狙う。普段の狩りでもそのように指示をしているので、改めて指示をしなくても、頭を狙うことは承知しているようだ。向かった先から頭を狙い攻撃している。

（むう、やはり動きが悪いな）

狩りをするうえで最も大事なことは、いかに魔獣を短時間で狩るかだ。狩り効率は倒した魔獣の数に比例する。アレンは鎧アリの巣から50メートル以上離れたところで、鳥Eの召喚獣の鷹の目を通して戦況を見ている。獣Dの召喚獣の猛攻によって鎧アリが次々と数を減らしていくが、何も問題がないわけではない。獣Dの召喚獣の弱点もこの量の鎧アリを倒す中で見えてきた。

獣Dの召喚獣では、外骨格で覆われた鎧アリの頭を一撃で砕くことができない。より効率的に倒すためには皆で連携して1体の鎧アリを攻撃し、1体ずつ確実に仕留めたほうが被害を抑えられるのだが、それがうまくいかない。

アレンは、獣Dの召喚獣が魔獣を攻撃したのを見るたびに、他の獣Dの召喚獣にもそいつを集中攻撃するように指示している。しかし、指示をしてから自ら判断しないといけない長期戦になると、どうしても指示に穴が出て、召喚獣の行動に無駄が増えてしまう。あと一撃で倒せる鎧アリがいるのに他の鎧アリを攻撃し、その隙に見逃した鎧アリから攻撃を受けてしまうといったミスが散見される。

（知力100を超えた程度では召喚獣の判断にミスが多く、他ともうまく連携が取れないと）

一定の確率で誤判断をするように仕組まれているのか、長期戦になるほど行動にミスが目立つ。これも訓練したら改善するのかと長い目で見ているが、どうも知力が関係しているようだ。実際、強化により知力が400に達している鳥Dと魚Dの間では、きちんとコミュニケーションが取れている。鳥Dの召喚獣は『ホー』としか言えないし、魚Dの召喚獣に至っては声が出せない。しかし、それでも意思の疎通を行って連携しているのは一目瞭然だった。

（とりあえずこんな感じかな。知力３００台の召喚獣がいないから仮の検証結果だな）

●様々な知力の召喚獣が増え、検証した結果

・知力１００未満……特技を使えしか言うことを聞けない。

・知力１００以上……特技以外の指示が理解できる。判断ミスがある。
　他の召喚獣と意思の疎通はできない。

・知力２００以上……判断ミスが少なくなる。

・知力３００以上……該当の召喚獣がいないため、検証不可。

・知力４００以上……召喚獣同士でも意志の疎通ができる。
　共有によりアレンと意思疎通して指示ができる。

検証の結果、知力４００の鳥Dを召喚獣隊のリーダーにした場合、リーダーに「共有」で指示をすれば共有していない獣Dの召喚獣にも遠隔から指示ができることが分かった。しかし、このケースではアレンから鳥Dの召喚獣へ、鳥Dの召喚獣から獣Dの召喚獣への伝言ゲームになる。単純な内容でないと、指示がうまく伝わらないことも多い。

鎧アリの巣で繰り広げられる攻防を見ながら、アレンは召喚獣の新たな可能性について模索するのであった。

＊＊＊

鎧アリの巣への攻撃を開始して2か月が過ぎたが、まだ最初の巣すら攻め落とせていない。アレンは今、ミスリル錬成のために白竜山脈の麓に作られた村にいる。4月に開拓が始まったばかりの村は、まだまだ殺風景だ。一緒に材木を運んでいる男に声をかけられる。

「おう、坊主は力があるな」

「ありがとうございます」

アレンがここにいる目的は、もちろん開拓の手伝いではなく鎧アリの巣の制圧だ。この2か月のうち直近の5週間は、週2回欠かさず1日200体以上倒しているから、この期間だけで2000体以上の鎧アリを倒した計算になる。レイブンから聞いていた話では、1つの巣には1000体ほどの鎧アリがいるとのことだったので、本来ならもう全滅していてもおかしくないのに、いまだに倒しつくせないのはどういうことだろう。

初めて挑んだ巣がたまたま大規模だっただけなら、3000体いようが5000体いようが、いずれは片がつくので問題はない。ただ、アレンには1つ気になることがあった。200体近く倒した鎧アリの死骸が、次に巣へ向かうと綺麗になくなっているのだ。もしかしたら女王鎧アリは、死んだ配下のアリを栄養にして、新たなアリを産み続けているのかもしれない。

では倒した鎧アリの死骸を回収すれば良いのでは、とも考えたがあまりに非現実的だった。巣穴から無限に湧き続ける鎧アリが邪魔で、魔石の回収すらままならないのが現状だ。経験値はこれまでの狩りのどれよりも美味しいが、この戦いに金銭的なうまみは一切なかった。

そうして考えたアレンは、執事にダメ元であることを相談した。騎士団長の話によって、執事がこれまでもアレンのやりたいことを尊重して、色々融通してくれていたのを知っている。

アレンの相談は、狩猟番の日と休みを2日連続にして、その間は外泊させてほしいというものだった。グランヴェル男爵の館から白竜山脈にある鎧アリの巣までは、レベルや加護によって素早さを上げたアレンでもかなり遠いと感じる距離だ。移動に時間を割かれる分、狩りの時間が十分に取れない。

「外泊」という言葉に執事が反応し、難しい顔をする。断られそうだったので、ミスリルを錬成する村の手伝いもするからとお願いしたら、そこまで言うならと承知してくれた。了承を得た後に従僕長のリッケルにそのことを話すと、よく許可が下りたなと意外そうな顔をしていた。外泊は基本的に駄目らしい。どうやら今回も、アレンはかなり無理を言ったようだ。

変更前……給仕／給仕／狩猟番／給仕／給仕／休み
変更後……給仕／給仕／給仕／給仕／休み／狩猟番

何時間か白竜山脈の麓の村の開拓を手伝ってもお釣りがくるくらい、2日連続で鎧アリの巣を攻略することには大きな意味があった。移動の時間が省けた分、1日200体だった鎧アリの討伐数を300体に増やすことができたからだ。この日も開拓を手伝った後にいつも通り鎧アリを倒していると、鎧アリの巣に変化が現れた。ついに巣から鎧アリが出てこなくなったのだ。

（きたぞ！　とうとう俺の粘り勝ちだ！　見たか！！！）

4月の途中から2日連続での攻略を続けた甲斐があったというものだ。縦横3メートルにもなる巣穴はぽっかりと口を開き、アレンを迎え入れているかのように見えた。

（こ、これは攻め時だ。松明や照明用の魔導具も持ってきたけど、とりあえず召喚獣に向かわせるか）

攻め入る前に中の状態を知っておきたいし、巣のどこに女王鎧アリがいるかも調べないといけない。まずは穴の中の調査が必要だ。

（さて、穴の中にはチャッピーを送るか？　いや暗いだろうからホロウか）

どの召喚獣に潜入させるか判断する。暗さ対策として鳥Gの召喚獣ではなく、夜目の特技を持つ鳥Dの召喚獣を送ることにした。

（ふむ、チャッピーはまだまだ役目がないな）

召喚レベルが上がり、「共有」など便利なスキルが増えてきた。全ての召喚獣にどんな活躍の場があるか、なるべく検証は進めている。鳥Gの召喚獣の「声まね」はかなり有用だと思っている。特に「共有」を絡めると、用途の幅はかなり広がる。

●声まねの検証
・人の声をまねることができる

●声まねをする条件
・対象の声を聞かなくてはならない
・対象の名前が分からなくてはならない

「共有」がなかった頃は、誰の声をまねるか、どんな言葉を発するか、といった細かい内容を50メートル以内でいちいち指定しなくてはならなかった。そこが不便だったが、「共有」によって問題は解決し、特技の有用性が一気に上昇した。声まねの対象や発する内容を常に指示できるようになり、指示の有効範囲に縛られず自由に移動できる。可能性はかなり広がったのだが、まだ今のところ使い道は見いだせていないのが残念だ。

アレンがそんなことを考えている間も、鳥Dの召喚獣は巣穴の中をどんどん進んでいく。

(中はかなり広いな。これは1体では探索が間に合わないぞ)

さらに奥へ奥へと進んでいく。あの巨大な鎧アリが1000体以上住まう巣穴は、かなり深い迷宮になっている。何度も枝分かれしながら、どこまでもトンネルは続く。女王鎧アリ討伐の好機を逃すわけにはいかないので、鳥Dの召喚獣をさらに3体増やして巣の中へ送り込む。アレンは計4体の召喚獣が調べた巣の中の構造を、片っ端から魔導書に転写し攻略地図を作成する。

(なるほど、ここは小部屋か。ぐは、やられた!)

巣穴に鎧アリが全くいなかったわけではない。1体の鳥Dの召喚獣が行き止まりになっている小部屋に入ると、いきなり大顎に捕まってやられてしまった。やられる前に3体ほど鎧アリの姿を見かけたので、まだそれなりの数の鎧アリが潜んでいそうだ。

（ぐぬぬ、諦めぬぞ。えっと）

巣穴攻略に向けた作戦を考える。現存している3体の鳥Dの召喚獣にはそのまま探索を続けさせ、既に召喚済みの獣Dの召喚獣を含めた計4体を共有する。鳥Dの召喚獣は、やられたらやられた分だけ召喚し直す。緩やかに下へ向かうトンネルを進み、とにかくこの巣の全容を完全に把握するのだ。同時に、召喚獣がやられた場所を地図にマークし、そこに3体の獣Dと1体の鳥Dの編制部隊を突入させる。こうしてマークした場所にいる鎧アリは全て駆逐する。たまに小部屋で見られる幼虫も同様に倒していく。

トンネルには光が全く届かないので、獣Dの召喚獣には内部の様子が一切見えない。アレンが共有している視界も真っ暗だ。一緒にいる鳥Dの召喚獣の「夜目」で状況を確認し、獣Dの召喚獣に指示を出す。

朝から始まった巣穴の探索は最初こそ順調だったが、鎧アリも黙ってはいない。昼過ぎになると遭遇率が高くなり出した。

（ぐ、また追い詰められた）

鎧アリはほぼ巣穴と同じ大きさなので、出現するたびにトンネルをすっかり塞ぎ、その先には進めなくなる。行き止まりを引き返すときに鎧アリと遭遇すると、鳥Dの召喚獣だけでは倒せないので一度カードに戻す。カードに戻った召喚獣は自動的にホルダーに格納されるので、再び召喚して巣穴に送り出す。

獣Dの召喚獣は通路でも小部屋でも、鎧アリに出くわしたらとにかく倒す。ところがその後が大変だ。鎧アリの死骸が邪魔で先に進めないので、潰した頭を咥えて押したりひっぱったり、上手に小部屋や行き止まりに移動させて召喚獣の進路を確保しなければならなかった。

（なんか、パズルをやっている気分だな。巣穴攻略ってこういうものなのか？）

アレンが健一だった頃、ゲーム内にミニゲームというものがあった。メインは冒険ファンタジーなのに、そこではなぜかクイズ大会やすごろくをやるのだ。鎧アリの巣の攻略をしていると、あの感覚に似ているように感じる。

地道なパズルをどれほど続けただろうか。日が暮れてきた頃、とうとう鳥Dの召喚獣が今までで一番大きな鎧アリを巣穴の奥底で発見した。

ひときわ大きな部屋には鎧アリが10体ほど固まっている。その中心にいる鎧アリは明らかに他の鎧アリとは違っていた。鎧からはみ出た芋虫状の胴体が、規則的に伸縮を繰り返している。その長さは通常の鎧アリのざっと3体分はあるだろう。明らかに女王鎧アリと思われる特殊個体だ。

（おお！　間違いない、女王鎧アリだ!!）

どうやらここが鎧アリの巣の終着点のようだ。女王鎧アリの部屋を魔導書に記録し、巣の中に入っていた全ての召喚獣を一旦カードに戻す。

（編制はとりあえずこのままで行くか。厳しそうなら知力を上げて、「共有」できる召喚獣を増やすとしよう）

・獣Dの召喚獣6体
・鳥Dの召喚獣1体
・虫Dの召喚獣1体

8体の召喚獣に魚Dの「飛び散る」のバフをかけ、「共有」を使って女王鎧アリの討伐に向かわせる。続いて獣Dの召喚獣を何体か追加で召喚し、共有した召喚獣についていくよう指示を出したが、中では何も見えないのでついていけないようだった。仕方がないので、今回の討伐は「共有」を使える召喚獣だけで行うことにする。

曲がりくねり、枝分かれしながら続く巣穴を進みながら、5キロほど下った先の最深部を目指す。たどり着いた部屋には、相変わらず女王鎧アリと鎧アリが固まっていた。

(ボス戦は雑魚から倒すと相場は決まっている。この世の真理だ)

まずは鎧アリをガンガン倒していく。女王鎧アリのいる大部屋は当然真っ暗だが、鳥Dの召喚獣の夜目でよく見渡せる。獣Dの召喚獣が3体やられると、アレンはすぐに召喚し直して部屋へ向かわせた。オークキングを倒した時と同じように敵を超える物量で倒す。押しの一手だ。

(雑魚は倒したようだし、俺も降りて巣の中で大量召喚するぞ)

オークキングを倒すのには100体以上の獣Dの召喚獣が必要だった。四方から囲み、召喚獣が何体やられようとも、生き残った者が攻撃を加えるという戦法だ。今回も同じような作戦を取るつもりだが、召喚する先は地下深くの5キロも離れた場所なので、アレンが自ら赴く必要がある。時間がもったいないので、鳥Dの召喚獣を1体と獣Dの召喚獣2体を引き連れて巣穴に駆け込んだ。中では視界は一切利かないので、共有した鳥Dの召喚獣の「夜目」が頼りだ。松明や魔導具の灯りを超えたクリアな視界になる。

（何か上から自分を操作している気分になるな）

そんなことを考えながら進む間も、最奥では残った獣Dの召喚獣が女王鎧アリを攻撃している。

（動きは遅いが頭を狙うのは危険か）

大きな外骨格に覆われた頭部は大顎が凶悪だ。それよりもぶよぶよで柔らかそうな腹部を攻めることにする。3体の獣Dの召喚獣が特技「かみ砕く」を使い、集中して腹部を攻める。すると噛みつかれた女王鎧アリが体をよじらせ、獣Dの召喚獣たちを吹き飛ばした。巣穴の壁面に体を打ちつけた獣Dの召喚獣は、直後に女王鎧アリの大顎の餌食となり、光る泡へと姿を変える。

（やられたか。いやこれはいけるぞ。倒されるペースが遅すぎる）

俊敏にハルバードを操るオークキングと比べると、女王鎧アリの攻撃はかなり遅い。アレンが女王鎧アリの大部屋に駆け込む。

（敵の動きは鈍いぞ!!　ベアーたち一気にいけ）

『『グルアアアアア！！！』』

アレンが早速召喚した20体以上の獣Dの召喚獣が、一斉に吠えて女王鎧アリに迫る。格上相手で、こちらの半数以上は視界が利かない状況だが、それでも敵の胴体が大きいので、一旦目標を捉えるとガンガン攻撃が当たっていく。女王鎧アリが身をよじるたびに吹き飛ばされるが、それでも怯まず食らいつく。

（動きが悪いがこんなものか）

思ったより手ごたえがないように感じる。そんなことを考えていると獣Dの召喚獣の一撃が致命傷を与えたようだ。女王の長い胴体は一部が破れ、白い体液が地面に吹き出る。

『ギチイイイ！！！』

頭を上げ女王鎧アリが叫んだと思ったら、ばったりと地面に倒れた。体をくねらせ痙攣《けいれん》をしている。その動きのせいで、さらに白い体液が外に流れ出ていく。

『女王鎧アリを1体倒しました。経験値４５０００を取得しました』

（ふむ、普通に倒してしまったな）

案外あっさり討伐できたが、鎧アリの巣の攻略に1日かかってしまった。これからグランヴェルの街に戻っても門は閉じているだろうから、街には帰れそうにない。となると今日も外泊か。

（これは無断外泊になってしまう。執事に怒られてしまうな。リッケルさん並みに謝り倒すしかないか）

今日アレンが中途半端に攻略をやめたら、また鎧アリが復活してしまうおそれがあった。それを避けるために女王鎧アリの討伐を優先した結果だが、規則違反は規則違反である。アレンはかつて目撃したリッケルの謝罪を思い出し、執事に謝る場面をイメージする。

（とりあえず、女王鎧アリの鎧だけでも回収して、それから帰って謝ろう）

考えていても仕方ない。収納から魔導具を取り出し、コックをひねって灯りをつけた。鳥Dの召喚獣の「夜目」で中は見えるが、三人称視点では手元が見づらい。回収作業は自分の視点で行うのが一番だ。

女王鎧アリの状態を確認するために近づくと、強烈な悪臭が鼻をつく。

（くっさ！）

女王鎧アリの体液からは、何か分からないが酸っぱい臭いがする。嗅いでいるだけで、体のどこかに異変をきたしそうだ。

（それにしても動きが良くなかったな。調子悪かったのかな）

Bランクの魔獣だから、マーダーガルシュと同ランクの強敵のはずなのに、なぜか女王鎧アリは瞬殺できた。今回の個体がたまたま弱かったのか、そもそも弱い魔獣なのか考える。

（もしかして卵の産み過ぎで弱っていたのかもな）

アレンはこの2か月で5000体を超える鎧アリを倒している。元々巣にいた鎧アリが1000体だとすれば、女王鎧アリはこの2か月で4000体以上の鎧アリを産んだことになる。卵を産み過ぎて、本来よりもかなり弱っていたのかもしれない。

（ふむ、魔獣には食事も睡眠も必要で、弱ることもあると。蛹《さなぎ》や卵もあったしな。相手に万全の状態をとらせないことが大事であると）

そんな風に考察を総括する。

（女王鎧アリを解体してさっさと帰ろう）

あまり長居はしたくないので、ミスリルの愛剣を使い、ゴリゴリと解体をしていく。ミスリルの剣なら、女王鎧アリの解体もまったく問題ないようだ。鎧と魔石を持って帰る。

（ってそうそう。ミスリルの鉱石だ）

肝心なことを思い出す。鎧アリの巣はミスリルの鉱脈に繋がっている可能性があるのだ。もしかしたら、この大広間にもミスリル鉱石があるかもしれない。

（こんなんでいいんかな？）

ミスリル鉱石など見たことがないので、魔導具の灯りをよく反射する石を10個ほど見繕って収納の中に入れていく。これも執事に報告だ。

（さて戻るか）

やることをやったので、女王鎧アリの鎧を引きずりながらトンネルを引き返す。白竜山脈の麓の村でもう1泊させてもらい、翌朝グランヴェルの街に戻った。

結局館に到着するのは昼頃になってしまった。館に入る前に、収納に入れておいた鉱石らしきものを取り出し、麻袋に入れ直して肩から掛ける。

（まずは執事に謝らないとな）

無断外泊の件を謝るため、執事に面会をしたかったが、既に2階の食堂にいるとのことだった。縦横3メートルにもなる女王鎧アリの鎧は、庭先に置いてある。

「失礼します」

そう言って食堂に入ると、中にいた全員の視線がアレンに集まる。

「ちょ、ちょっと!!　なんで今頃戻ってきたの!!」

セシルが第一声を上げる。

「申し訳ございません。ただいま戻りました」

すると、執事ではなく男爵が言葉を発する。

「アレンよ。昨日は戻ってこなかったな。なぜ戻ってこなかったのか、申し開きをせよ」

「はい、白竜山脈にある鎧アリの巣を2か月ほどかけて攻めておりました。昨日はその努力が実を結び、ようやく女王鎧アリを倒せるというところまで来ておりました。ここで女王鎧アリを倒さなければ、鎧アリは再び数を増やしてしまうと考え、討伐を優先した結果、館へ戻れない時間になってしまいました。申し訳ございませんでした」

事情を説明し、上半身を90度に折り曲げて深々と謝罪をする。これが、アレンがよく見るリッケル流の謝罪の方法だ。

「ん？　女王鎧アリ？」

「はい、女王鎧アリです。鎧は庭先に置いてあります」

男爵がアレンに再度問いかけた後、執事に目をやる。そこにはなんの表情もない。執事は男爵を見返す。やはり無表情だ。無表情の男爵と執事が見つめ合う格好になった。

「すまない、アレンよ。ちょっと意味が分からなかったので、もう一度説明をしてくれぬか？」

男爵がアレンに向き直り、理解できなかったと話す。

（結構丁寧に説明をしていたんだけど、もしかして怒っているのか？　よく分からないけどもう少し丁寧に説明したほうがいいのか）

なぜか理解できなかったようなのでもう一度説明をすると、今度は男爵が話の内容を確認する。

「それは、女王鎧アリを倒して、鎧アリの巣を手に入れたという話か？」

（お！　今度は伝わったぜ）

「はい、そうです」

男爵が執事を見る。

「今すぐ、騎士団長を呼んでまいれ。昨晩帰ったばかりで疲れていると思うが、すぐに来るように言うのだ」

「は!!」

（ん？　騎士団長を呼ぶのか。騎士団長には、鎧アリの討伐の件は伝えているんだけど）

オーク村討伐のときに、騎士団長から今後の討伐については状況を報告するよう言われていた。

それ以来、アレンはきちんと報告するようにしている。騎士団長は不在のことが多かったが、オーク村を殲滅したこと、今度から鎧アリの巣を攻めることは2か月ほど前に伝えたはずだ。

「それで、女王鎧アリの鎧を持って帰ったと」

「はい」

「では、騎士団長が来るまでに、その鎧を見てみることとしよう」

（お、もう許された感じか？　さすがリッケルさん式謝罪法といったところか）

男爵が無断外泊の件に一切触れなくなったのはありがたい。皆を先導し、アレンは庭先に向かう。

庭先にはアレンの言葉通り、ピンクゴールドに輝く巨大な女王鎧アリの鎧が置かれていた。通常の鎧アリの鎧はシルバーなので、一目で違いが分かる。

男爵がふむふむとつぶやきながら、女王鎧アリの鎧をしきりに触っている。トマスも興味津々といった様子で一緒になって触っていると、騎士団長を呼びに行った執事が戻ってきた。

「まもなくやってくるそうです」

「そうか、ちなみにセバスよ。アレンはこれが女王鎧アリの鎧だと言っておるが、実物は見たことがあるか？」

「も、申し訳ございません。魔獣については、そこまで詳しくございません」

（ん？　まあ、Bランクだし、巣穴の中にいてかなり珍しい魔獣だからな。本当に女王鎧アリの鎧か分からんってことか。それで騎士団長を呼んだと？）

分かりませんと答えた執事も一緒になって、物珍しそうに女王鎧アリの鎧をべたべた触っていると、騎士団長が館の庭先に駆け込んでくる。

「急ぎ来るようにとのことですが？」

昼過ぎでゆっくりしていた時に急に呼ばれた割には、服装も髪型もしっかりしているなとアレンは思う。

「すまないな、休んでいるところを。ゼノフよ、お主に確認したいことがあってな。これは女王鎧アリの鎧か？」

「女王鎧アリ……でございますか？」

騎士団長が歩みを進め女王鎧アリの鎧を見るが、判断しかねるといった様子だ。

「申し訳ございません。女王鎧アリは見たことがございませんので」

どうやら騎士団長も見たことがないらしい。

「アレンがこの鎧を女王鎧アリの鎧だと言っておるのだ。我も昔聞いた話ではっきりと覚えていないのだが、確か鎧アリの巣は討伐不可能ではなかったか？」

（え？　討伐不可能？　難しいではなく、討伐できないと？）

「は、不可能でございます。騎士団を派遣しても無理でしょう。疾風の銀牙でも無理かと思います」

目の前にある女王鎧アリの鎧を見ながら、騎士団長は断言する。

「え？　鎧アリ自体はCランクの魔獣ではないのですか？」

疾風の銀牙といえば、Aランク冒険者パーティーではなかったか。鎧アリの巣の討伐は不可能と言い切るので、アレンはその理由を問う。騎士団やAランク冒険者パーティーでも不可能なんてあり得るのか。

「ふむ、それは」

騎士団長が説明をしてくれる。鎧アリの巣を制圧しようと思えば、１０００を超える鎧アリを倒さなければならない。しかも倒した傍からどんどん湧いてくるからきりがない。

（そうだね、そんな感じだったぞ。俺５０００体は倒したし）

騎士団長がさらに話を続ける。

数千体のCランクの魔獣の巣に騎士団を派遣しようものなら、多大な犠牲を強いることになる。

しかも巣穴の奥底にいる女王鎧アリを倒そうとすれば、女王鎧アリがいる部屋までいくつも枝分かれした迷宮を抜けなければならない。巣の中の鎧アリは、自らの体を盾にして迷路にできた小部屋や行き止まりを塞ごうとする。鎧アリを倒したとしても死骸は残るので、閉じ込められて命を落とす者もいる。

(確かに、何度も閉じ込められたけど)

アレンは召喚獣が閉じ込められるたびに、カードに戻しては召喚し、巣に送り込むのを繰り返した。

「だから、巣の討伐は実質不可能。もし攻略するのであれば、どれだけの犠牲を強いるのかという話になるのだが、それは机上の空論だ。少なくとも鎧アリの巣を攻略したなどという話を聞いたことはない」

鎧アリの巣を攻略するなら、多くの騎士や冒険者の犠牲が必要になる。誰も鎧アリの巣に入るようなことはしない。今回の騎士団の遠征にしても、目標はゴブリン村やオーク村の討伐であり、鎧アリの巣は討伐対象となっていなかった。

「え？　でも今あるミスリル鉱の採掘地は鎧アリの巣穴だったところがいくつかあると聞きました」

「それはたまたま女王鎧アリが死んで、もぬけの殻になった巣穴のことだな」

ここまで聞いて、男爵や執事が無表情になった理由が分かった。そもそも攻略する者がいないなら、攻略したなんて話も聞いたことがないのが当たり前だ。空前絶後の報告に理解が追いつかなかったというところだ。

「そうだったんですね。ああ、女王鎧アリの鎧だけでなくこれもあります」

ずっと肩に下げていて、忘れたままだった麻袋から石を取り出す。

「これは？」

「女王鎧アリのいた場所で拾ってきた石ころです。もしかしてミスリル鉱石かなと」

「「これは!!」」

「だ、男爵様！」

石ころに皆が反応する。女王鎧アリの鎧よりかなり反応がいいところを見ると、こっちのほうがよほど現実味がある代物のようだ。

男爵と騎士団長が歩み寄りアレンの持って帰った石ころをまじまじと見つめる。

「アレンよ。続きは会議室で聞くとしよう」

男爵、執事、騎士団長の3人に連れられて、アレンは3階の会議室に向かう。

「それで、麻袋の中のものを全て机に出してくれ」

「はい」

年季が入った重厚感のあるテーブルに、女王鎧アリの体液がかかったかもしれない石ころを置くのは忍びないが、命令に従って石を置いていく。

男爵はそれを見ると一旦会議室から出ていき、何か重そうな塊を持って戻ってきた。

「これがミスリル鉱石だ」

(お！　さすがミスリルで昔栄えていた領の領主だ。実物があるのか)

アレンが置いた石ころの横に、男爵がミスリル鉱石を並べる。両者は同じような光沢や質感をしていた。

「同じようですね」

「そうだな。セバスよ、地図を持ってまいれ」

執事が別室から領内の地図を持ってくる。アレンは騎士団長の指示でオーク村を制圧していたときに、領内の地図を見ながら説明を受けたことがある。そのため、この世界の地図を見るのは初めてではなかった。鎧アリの巣がどの辺りにあったのかを聞かれると、4つある坑道のうちの上から1つ目と2つ目の間辺りを指さし、「この辺りです」と答えた。

「なるほど、これは開拓中の村からも近いな」

男爵の言葉に、執事と騎士団長がその通りですと答える。

「これは他の魔獣が住処にする前に、騎士団を向かわせる必要があるかと」

街に帰って早々、騎士団長は鎧アリの巣に向かうという。

「ああ、あと」

アレンがまだ報告していないことを思い出す。

「まだ何かあるのか?」

「はい。紙があれば、簡易的なものですが巣の全体像を描くことができます」

魔導書に記録した攻略図を模写するだけだから、地図を作るのは造作もない。全長5キロにもなる迷宮だ。簡単なものでも、あるとないとで今後の管理は格段に違ってくる。

「そ、それは真か！　すぐに羊皮紙を準備させよう」

「御当主様、採掘権について説明されたほうが」

「ぬ、分かっておる」

男爵は執事に言わなくても分かっていると返事をする。

「アレンよ、今回の働きまことに見事であった。無断外泊についてはもちろん不問とする」

「ありがとうございます」

「そして、今回のミスリル鉱脈の第一発見者はアレンということになるのだが」

「はい」

「王国の基準では、ミスリルに限らず資源の採掘地を発見した者には、権利の３割を与えられることになっている」

「そんなに頂けるんですか？」

「うむ、アレンよ。採掘権の３割はお前のものだ」

（まじか、この世界で富豪になってしまいそうだな。採掘権とか）

詳細について説明を受けて分かったことだが、３割と言っても手元に入ってくる額はもっと少ないようだ。まずミスリルの売買益から、採掘地の整備費、溶鉱炉の建設費や管理費、騎士団や炭鉱労働者の人件費などの諸費用が引かれる。そこからさらに６割が王家へ納める税金として引かれる。そうして残った利益を採掘権という。この分を領主である男爵が７、アレンが３の割合で分けることなる。

こうしてアレンは、わずか11歳にしてミスリルの採掘権の3割を手に入れたのであった。

第十二話　襲撃

10月に入り、アレンはとうとう12歳になった。今月でこの館に来て丸4年になる。この5か月の間に、アレンが討伐した鎧アリの巣を騎士団が管理するようになった。9月には、白竜山脈の最北に位置する採掘所が稼働を始めたばかりだ。アレンが手に入れた新しい鉱脈にはまだ手が回らない。アレンが女王鎧アリを倒した巣穴で採掘が可能になるのは、来年になってからだという。専門の鉱員が調査したところ、この坑道がこれまで誰にも発見されていない、新しいものであることが確認された。調査によって、この鉱脈にはミスリル鉱石がかなり豊富にあることも判明した。

「共有」スキルが手に入り、狩りをする時間が増えた。騎士団長にオーク村で助けてもらった時、自分がかなり自由な環境に置かせてもらっていることを知った。来年になればミスリルの採掘権が不労所得となって不自由ない生活だってできそうだ。

クレナ村にいた頃は、明確に足りないものがあった。それは身分だ。家族を平民にするために必死でアルバヘロンを狩って、ボア狩りを先導した。村の外には出られなかったがとても充実していた。

今はどうか。もしかしたら今の状況は、城の周りで必死にスライムを狩っているようなものかもしれない。十分なお金があり、敵に不安を覚えることもない中、これといった目標もなくレベルがカンストするまで淡々とスライムを狩り続ける――。

(採掘権か。これは無用なぜい肉なのか)

安泰な生活を送りたいわけではない。これまでにないほどやり込みたくてこの世界に来た。欲しかったのはこんなものではなかったはずだ。

そんな気持ちがあったからだろうか。あの後さらに2つの鎧アリの巣を掃討し、ミスリル鉱石が発見できなかった時も、アレンはそれほど残念に思わなかった。

8歳で館に来た時は冒険者になろうと思っていた。その後ミハイからはセシルを守ってほしいとお願いされ、アレンはそれに「はい」と答えた。その約束を守りたい気持ちは変わらない。だが12歳になった今、そろそろ次の一歩を踏み出さねばならない時期ではないだろうか。城の周りでスライムを狩るような生活は、きっと正解ではないはずだ。

「おいおい、考え事か?」

リッケルに声をかけられて、我に返る。

「いえいえ」

4年間続いた、従僕長リッケルとの朝食中の雑談。リッケルは来年になったら従僕長を辞めて、御者か料理人になるそうだ。従僕長は何十年も続ける職業ではなく、ある程度勤めたら後任の従僕に席を譲らないといけないらしい。御者と料理人はどっちが楽だろうかと、いつもの軽い口調で相談される。

そんな考えもリッケルらしいと思う。リッケルを見ているともしかして自分は考えすぎなのかとさえ思えてくる。

「また王家の使いが来るみたいだな。ミスリル、ミスリルうるせえよな」

「そうみたいですね。先月来たばかりなのに」

これまでも王家からの使いは何度もやってきた。しかし、ここ1年くらいの間はその頻度がとくに増えているような気がする。用件はミスリル採掘のスケジュールや、現在の進捗状況の確認が多い。白竜山脈のカルネル子爵領からミスリルが採れなくなり、王国内でミスリルが不足しているのだろうか。督促に近い態度で館にやってくる。

先日やってきた先ぶれでは、日付や時刻の伝達こそあったが、どのような話をするのかといった用向きは知らせてこなかった。アレンは執事から、昼過ぎに王家の使いがやってくるので、男爵家の昼食後も2階の食堂に残るように言われた。

男爵家の面々が昼食を終えた13時過ぎに、2人の男が館にやってきた。執事が食堂内に案内すると、男爵が息を呑む。

1人は王家の使いだった。館にやってくる者はたいてい決まっているし、この男にはアレンも何度も会ったことがある。男爵にとって意外だったのは、もう1人の人物だ。何度も顔を合わせているが、知っている、見覚えがあるではとても済まされない男である。

王家の使いと一緒にやってきたのは、カルネル子爵だった。

「よくぞ、お越しくださった」

男爵が平静を装い言葉を発した。今日もミスリル関連の話だと思っていたので、男爵家の妻や子供を食堂内に同席させている。カルネル子爵が来ると知っていたなら、男爵1人で対応したはずだ。

「グランヴェル男爵においては、領内の発展に精力的に取り組んでいると聞いている。貴族の模範だな」

ふんぞり返った王家の使いが、男爵と相対する席で見下すように話す。アレンはそれを見て、相変わらず王家の使いは随分横柄だなと思う。

カルネル子爵は、席に座るでもなく、まるで側近のように王家の使いの少し後ろに立っている。まるで男爵の後ろに立つ執事のようだ。

「それで、今日はいかなる用向きでお越しくださったのですか？」

すると王家の使いは「ふむ」と言って、沈黙のあとに告げる。

「今日は、グランヴェル男爵に1つの提案を持ってきたのだ」

「提案？」

「そうだ。王国内の貴族の間でも有名ないざこざがあるではないか。その解決のための提案であるな」

「いざこざ？」

男爵は何か自分が貴族同士で争っていたことなどがあるかと考えを巡らせる。何も思いつかない。

「そうだ、グランヴェル男爵家とカルネル子爵家が抱える大きないざこざだ。王家としても看過できぬこの問題の解決が必要かと思ってな」

「そ、それは……」

　グランヴェル男爵家とカルネル子爵家の間のいざこざなど1つしかない。白竜山脈のミスリルだ。確かに両家は、何代も前からずっと問題を抱えている。両領は白竜に翻弄されながら繁栄と衰退を繰り返してきた。

「それでな、今日はこれを持ってきた」

　カルネル子爵が王家の使いの言葉に反応して、丸まった羊皮紙を男爵の席に持ってくる。執事が両手で受け取り、男爵の席の前に置いた。

「こ、これは？」

「読みたまえ」

　まずは読めという。男爵はひもを解いて羊皮紙を広げ、読み始める。するとその顔が一気に豹変した。

「こ、こんなことが……」

「む、何か問題があるのか？　いざこざを解決するために我も動いたのだが？」

「いや白竜山脈の共同管理など。こ、これでは」

「これではとはなんだ？　そもそも白竜山脈の頂で領土を分けるからこのようなことが起きる。白竜山脈を両者が共同で管理する。当然生まれた利益も折半する」

（共同管理？　白竜山脈を男爵と子爵が共同管理？　まじか。だから子爵がニヤニヤしているのか）

　王家の使者が持ってきたのは、白竜山脈を男爵と子爵が共同管理するための契約書だった。改めて王家の使いがその内容を読み上げたところによると、負担も利益も両家で折半する旨が書かれているようだ。その使いの後ろでは、カルネル子爵が笑みを漏らしている。肩まで震わせ、大笑いしそうになるのを必死に堪えているようだ。

「いやしかし」

「何か不満があるのか？　我がお前らの問題の解決のために法務副大臣に頼み契約書を作ってもらったのだぞ」

「だが……」

「もう良い。カルネル子爵の署名は既に済んでおる」

混乱し困惑する男爵を、王家の使いは睨みつけるようにして見ている。つべこべ言わずに黙って署名しろとでも言わんばかりだ。

「……申し訳ございません。いきなりこのようなことを言われましても、一度王家に確認してからでもよろしいでしょうか？」

長い沈黙を破り、男爵はやっとの思いで言葉を絞り出す。

「何？　我がわざわざ副大臣に手間を取らせてまで作った契約書に署名出来ぬと？　男爵ごときが大きく出たな」

「い、いえ。一度だけで良いのです。王都に行って確認したいと思います」

「ほう、我が信用できぬか。ミスリルが採れるようになって傲慢になってしまったようだ。もう良い！」

そう言うと王家の使いは立ち上がり、足早に食堂のドアへ向かう。側近のようにカルネル子爵がついていくのを執事が追うと、使いは見送りは不要と言って力いっぱいドアを叩きつけた。

王家の使いのいなくなった食堂。男爵の目の前には契約書が投げ出されている。

「こんな馬鹿な契約などあるはずはない。セバスよ、一度王都に向かうぞ。騎士団長が戻るのは2日後であったか？」

「はい、白竜山脈から戻るところですので、街に帰るのは2日後のはずでございます」

止まっていた時間が進み出したかのように、男爵が状況の確認を始める。騎士団長が戻り次第、共に魔導船に乗って王都に向かうようだ。それで食堂に集まった男爵家も使用人も解散となった。

それから数時間後、アレンは午後の仕事に従事していた。この時間は給仕の仕事がとくにないので、手が足りないところのお手伝いをするのが常である。料理もするし、庭仕事もする、洗濯もする何でも屋だ。今日は男爵家が使う銀食器を、布巾で綺麗に磨いていた。

（共同管理か。聞こえはいいだけに厄介だな）

先ほどの契約書のことを思い出す。

共同管理、平和的な運用、争いのない平等な配分……。

確かそんな内容だった。綺麗な言葉が並んでいるだけに、これを断るのは難しいのではないか。断ればミスリルを独占したという誹《そし》りを受けるかもしれない。王都に行ったところで、男爵たちには何ができるのだろうか。アレンがそんなことを考えていると、上の階から悲鳴が響いた。

ガシャアアアン

「キャアアアアア！！」

ガラスが割れる音がして、３階で何かが暴れているような物音が続く。

銀食器を放り投げ、１階にいたアレンは３階を目指して階段を駆け上がった。突然のことで何が起きたか分からない。叫び声はセシルのものではなく、おそらく女中だろう。使用人や執事が視界に入る。ぶつかりそうになるのを避けながら、すごい勢いで駆け抜けていく。

アレンの目に飛び込んできたのは、廊下で震えながら立ち尽くす女中と、セシルの部屋から廊下まで吹き飛ばされ横たわる従者の姿だった。従者は廊下の壁にめり込むほどの力で吹き飛ばされ、腹から血を流し死にかけている。

（まじか、窓から入ってきやがった！！）

女中を避けてセシルの部屋に入ると、窓の周囲をくり抜いたように、壁に大きな穴が開いている。どうやら、壁をぶち破って無理やり侵入してきたようだ。そこには革の鎧をまとった３人の男が立っていた。どう見ても騎士ではない。身軽な装備をしているので一瞬冒険者かとも思ったが、その雰囲気はゴロツキか盗賊のようだ。

男の１人が腕にセシルを抱きかかえている。それを見ただけでアレンがやることは決まった。収納からミスリルの剣を取り出すと、セシルを抱きかかえた男に躍りかかる。すると、剣を持つ一番体格のいい大男が立ちはだかり、大剣でアレンの剣を受け止めた。

「なんだ、このクソガキは！」

罵声を浴びせながら、アレンが次々と繰り出す剣を全て受け止める。

（やばい、なんだこいつら。強いな。カードを交換しなくちゃ、ああそれと）

1合2合で侵入者の実力はかなりのものだと把握する。他の2名も同じくらいだろうかと、3人の実力を推察する。

現在アレンは、50体の召喚獣のうち30枚を魚Dのカードにしている。アレンは剣を振るいながら、同時に収納から魔力の実を取り出して魔力を回復した。生成や合成の魔力が不足しているためだ。魔力を回復すると魔導書を一旦消して振り返り、今にも死にそうな従者の上に再度出現させる。魔導書を下向きに開き、収納から1枚の命の草を出す。ひらひらと宙を舞って、命の草が従者の上に落ちていく。

怪我をした従者が回復したのをその目で確かめたアレンは、再び正面に向き直った。いつまでも後ろを向いている余裕はない。侵入者はかなりの腕のようだ。侵入者と剣を交える最中も、魔導書を空中で反転してパラパラとめくり、削除と生成を繰り返しながらカードの構成を変更する。ステータスが上がっていき、体の内から力がみなぎってくる。

「ヘルゲイ！　さっさとそんなクソガキ殺《や》らねえか!!」

「ああ分かっているぜ。死にやがれ!!」

10歳かそこらの子供にここまで手こずるとは思っていなかったようだ。時間がないのか、焦っているようにも見える。

「賊が出たぞ！　従者は武器を取れ！　騎士を呼べ!!」

廊下では、状況を把握した執事が賊の知らせを大声で伝えている。男爵も指示を出している。従者たちは女中の叫びで武装を開始し、既に廊下に詰め掛け始めていた。

「庭に騎士たちが増えてきたぞ！　おい、ヘルゲイもういい。ガキは手に入った、ずらかるぞ」

「逃がすか!!」

侵入者たちはアレンを倒すことを諦めたようだが、アレンはセシルを取り戻そうと襲い掛かる。するとと短剣を持っていた男が腰の袋から何かを取り出して地面に投げつけ、煙が辺りに充満し始めた。

（毒か？）

息を止めようとしたが、判断が一瞬遅かった。たちまち広がった煙を吸い込んだアレンは、意識を失いその場に倒れてしまった。

＊＊＊

（ここはどこだ？　意識を失っていたのか？）

どれだけ時間が過ぎたのだろうか。意識を取り戻したアレンは、気を失う前の記憶を思い出そうとする。

（もしかしてセシルと一緒に、さっきの賊共に攫われたのか？　くそ、さっきのは睡眠か麻痺か。状態異常対策ができていなかったな。これは縛られているのか？）

意識がはっきりすると、アレンは自分が攫われたことをはっきり悟った。周りに賊共がいるかもしれないので、目を閉じて気を失ったままのふりをして体の状態を確認する。どこかを切られたり、骨を折られたりしているわけではないが、手足が動かない。縄か何かで縛られ、口元も何かでぐるぐる巻きにされている。拘束されて、芋虫のような状態だ。

（誰か近くにいるな？）

意識を集中すると複数の人の気配がする。もしかしたら、すぐ傍に賊共がいるのかもしれない。

（セシルの状況を確認するためにも、ここは頑張らないとな）

まだセシルが無事かどうか分からない。しかし、殺すつもりならあの場でやっていたはずだと考える。一緒に攫われたと思われるセシルが、どんな状況に置かれているかを確認するのが最優先と考える。

（賊共め、しくじったな。いや、これは幸運だな。目元を縛られていたらやばかったな）

手足の身動きが取れず、口も塞がれて話せないが、目の周りには何も圧迫感がない。どうやら目を開ければ周りを見られるようだ。

召喚士には1つの大きな弱点がある。それは目だ。

召喚獣を召喚する場所を目で見て指定しないといけない。だから遮蔽物があると、その先に召喚はできない。当然、目を閉じていても召喚はできない。見えるか見えないかの細目で、うっすらと目を開く。

（なんだ？　倉庫か？）

アレンが薄目で辺りを見ると、いくつも大きな木箱が置いてあるのが見える。そこそこの広さの倉庫か何かのようだ。木箱の上に鳥Gの召喚獣を召喚する。すぐに「共有」し、羽ばたかないように指示することも忘れない。

（よしよし、あんまり召喚すると不自然だが、視界は複数欲しいからもう1体召喚するか）

2体の鳥Gの召喚獣の視界には、思い思いに座って休んでいる男たちが映っていた。館を襲った3人の賊たちだ。そしてアレンの少し後ろには、セシルが静かに横たわっている。

（セシルだ、これは無事だったと見ていいのか）

鳥Gの召喚獣の視界から、アレンもセシルも手足をぐるぐる巻きにされ、猿ぐつわを嚙まされているのが見える。体を拘束しているということは、セシルが生きている証なのではと推測する。

「おい！」

（やばいバレたか！）

意識を取り戻し、捜索をしていることがバレたのかと思って肝を冷やす。召喚獣の視界には、倉庫部屋に入ってくる別の男が映った。アレンには見覚えのない、４人目の男だ。館を襲撃した賊ではない。

40過ぎのやせこけた頰の目つきの悪い男。その身なりは他の賊たちと同様、とてもかたぎには見えない。が、どこか雰囲気が他の３人とは違うような気がする。

「なんでしょう？　ダグラハの兄貴」

部屋にいた３人のうちの１人が答える。

（お？　召喚獣が見つかったわけではなかったか）

「どういうことだ？　ガキは1人攫うって聞いていたんだが、なんで2人もいるんだ？　1人は使用人のようだが？」

「へ、へい。ガキのくせに何か剣を覚えているみたいなんで、奴隷にして売ればいい金になるかっ、げは!!」

最後まで言い終わらないうちに、4人目の男が脇腹目掛けて拳を叩きこむ。殴られた男は革の鎧を着ているが、そんなものでは防げない威力のようだ。

「てめえ、おい。勝手なことをしてんじゃねえぞ。聞いていると思うが、今回は俺がリーダーだ。命令には従え。今度余計なことをしたら、ぶっ殺すからな」

「へ、へい。すいやせ……」

脇腹を押さえ、両肘を地面に突き、悶える男が許しを請う。他の2人は見て見ぬふりをしている。次からやるなよと言い残して、頬のやせこけた男は部屋から出ていく。どうやら誘拐の首尾を確認しに来ただけのようだ。

「マーカス、大丈夫か？」

ダグラハが去ると、ヘルゲイともう1人の男が殴られたマーカスの下へ近づいてきた。

「ああ、大丈夫だ。なんでボスはあんな殺し屋を雇ったんだよ。マジでふざけてやがるぜ」

腹を殴られた男は怒りが収まらないのか、今度は毒づき始める。

「ああ、確かゼノフ対策に殺し屋を雇ったらしいぞ」

まじかよと言いながら、殴られた腹を押さえる。

（まずはここがどこか調べないといけないな）

鳥Gの召喚獣との「共有」で、館に入ってきた賊たちからの情報収集を試みる。街のどこかの倉庫のように思えるが、外が見えないので場所を確かめることができない。賊たちを制圧するにしろ、セシルを連れて逃げ出すにしろ、ここがどこなのか知っておきたい。

「共有」した鳥Gの召喚獣の視線の中では、殴られた男がまだ腹を押さえている。

「大丈夫かよ？　マーカス、まだ痛むのか？」

「ああ、マジむかつくぜ。これは骨までいってそうだ。なんであんなのがリーダーなんだよ？」

マーカスはまだ毒づいている。賊たちの会話が続いているので、アレンは狸《たぬき》寝入りをしながら聞き耳を立てる。

「仕方ねえじゃねえか。ボスの命令なんだからよ」

「ゼノフ対策だか何だか知らねえが、戦場帰りだからって調子に乗りやがって。知ってっか？　ダグラハの野郎、1年で戦場から逃げ出してきたって言うじゃねえか。なんであんなに態度でけえんだ？」

「お、おい。その辺でやめとけって。アンブラがよ、それ本人に言ってよ。首切り落とされてぶっ殺されたらしいぜ」

「まじか!?　だから最近、アンブラ見ねえのか？」

「ああ。それにしても、ゼノフは10年要塞を守ってきたっていうじゃねえか。ダグラハにゼノフ倒せるのか？」

「いけんじゃねえのか？　10年つっても、その要塞が10年でどうなったか知ってっか？」

「おめえ、戦場詳しいな。どうなったんだよ？」

「ああ、結局10年かけて守っても、最後には要塞はあっけなく落ちて、守っていた奴ら皆殺しになったらしいぜ。奴ら血も涙もねえからよ。ゼノフはどうやって戻ってきたか知らねえが、よく今ものうのうと騎士団長なんて要職に就いてられるぜ」

「まじかよ。剣の才能があっても、そんなことで死んだら意味ねえじゃん」

「だからよ、1年だろうが10年だろうが一緒さ。戦場なんざアホが行くとこだぜ」

（戦場？　戦争はないってリッケルさんは言っていたけど、やっぱり戦争はあったのか？）

リッケルの話と賊たちの話に食い違いがあるのが気になったが、今はこの現状を打破することを優先させたい。そのまま狸寝入りして会話を聞き続ける。

それから1時間ほど耳を傾けただが、有益な情報は手に入りそうになかった。今もアレンを売った金で博打《ばくち》をしようという話で盛り上がっている。

（むう、これ以上の情報はないな。ここがどこかは結局分からんままだな。手持ちの武器の確認と、あとは先に逃走経路を確保しておくか）

賊たちとの戦闘中に意識を失い、ミスリルの剣は館に置いてきてしまったようだ。今ある武器は、ドゴラから貰った短剣と、収納に入っている鉄球だけだ。戦闘をするにしても、セシルと逃げることを前提に対応したい。

1人の賊が用を足しに行くと言って立ち上がる。

（お！　出るのか。じゃあ俺も出るか）

アレンの指示で、木箱の隅に隠れていた鳥Ｇの召喚獣のうち１体が飛び立つ。用を足しに行く賊が扉を開けたので、それに合わせて外に出るよう指示する。

（怪しまれるかな？　まあ、外に出られたら場所も分かるんだし別にいいか）

多少怪しまれてもいいので、外の状況が分かることが先決だ。

「あ？　なんでこんなところに鳥なんていやがるんだ？」

倉庫内をパタパタと飛ぶので、残った２人の賊の目に留まる。急に出てきた鳥を訝《いぶか》しむ賊たちの視線を無視して、鳥Ｇの召喚獣は滑り込むように開いた扉から外に出ていった。

「あれじゃねえのか？　どこぞの金持ちが飼っている鳥を船に乗せたんだろ？　いい身分なこった」

「まじかよ。逃げられてやんの。いい気味だぜ」

（え？　船？　ここって船の中なのか？）

アレンは賊たち２人の会話を聞きつつ、鳥Ｇの召喚獣の視界を確かめる。ここは街の倉庫で、扉の先は屋外だと思っていたが、その先にあったのは長い通路だった。２メートルほどの高さの通路がずっと続いている。

用を足しに行く賊を追い抜き、通路を進んでいく。まっすぐ行った先は階段になっていた。どんどん上を目指していく。

（上の階に続いていくな？　倉庫も広いし、この船はかなりデカいのか？）

階段を抜けるとまた通路があるので、とりあえず突き進んでいく。すると右手に別の扉があった。

丸いガラス窓があり、扉の先が覗けるようになっている。

（お？　ここから外に出られるのか？）

窓の先は真っ暗だった。覗き込んで、くまなく見ても何も見えない。

（何も見えないぞ？　ん？　空には星が見えるな。ということは、ここから見えるのは外で、今は夜か。っていうか何で海が見えないんだ？）

賊たちが館を襲撃したのは夕方前だったはずだが、既に何時間も過ぎて今は夜のようだ。窓の外を覗き、よく目を凝らすと確かにたくさんの星が見える。疑問に思うのは、船なら星の明かりを反射して海が見えそうなものなのに、下を見ても真っ暗なことだ。

（って、うお！　部屋が揺れる!!）

アレンが鳥Gの召喚獣の視界に広がる光景を理解しようとしていたその時、アレンが狸寝入りをしている部屋が突然大きく揺れた。

「おいおい。しっかり飛んでくれよ」

「まったくだぜ。風に煽られてんじゃねえぞ」

賊たちが愚痴をこぼす。そして、前世で聞いたようなアナウンスが響き渡る。

『お寛《くつろ》ぎ中のお客様、大変申し訳ございません。魔導船バホナ号はただいま風の影響で揺れております。運転に影響はございませんが、急な揺れにより転倒などしないようご注意ください』

（まじか！　魔導船の中じゃねえか!!）

アレンとセシルは既にグランヴェルの街を離れ、夜空を突き進む魔導船でどこかに連れていかれているようだ。

（どうする？　魔導船の中じゃ逃げられねえぞ。やはり賊共を倒すか。いやもう少し魔導船の中を調べよう。戦うにしてもそれからだ）

はるか上空に浮く魔導船の中では、逃げようがない。まだ何かないか、鳥Gの召喚獣の視界で船内を探索していく。どうやらアレンやセシルがいるのはこの魔導船の下部にある、積み荷を載せる倉庫のようだ。

（それにしても、魔導船から外に出ることができるんだな。飛行機よりだいぶ遅いのかな）

窓の先が真っ暗ということは、扉が魔導船の外に続いていることになる。巨大な外壁を点検する時に使う扉なのだろうか。ともかく前世の飛行機とは違って、魔導船は飛行中も外に出られるようだ。

とはいえここから脱出しても、はるか下の地面まで落下して一巻の終わりだろう。鳥Gの召喚獣では扉が開けられないので、その先にあった階段づたいに魔導船の上部へ進んでいく。すると、等間隔に扉が並ぶ通路が現れた。まるでどこかのビジネスホテルのような感じだ。客室フロアと思われる通路を進んでいくと、にぎやかな声が聞こえてくる。この先は、魔導船内にあるレストランのようだ。

（お！　人がいっぱいいるぞ!!　魔導船の中で飯も食えるのか。それにしても、こんな形で魔導船に乗ることになるとはな）

鳥が飛んでいるため、何人かの船客が声を上げたり、指をさしたりしている。構わず探索を続け、レストランの奥のほうに進むと客層が変わってきた。この辺りから金持ち用の区画になっているようで、これまで見た搭乗者よりあからさまに服装が豪華できらびやかだ。上品な貴婦人がゆったりとソファーに座り、お酒を飲んで談笑している。もう何も情報はないかなと思ったその時、鳥Gの召喚獣と「共有」している視界に、一番奥のソファーで寛ぐ2人の男が映り込んだ。

（お！　カルネルじゃねえか！）

カルネル子爵と王家の使いが、ゆったりとソファーに体を預けて高そうなお酒を飲んでいる。酒が回っているようなので鳥Gの召喚獣を近づかせ、すぐ傍の照明のシェードにとまらせて話を聞くことにする。カルネル子爵が一瞬鳥Gの召喚獣を見たのでひやっとしたが、すぐに視線を外した。どうやら大して気にしていないようだ。おかげで話はアレンに筒抜けである。

「それにしても陛下には困ったものよな。学園派を法務大臣に推すなど」

「全くでございます」

（ん？　学園派）

「元来あの席は我らのものなのだ。法務副大臣には、ぜひ大臣になっていただかないとな」

王家の使いがカルネル子爵に向かって、かなり酔った状態で愚痴を言っている。途中から会話を聞き始めたので要領が摑めない。集中して聞き耳を立てながら、内容の理解に努める。

なんでも来年度から法務大臣の席が空くらしく、そのポストに就くのが学園派と呼ばれる派閥の貴族であることが分かった。宮廷政治でこの決定を覆さなくてはいけないといった話だった。

「それにしても、あのグランヴェル卿の顔を思い出すと酒が進みますな」

「そうだな、まあミスリルが採れるようになり調子づいているみたいだがな。下級貴族を指導するのも王家の使いの仕事だからな」

カルネル子爵が話題をグランヴェル男爵に変える。

「今回は助かりました。このような形で契約の話を進めていただき」

「それは当然だ。我らの仲ではないか。それにしても大事なこの時期に白竜が動くとは。法務大臣の推薦に金がいるというのに」

「はい、そのような時に申し訳ありませぬ」

カルネル子爵がぺこぺこしている。どうやらカルネル子爵がミスリル鉱脈の契約に関する一連の動きを画策していたようだ。

(そうか、カルネル子爵領でミスリルが採れるようになって100年以上になるからな。ずっとこうやって金の力でのさばってきたと)

100年以上に亘って世代を重ね、カルネル子爵家は王城内の役人や貴族を味方に引き入れてきた。ミスリルで潤った資金があれば、それも可能だった。

「それにしても大丈夫なのであろうな？　王城内は我らの味方だけではないのだ。男爵が王城で騒ぐと面倒なことになるぞ？　さすがに契約書がなければ陛下も動けぬゆえにな。署名は必ず必要だ」

王家の使いがカルネル子爵に確認をする。

「もちろんでございます。そのために娘を攫いました。男爵は娘を溺愛しておりますからな。下手なことはしないよう手紙を添えております」

どうやら館からセシルを誘拐する際に、男爵が王城に行かないよう手紙を置いてきたようだ。そういえば、男爵が王都に確認しに行くと言った時、王家の使いの態度が一気に悪くなったのを思い出す。

「そうか、まあ確実に署名させられるならなんでも良いのだがな」

王家の使いは署名さえ済めばあとは野となれ山となれといった感じだ。

「はい、もしも署名しなければ娘の腕の一本でも送れば事足りるかと」

「それでゼノフが攻めてきたら暗殺者に始末させると？」

「そのように考えております。しかし、ダグラハが負けてゼノフに領内で暴れられても困ります」

「ああ、まあ良いではないか。領を越えて騎士団長が暴れれば、その責でグランヴェル卿を断罪できるというもの。動乱罪は罪が重いゆえにな。わざわざ来てくれてありがとうといったところだな」

「なるほど、さすがでございます」

「だが、分かっておるな？　我もこれだけ手を回してやったのだ」

「分かっております。採掘権でございますね。約束通りにさせていただきます」

王家の使いは礼を忘れるなよと念を押す。

（むむ、これは権力だけでなく法においてもカルネルのほうに分があるのか。セシルを連れ戻さないと男爵は何もできないと。それにしてもミスリル利権のために男爵家を襲撃して、誘拐までするのか）

それだけのお金が動くようだ。２人から貴重な話を聞けたので、今後の行動について思案しようとしたその時でだった。

「んんん！！！！」

（やばい、セシルの目が覚めた）

「おいおい嬢ちゃん、目が覚めたようだが大人しくしていな」

「んんんん！！！」

目を覚ましたセシルが縛られていることに気付き、怒りを表して抗議する。しかし、口も手足も縛られているため何も言えず身動きもできない。

そんなセシルの視界に、アレンが入る。

「んんんん！！！」

（お、おい蹴るな。手足を縛られているのに器用だな）

セシルはアレンがまだ意識を失っていると思っているので、体を伸縮させながらアレンを何度も蹴飛ばした。狸寝入りを決め込んでいるアレンは一切の反応を示さない。

「いい加減静かにしていろ。お前の使用人は薬で寝ているぞ。もうカルネルの街に着くからな」

（この魔導船はカルネルの街を目指しているのか。まあカルネルが乗っていたんだし当然か。あっちに着けばカルネルの好きにできるだろうしな、どうにかしないとな。って痛い痛い）

当然カルネル子爵領には彼の手の者が多い。この状況はとてもまずいと考える。その間もセシルはエビのように体を動かし、アレンの尻を蹴り上げる。

「おい、ヘルゲイ黙らせろ」

賊のマーカスが、仲間のヘルゲイに黙らせるように言う。

「ったく、しかたねえな。ぶちのめされたくなかったら大人しくしていろ」

「んんんん！！！」

セシルはそれでも必死にアレンの尻を蹴り上げる。アレンが起きれば、事態が解決するかもしれないと思っているのだろう。

（むむ、これはなんとかしないとな。カードの状態も問題ないし、そろそろやるか）

念のためにもう一度、ステータスを確認する。

【名　前】アレン
【年　齢】12
【職　業】召喚士
【レベル】41
【体　力】1040+240
【魔　力】1620+20
【攻撃力】570+200
【耐久力】570+635
【素早さ】1065+679
【知　力】1630+104
【幸　運】1065
【スキル】召喚〈5〉、生成〈5〉、合成〈5〉、強化〈5〉、拡張〈4〉、収納、共有、削除、剣術〈3〉、投擲〈3〉
【経験値】37,839,560/50,000,000
・スキルレベル
【召　喚】5
【生　成】5
【合　成】5
【強　化】5
・スキル経験値
【生　成】12,482/10,000,000
【合　成】10,265/10,000,000
【強　化】8,269,330/10,000,000
・取得可能召喚獣
【　虫　】DEFGH
【　獣　】DEFGH
【　鳥　】DEFG
【　草　】DEF
【　石　】DE
【　魚　】D
・ホルダー
【　虫　】F1枚、E1枚、D29枚
【　獣　】D10枚
【　鳥　】G2枚、D4枚
【　草　】
【　石　】D2枚
【　魚　】D1枚

「殴らねえと分かんねえか」

そう言うとヘルゲイがセシルに近づく。怯えながらもセシルがヘルゲイを睨みつける。ヘルゲイが片手を振り上げたその時であった。

（しゃあないな、アゲハ眠らせろ！）

「なんだ!?」

賊たちが驚く中、1メートル近くある蝶々の形をした虫Eの召喚獣が現れ、羽ばたきながら黄色の鱗粉をまき散らす。部屋に黄色の鱗粉が充満していく。

（よし、1人眠った。効いてくれたな）

短剣使いが、電池が切れたかのように倒れて眠りに就いた。虫Eの召喚獣は、すぐにヘルゲイに剣で叩き切られ光る泡へと変わる。

ブチブチッ！

アレンは縛られている縄を力ずくで引きちぎる。アレンのステータスには、この程度の縄では太刀打ちできない。アレンが動き出したことにヘルゲイが驚く。油断したヘルゲイの正面に獣Dの召喚獣が現れた。

「なんだこいつは！！！」

『グルアアアア！！！』

獣Dの召喚獣の特技「かみ砕く」がヘルゲイを襲う。しかし、ヘルゲイは落ち着いて身を躱し、袈裟懸けに獣Dの召喚獣を叩き切った。一撃では仕留められなかったが、ヘルゲイのほうが素早さが高く、獣Ｄの召喚獣では動きを捉えられない。強化して体力が上がった獣Ｄの召喚獣は、３回も切られたところで光る泡になり消えていく。

その場にいる全員がその戦いに目を奪われている隙に、マーカスの脇腹にアレンの拳が食い込んだ。

「がふ！　こ、このクソガキが！！！」

「死んどけや」

獣Ｄの召喚獣にヘルゲイを襲わせたのはただの時間稼ぎ。本命は暗殺者ダグラハに脇腹を殴られたマーカスだ。先ほど殴られたのと同じところに渾身の拳をぶち込んだ。

（弱っている奴から倒すのが常識だろ。これで賊２人が戦線離脱と）

マーカスは腹を押さえ、痙攣しながら顔面から床に落ちる。眠った賊と合わせて、この場にいる３人中２人が戦闘不能になった。それを見ていた唯一の生き残り、ヘルゲイがゆっくりと中段に剣を構える。

「おい、マーカス！！！」

剣を構えてアレンを見据えつつ、ヘルゲイはマーカスの身を案じる。

「おら！！！」

アレンはヘルゲイに鉄球を投げつけてみたが、正面から投げたため剣で簡単にはじかれてしまった。

「こ、このクソガキが!!」

アレンは収納からドゴラから貰った短剣を取り出す。

(ふむ、人間相手に剣を持つが、なんのためらいもないな。いや館で襲撃された時もそうだったし、今更か)

これから殺し合いをしようというときに、驚くほど落ち着いている自分がいる。アレンは館で切り合ったヘルゲイを挑発した。

「ガキが怖かったりするのか?」

「このクソガキが」

(ブロン今だ、奴を押さえろ!)

「なんだこいつは!?」

挑発を受け、剣を持って切りかかるヘルゲイを挟むように、石Dの召喚獣が2体現れる。囲い込むようにして特技「身を守る」を使う。

(よしよし、ベアーを倒すのに3回も攻撃していたからな。これでターンを稼げるぞ)

アレンはマーカスを倒している間も、「共有」した鳥Gの召喚獣の視界を通してヘルゲイと獣Dの戦いを見ていた。ヘルゲイの攻撃力では、身を守った石Dの召喚獣は簡単に倒せない。

今のうちに魚Dの召喚獣を召喚し、アレンと召喚獣にバフをかける。

(よし。あとはチュー、奴の力を奪え! スパイダーは糸を出せ!!)

2体の虫Gの召喚獣が、身動き出来なくなったヘルゲイを襲う。そして虫Dの召喚獣が糸をまき散らし、さらに動きを拘束する。

（ふむ、やはり虫Gの召喚獣も効果があるのか。人間に対しても、召喚獣のデバフは効果があると。それにしても、今魚Dの召喚獣のバフでセシルが光らなかったな。戦闘に参加していないから仲間認定されなかったのか）

初めての対人戦で分からないことが多い。

（殺し屋がいるみたいだし、さっさと始末するか）

セシルには魚Dの召喚獣のバフも、虫Eの召喚獣のデバフもかからなかった。どういう判定なのか検証したいが、敵はこの場にいないダグラハを含め、少なくとも4人だ。さっさと3人目のヘルゲイを倒しておきたい。

石Dの召喚獣2体に囲まれたヘルゲイを、渾身の力を込めて短剣で肩から切りつける。

「ぐっ！　くそ!!」

（硬い、いや俺が弱すぎるのか。この短剣の性能もあるかもな。攻撃力を上げて力で押し切るか？　素早さで数打ったほうがいいか）

ヘルゲイの耐久力は高く、攻撃力750では攻撃が通らない。剣が刺さっても致命傷にはならないようだ。ヘルゲイは剣士系の職業なのか、耐久力がかなりある。

ステータスに耐久力の数値があるこの世界では、人間を切っても不思議な力が働き致命傷にはならないらしい。初めてのことに違和感が残る。

戦いはアレンが圧倒している。素早さ偏重にしていたため、アレンの攻撃が決まり続ける。ヘルゲイは石Dの召喚獣で身動きが取れないうえ、体格がアレンよりかなり大きいことも災いし、ほぼ一方的に攻撃を食らう。

「ゲハ!!」

最後に腹を蹴り上げ、倉庫の壁に吹き飛ばす。叩きつけられたヘルゲイは意識を失って項垂れた。

その時、魔導船内にアナウンスが流れる。

『皆さま大変お待たせしました。この魔導船バホナ号はまもなく、カルネルの街に到着します。魔導船は降下を始めておりますので、席を立たないよう、よろしくお願いします』

（なんとか倒せたが、もう時間がないな。セシルの拘束を解かねば）

これまでにないほど船全体が揺れ、下降を始めたことを実感する。セシルは拘束されたままだ。このままカルネルの街に着いてしまえば、逃げ場を失ってしまう。

「セシルお嬢様、今拘束を解きますね」

「んんん」

この召喚獣による戦いを最初から最後まで見ていたセシルが驚愕している。アレンが気にせず紐を引きちぎろうとしたその時、

「おいおい、なんだこりゃ？　なんでガキにやられてんだ？　依頼主の子飼いは随分弱《よ》ええんだな？」

そこに現れたのは、カルネル子爵が雇った暗殺者ダグラハだった。初めて見る召喚獣たちにかなり警戒している。アレンはとっさにセシルを縛る紐から手を離し、石Dの召喚獣を新たに召喚しようと体ごと振り向く。

「ゲフ!!」

「んんん!!」

アレンはダグラハに、力まかせに蹴り上げられた。横腹を蹴り上げられ、あばらを何本か折られて壁に叩きつけられる。

(やばい、こいつは斥候タイプか？　くそ速いぞ。一瞬こいつ消えなかったか？)

鳥Gの召喚獣でダグラハの位置を捕捉していたので、アレンはセシルのほうを見ながらもダグラハの位置は把握できていた。しかし召喚獣の「共有」越しの視界では召喚も指示もできないため、振り向く必要があった。そのわずかな時間があれば、ダグラハには十分だったようだ。この一瞬で、アレンは召喚獣の視界からも消えるほどの勢いで、激しく壁に向かって蹴り上げられた。

「なんだその表情は？　スキル受けたことねえのか？　まったく、こんなガキにやられやがって」

ダグラハが注意深く召喚獣との距離を保ちながら、腰に差したレイピアを抜き取りゆっくりとアレンのほうに近づいていく。

(スキルだと？　今スキルを使ったのか。いや検証は後だな。これは、戦うという選択肢はないな。ならば方法は1つだ)

この1撃で相手の強さが尋常ではないことが分かった。命の草で体力を全回復させる。

そして――

『おい、いつまでぐずぐずしている！！！』

「な!?　子爵がなぜここに!?」

部屋の隅の死角から突然カルネル子爵の声がして、ダグラハが反応する。鳥Gの召喚獣が特技「声まね」でカルネル子爵の声色を借りて叫んだのだ。ダグラハが動揺を見せた瞬間に、虫Dの召喚獣の特技「蜘蛛の糸」がダグラハの体に巻き付く。アレンはすかさずセシルのほうに駆け寄り、短剣を収納してセシルを抱き上げ、ダグラハの前を駆け抜けた。

「くそが！　なんだこいつらは!!」

（蜘蛛の糸はあまり効果はないか。ブロンたち、壁になれ）

アレンはそのまま廊下に逃げ出すが、早くも蜘蛛の糸を抜け出したダグラハがすぐそこに迫っている。一瞬後ろを向いて2体の石Dの召喚獣を召喚する。この通路は縦2メートル程度、横も3メートルもない。石Dの召喚獣を出すと廊下いっぱいに立ちはだかる格好になるため、ダグラハは召喚獣を倒さないと先に進めない。既に召喚してあった虫GやDの召喚獣たちも、足止めをしようとダグラハに群がる。

召喚獣たちが時間稼ぎをしている間に、全力で階段を駆け上がる。

（む、1体のブロンがやられたな。もう時間がないぞ。このまま乗客のいる場所に逃げ込むか。いや、それで難を逃れても結局後がないか。ならば）

アレンが今いるのは、先ほどの偵察で見つけた外へ通じる扉の前だ。扉の小窓から外を見ると、ゆっくり地面が近づいていることが分かる。サーチライトのような魔導具が発着地に激突しないように照らしているので、地面と魔導船の距離がよく分かる。

セシルをそっと床に置き、アレンは扉をこじ開ける。突風が吹き荒れる中、下を見ると、まだまだ地面からは１００メートル以上離れているようだ。

「セシルお嬢様、すみません。ちょっとここから飛び降りますが、御心配なさらずに」

「んんんん！！！！」

セシルが何を言っているんだと、声にならない声を上げる。

（カード構成も変えて耐久力を上げてと。ブロンだと体力も上げられるんだが、そんな時間はないな）

カードの構成を、獣Ｆのカードから耐久力が上がる虫Ｄに変えていく。石Ｄの召喚獣は合成に時間がかかるので、虫Ｄの召喚獣で我慢する。

「大丈夫です。たぶん耐久力的には問題ないはずです。ステータスは嘘をつきません」

自分でも意図せず、よく分からない名言が飛び出した。

「んんんん！！！！」

セシルは全身で、倉庫で目覚めたとき以上の抵抗を示す。しかしそれも虚しく、アレンはセシルをがっしり抱きかかえる。念のため収納から出したマントでセシルを包み、落っこちないように密着させた。

「では、アレンいきます！」

セシルが涙目でやめろと必死に訴える中、アレンは満天の星の下、魔導船から飛び降りたのであった。

第十三話　逃避行

アレンはセシルを抱きかかえたまま、魔導船から飛び降りた。下は100メートル以上ありそうだが、レベルと加護で上がったステータス的には問題ないと考える。

そして数秒後。ものすごい勢いで両足から地面に着地する。その勢いで綺麗にはめられていた石畳が粉々になった。

（くっそいてええ！）

アレンの両足の骨は衝撃に耐えきれず砕け折れる。しかし着地の直後に使った命の草で、足の骨は一気に修復した。

アレンはセシルに別状がないか確認する。マントに石畳の破片が少々当たったが無傷なようだ。

（うし、命の草は使ったものの、予定通りセシルは無傷のまま離脱できたな。というか腕まで衝撃こなかったし、耐久力有能だな）

アレンは、耐久力というのは物理的なダメージから体を守る衝撃吸収材のようなものだと考えている。常日頃から感じていることだが、耐久力が増えたからといって体の筋肉量が増えたりはしない。ムキムキになったり体が硬くなったりするのではなく、あくまでもステータスとしての数値上昇に伴って、衝撃を軽減する保護膜のようなもの。今回の物理的なダメージは、セシルを抱えて100メートル以上の上空から落ちた衝撃だ。当然無傷とはいかず足の骨は折れたが、耐久力により衝撃は殺され、上半身やセシルは無事だった。

「セシルお嬢様、今拘束を取りますね」

落下直後にセシルにも命の草を使っているので問題ないと思うが、今一度セシルに怪我がないか確認し、短剣でさっさと紐を切っていく。

「ちょ！！！　アレン！！！！！」

「申し訳ございません。セシルお嬢様、もう魔導船が降りてきます」

拘束から解放されるとともに、セシルがアレンの無茶な行動に対して全力で抗議しようとする。しかし、セシルの苦情を聞き入れている暇はない。改めてマントをセシルの肩に掛けて羽織らせる。

(これで良しと、追われて後ろから矢が飛んでくるかもしれないしな)

「ちょっと、聞きなさいよ!!　これどこから出したの！！　さっきのはいったい――」

「セシルお嬢様！」

「な、何よ？」

「今はセシルお嬢様の身の安全を確保することが大事です。すぐにここから離脱します。背負いますので背中に乗ってください」

アレンは少し強めにセシルに話す。お姫様抱っこでは走りにくいので、背中におぶさってくれと言う。魔導船は今にも地面に着陸しそうだ。セシルは不満に思いながらも、現状を見てアレンに従う。

「ちょ、は、速いわよ！」

「しっかり掴まってください。話すと舌を嚙みますよ」

走り出すアレンの速度にセシルが驚く。少なくとも馬よりは速く走っている。

（もう時間がないな。ホロウ、夜目で場所を教えてくれ）

鳥Dの４体の召喚獣を夜空に召喚し、共有した街の風景から探し出した街の外へ通じる門を急いで目指す。

（お！　いいね、ダグラハはカルネルらに状況を説明しに行くと。時間が稼げるぞ）

アレンは走りながら、魔導船の中に残した鳥Gの召喚獣の視界で船の中の状況を確認した。ダグラハはグランヴェル家の使用人がセシルと一緒に魔導船から飛び降りたと、すぐに状況を説明したようだ。カルネル子爵は慌てながら「それで２人は生きているのか？」と確認するが、着陸しないと分からないとダグラハは首を横に振る。ただあの高さだったので死んでいる可能性もあると話しているようだ。

アレンは走りながら、ホルダーのカード構成を変更する。

・虫Dのカード44枚
・鳥Gのカード２枚
・鳥Dのカード４枚

（賊たちはかなりの慌てようだったな。この異世界には魔物使いなんていないらしいからな。召喚獣には驚いただろう）

アレンが前世でプレイしていたゲームには、召喚士によく似た職業があった。それが魔物使いだった。魔物使いは魔物を使役する職業で、召喚士との違いは何を使役するかという点だけだ。走りながら冒険者のレイブンから聞いた話を思い出す。

レイブンは「魔獣を使役するなんて無理に決まっているだろ」と言っていた。あの話しぶりでは、この異世界に魔物使いはいないらしい。そもそもこの世界の人間には、そんな発想がないのだ。賊たちが召喚獣の出現に驚愕したのは、そもそもそういった事態を想定していなかったからだ。魔物使いが当然のごとく認知されている世界なら、反応はもう少し変わっていたかもしれない。

カルネルの街の門はまだ開いており、グランヴェルの家の紋章を見せるとすんなり通してくれた。さすがに門番なら隣の領の紋章くらいは分かるようだ。少女を背負った使用人はかなり怪しく映るだろうが、それが駄目だという理由になるわけでもないらしい。

（よっし出たぞ。山脈はあっちの方向かな）

星明かりのおかげで全く先が見えないわけではない。星空の下、今度は街の外を走り出す。何はさておき、まずは街から離れなくてはならない。グランヴェル領に向かうのはそのあとだ。

（門を出られて良かった。白竜山脈を見つけて、山脈の北から迂回して、グランヴェルの街に帰るぞ。何日で帰れるかな）

街から離れたところで、セシルのために休憩をとることにした。目の前で収納から魔導具の灯りやら、水やら食料やらを取り出すと、セシルはその様子を凝視している。

休憩してほどなくすると、魔導船が降り立った発着地の上空で待機していた鳥Dの召喚獣が、不穏な動きを察知した。アレンが降り立って石畳が粉々になった地点に人が集まっている。

(カルネルもダグラハもいるぞ。何か指示をしているな。やはり俺やセシルの死体がなかったからな。生きているのがバレるのは仕方ないとして)

カルネル子爵の周りには何人かの側近がいる。「共有」している鳥Dの召喚獣が上空で見つめる中、カルネル子爵が矢継ぎ早に何か指示を出していた。追手の状況を確認するために様子を見ていると、ダグラハが指示を遮ってカルネル子爵に話しかける。

上空からは遠すぎて声は聞き取れない。アレンが何を話しているんだろうと鳥Dの視界に注意を向けたその時だった。ダグラハの体が一瞬ブレたように見え、直後に陽炎のような靄《もや》が全身を覆ったかと思うと、ダグラハは突然どこかへ向かって走り出したのだ。

(は、速いぞ！　やはり斥候系の職業か？)

アレンはダグラハの職業について、素早さのステータスが上がりやすい斥候系だと睨んでいる。鳥Dの召喚獣にダグラハの動向を確認させると、猛烈な勢いでアレンが通った門に向かっていく。

(お？　門から出るのか？)

早くも門を抜けたダグラハは、さらに走り続ける。

(え？　こ、これって)

アレンはようやく気付いた。ダグラハは今、アレンたちがいる場所に向かって走っているのだ。

（や、やばいぞ。なんだろう？　これは何かスキルを使っているぞ）

おそらく斥候系の職業と思われるダグラハは、索敵系のスキルを使って既にアレンの居場所を捉えているようだ。どんどんこちらに迫ってくる。

「セシルお嬢様、申し訳ございません。既に追手が迫っているようです。すぐにここから離れましょう」

「え？　わ、分かったわ」

ダグラハはかなりの速度だが、先ほどからカードを入れ替えていたアレンの素早さは、加護の力もあって遂に２０００の大台に達していた。セシルを背負っているハンデはあるが、すぐに追いつかれることはないだろう。

実際アレンは追いつかれることなく、ダグラハから逃げ続ける。ただ、完全に振り切るには至らなかった。方向を修正したり、橋を避けてわざと川の中を渡ったり、あの手この手で撒こうとするが追跡は一向にやむ気配がない。常に背後からダグラハが迫ってくる。アレンとの距離はかなり離れているはずだが、完全にこちらの位置を把握している。

（斥候って有能なんだな、って、おお街だ！！！）

先行して周辺の偵察を続けていた鳥Ｄの召喚獣が、カルネル子爵領内にある少し大きめの街を発見する。アレンは街を目指して走ったが、門は既に閉ざされているようだった。かがり火が焚かれているので、アレンにおぶわれているセシルも街の存在に気付いたようだ。街にまっすぐ駆け寄るアレンに対し、背中越しに話しかける。

「ねえ、アレン。街に入るの？」

「はい」

「なんか門は閉じているみたいよ？」

「そうですね。ちょっと頑張ってみます。少し話を合わせてください」

（ちょっと、街を使ってダグラハを撒けないかな）

「お、おい止まれ！」

アレンが門前に迫ると、門番に止まるように言われる。こんな夜遅くに背中に少女をおぶった、使用人の格好をした少年が猛スピードで迫ってきたのだ。明らかに怪訝な顔をしている。槍まで突き付けられてしまった。

「よ、良かった……。ま、街に着きました。お嬢様もう少しの辛抱ですよ」

「う、うん」

警戒をする門番を無視して、息を切らしたアレンはセシルを安心させようと話しかける。

「門番さん申し訳ありません。街に入れていただけないでしょうか？」

「そ、それはできぬ。もう門はとっくに閉めてある。こんな時間にやってきたお前らみたいな怪しい者を入れるわけにはいかぬ」

「いえ、我々は怪しいものではありません」

アレンはグランヴェル家の紋章を見せる。

「グランヴェル家の者か。いやだが、なぜこんな夜に？」

紋章を見せたら一瞬たじろぐ。隣領のグランヴェル家の者が、こんな遅い時間にカルネル子爵領へやってきたのは不自然すぎる。

「いえ、実はここから少し行ったところで馬車が壊れて、身動きが取れなくなってしまいました。お嬢様がこんなところで泊まりたくないと」

アレンは流れるように嘘をつく。馬車は壊れるわ、お嬢様は我儘を言うわで困り果てたよという表情だ。

「……」

いきなり自分のせいにされたセシルは、話を合わせることを忘れ、あっけに取られている。

「そうなのか、いやだが……」

（お、これはいけそうか。もうすぐダグラハが来そうだし、これ以上問答している暇はないか）

「私も無理は十分承知の上でございます。ですから、今回はこれで目をつぶっていただけませんか」

突然アレンが門番の手の平に、スッと手を重ねた。門番はビクッとしながらも、アレンから渡されたものを確認する。それは、かがり火に反射して黄金色に光る1枚の金貨だった。

「し、仕方ないな。だが通しても宿は閉まっているぞ」

「それは何とかしてみます」

門番と同様、金を握らせて泊まってみせますよと暗に匂わせる。やれやれと言いながら、門番は門の隣にある通用口を開けてくれる。こうしてダグラハに追われたアレンは、逃げ込むように街へ入ったのであった。

街へ入ったアレンは、セシルを背負ったまま大通りからどんどん細い路地のほうへジグザグに進んでいく。

「アレン、宿には泊まらないの？」

「はい、泊まりません」

アレンが大通りを避けて不規則に進んでいくのを見て、セシルが質問をする。大通りに宿屋はいくつかあったが、アレンは全て素通りした。

「夜目」で門を監視している鳥Dの召喚獣が、ダグラハを発見する。

（むむ、やはり何かの許可証を持っているな）

ダグラハは門番に何かを見せ、アレンと同様に通用口から街中に入る。するとまた、高速で移動を始めた。

（さてと、やはり足跡追跡型のスキルだったか。マップ型じゃなくて良かったぜ）

アレンはこの数時間にわたる逃避行によって、ダグラハの索敵スキルの分析を終えている。

アレンは健一だった頃、ゲームでたくさんの職業をプレイしてきた。基本は戦士や魔法使いのように、強い武器を揃えて敵に大きなダメージを与えたり、強力な魔法を使ったりと、完全な脳筋プレイだ。だから、盗賊のような搦め手を使う職業の経験はほとんどなかった。

とはいえ、それなりの知識はある。アレンの中で、追跡のタイプは次の2種類だ。

・追跡対象者の軌跡がフィールド上で視認でき、それを追えば対象者にたどり着く
・追跡対象者の座標がマップ上に表示され、そこに向かえば対象者にたどり着く

だからアレンは100％断言できる。今回ダグラハが使っているのは前者の足跡タイプだ。後者であればダグラハはアレンがいる地点まで最短距離で向かってくるはずだが、実際は逐一アレンが通過したルートをたどって移動していた。アレンの現在位置の座標が分かっているなら、道中わざわざ川の中を渡らず、近くの橋を使って移動しただろう。今もダグラハはアレンが残した軌跡の通りに、無駄にジグザグ移動を続けている。

（さてと、ここらで撒きますよっと）

「ちょっと跳びますね」

「キャッ」

アレンはジャンプして、今度は建物の上を移動し始めた。ダグラハは軌跡を追っているせいか、ずっと地面を見ながら走っている。屋根の上にいるのがバレないよう注意深く移動しながら、少しずつダグラハから離れていく。

（よしよし見失ったぞ！　追跡の分析は完璧と。我を追ってこようなど100年早いわ！！！）

鳥Dの召喚獣が、突然アレンの軌跡を追えなくなり慌てているダグラハの様子を捉えた。どこかで曲がる路地を間違えたかと、来た道を戻っていく。アレンが索敵の対抗策を練るなど夢にも思わ

なかったようで、建物の上まで意識が回らないらしい。アレンは既に、街の外壁の上に立っていた。

「え？　戦わないの？　アレンって強いんでしょ？」

セシルの中では、アレンは相当強いと認識されているようだ。

「はい、ちょっと苦手なタイプです。恐らく勝てないでしょう」

(手段を選ばなくても勝率は1割もないだろう。俺の召喚獣は鈍足だし、罠にかけて待ち伏せをしても躱されるだろうし。まあ少々攻撃が通じても回復薬で治されて終わりよ。さて街から出るぞ。ブロン出てこい)

アレンは石Dの召喚獣を壁の外側に召喚し、盾を頭上にまっすぐ掲げるよう指示した。平らになった盾に飛び乗り、また前方に石Dを召喚して同じ指示をする。石Dの召喚獣を出しては消し、出しては消しを繰り返し、飛び石のように数キロに渡って足跡を残さないように進んでいく。

(あいつは、召喚獣の足跡を俺の足跡と同じように認識できるのだろうか。それは分からんが、ちょくちょくこうやって足跡を消していくぞ)

この方法は移動に時間がかかるので、ときどき地面を走って移動し、再び石Dの召喚獣を召喚して移動する。今後はこれを地道に繰り返しながら、既に鳥Dの召喚獣との「共有」で確認した白竜山脈の北端を目指していく。そこにある関所を抜ければグランヴェルの街だ。

ほどなくして、寝る準備をする。とてもじゃないが1日2日ではグランヴェルの街に帰れそうにない。アレンとセシルを囲むように石Dの召喚獣を配置し、収納からお泊まりセットとして常備している毛布や魔導具の灯りを取り出す。

「才能、あったんだ」

セシルがアレンに対して、ぽつりと言う。

「そうですね。色々出来て便利ですよ」

「なんで黙っていたの？」

「才能なんて、語ってもいいことないですよ」

「そうね……」

セシルには、思い当たることがあるようだ。

「明日はもっと走ります。今日はもう休んでください」

「アレンは寝ないの？」

「私も寝ますよ。おやすみなさいませ、セシルお嬢様」

「……おやすみ」

（さて、できれば３〜４日以内に帰りたいぞ。そうじゃないと身が持たない）

アレンはセシルの寝顔を見ながら、召喚獣を通してダグラハの動向を確認する。休憩は仮眠程度で済ませてしまいたい。

そして数時間後。

（ぐぬぬ、建物上の足跡バレたな。やるじゃないか）

ダグラハは既に、アレンの工作に気付いたようだ。荷物を片付け、まだ眠そうなセシルを背負って走り始める。一方、街の建物の上にいたダグラハは、ほどなく街の外壁へ移動した。アレンの足跡がぱったり消えたため、視線をあちこちに移しながらアレンの足跡を探しているようだ。

（ぐふふ、どうよ？　足跡はないぞ。って、え？）

アレンは走りながら、ダグラハの動向を確認し続ける。ダグラハは、足跡が見つからないことを確認すると、街の外壁から外へ降りるなりまっすぐ走り出す。そして何キロか走ったところで、街を中心に渦巻き状に走り始めたのだ。

（うは、何じゃそりゃ!?　え？　これって）

渦巻き状に走っているため、いずれはアレンの足跡にぶつかる。そうこうしている間にアレンの足跡を発見すると、そのまま追跡を再開した。

（やばい、足跡消しの距離をもっと増やすぞ）

召喚獣を使った移動は効果があったものの、数キロ先で見つかってしまった。石Dの召喚獣での移動を増やし、地道に足跡を消しながら白竜山脈の北端を目指すしかなさそうだ。ダグラハが足跡を見失ったり、見つけたりを繰り返すので、アレンとダグラハの距離も詰められたり離れたりを繰り返していた。

＊＊＊

カルネルの街から離れて2日目の朝、アレンは無事に北端の関所をくぐり、ようやくグランヴェル領に入ることができた。

「どうしたの？　何かあったの」

「え？」

関所を抜けるとすぐに行きましょうと促したアレンの行動に、セシルは違和感を覚えたようだ。

（ぐ、気付かれたか。ここは正直に答えるか）

「さきほど、ダグラハの居場所を見失いました」

「え？」

アレンはダグラハの位置を「共有」で確認している。セシルには、追手がダグラハであること、ダグラハが索敵のスキルを持っていることを伝えたときに、それとなく自分にも索敵スキルがあることを告げていた。

ちょっと前に、ダグラハがこれまで以上にものすごいスピードで移動を開始し、常に後を追っていた鳥Eの召喚獣が振り切られてしまった。数体の鳥Eの召喚獣が行方を捜しているが、そもそも追いつけない速度なので、発見は難しいだろう。

（やはり、速度を一気に上げるスキルがあったんだ）

倉庫でダグラハに蹴られたことを思い出す。目で追うことができず、一瞬消えたように思えた。それにしても、倉庫の中ではごく短い距離に限られた速度上昇だと思っていたが、実際はかなりの距離を移動できるようだ。あっという間に鳥Eの召喚獣の視界から消え去ってしまった。

（あの速度で長距離を移動できるなんて）

「私を置いて行けば、アレンは助かるんじゃないの？」

アレンの背中におぶさったまま、セシルがらしくないことを言う。

「え？　何言っているんですか。置いて行かないですよ」

「だって、このままだと……」

（ふむ、セシルも12歳だな。こんなことで音を上げるなど）

追われるように移動する日々が続いたため、気弱になってしまったようだ。

「大丈夫ですよ。無事２人でグランヴェルの街に帰りましょう。何も問題ないですよ。それに約束しましたからね」

「約束？」

「はい、ミハイ様にセシルお嬢様を必ず守ると約束しました。約束は守りますよ」

「ありがと……」

セシルがアレンの肩に顔を埋《うず》める。

（カッコいいことを言ってしまったが、これは保険をかけておかないといけないな。関所も越えたしそろそろいいだろう）

アレンは「保険」として複数の召喚獣を召喚して空に飛ばし、「鷹の目」で周囲の索敵をさせる。

すぐにダグラハの位置を捉えるためだ。

＊　＊　＊

カルネルの街を出て3日目を迎えた。今日も朝早くからセシルを背中に乗せて、グランヴェルの街を目指している。できれば明日中にはグランヴェルの街に着きたいので、アレンは急いで走る。

その頃、鳥Eの召喚獣を見つめる1体の魔獣がいた。その魔獣はこの鳥の近くに遊び相手がいることを知っている。片目を失った人面犬のような顔をニチャアと歪ませ、魔獣は移動を開始した。

「共有」していた鳥Eの召喚獣がアレンに近づく魔獣を発見する。その視界を通して映った魔獣の姿に、アレンは見覚えがあった。

(ぶっ！　マーダーガルシュだ。まっすぐ向かってくるぞ)

気付かないうちに距離を詰められていたようだ。もう、あと数キロまで迫っている。

(どうしよう、逃げ切れるかな。3年前よりずいぶん素早さは上がっているんだが)

アレンはどうすべきか考える。セシルを背負っているし、どこからダグラハがやってくるかも分からない。できれば戦闘をせずに逃げ切りたかった。

「どうしたの？」

アレンはあまりポーカーフェイスが得意ではないようだ。もしくはずば抜けて勘が鋭いのか、セシルはすぐさま異変に気付く。

「え、はい。今マーダーガルシュに追われていまして」

「え?!」

現在、ここから数キロというところにマーダーガルシュがいて、まっすぐアレンを目指して走ってきていることを正直に伝える。

「この状況で二者から追われるのは厳しいので、マーダーガルシュを倒して先に進んだほうが良いかなと」

今のアレンなら、マーダーガルシュは倒せない相手ではないはずだ。倒してから進みたい。

「え？　マーダーガルシュに勝てるの？」

「たぶん、いけるかと思います。初見ではないですし」

マーダーガルシュの強さは３年前に検証済みだ。

「分かったわ」

セシルはアレンの強さを信頼している。マーダーガルシュにも勝てるだろうと思ったようだ。それから数分後、マーダーガルシュはアレンに追いつきまっすぐに対峙した。セシルはマーダーガルシュがやってくる前にかなり離れた場所に避難済みだ。

（よしよし、セシルの安全は確保してと、邪魔なマーダーガルシュは討伐してと）

『アアアァァァアアア!!』

人面犬のような顔に上半身が人間の手や体のような作り、下半身が狼の体をしている。体高は５メートルほど。片目を失ったその魔獣は、アレンとの再戦を喜んでいるのかニヤニヤしている。

「おい、犬っころ。あまり時間がないんだ、一気に行くぞ」

マーダーガルシュにアレンは瞬殺を宣言する。マーダーガルシュの周囲に20体の獣Ｄの召喚獣が現れた。一気にマーダーガルシュを襲い始める。

作戦はいたってシンプル。オークキングや女王鎧アリと同様、今回も物量戦で削り倒す。

（スパイダーの「蜘蛛の糸」はやはり効果が薄いか。速度低減は見られないな。無駄に獣Ｄの召喚獣を削られてもしょうがないか。ブロンたち押さえ込め）

同じＢランクの魔獣であるオークキングや女王鎧アリの経験を活かして、石Ｄの召喚獣を４体使い四方から押さえ込む。このほうが攻撃が当たりやすいので決着が早く、獣Ｄの召喚獣の犠牲を抑えられる。

それでも１体、また１体と獣Ｄの召喚獣がやられていく。それと同時に、上空では目まぐるしく魔導書がパラパラと動き、強化した獣Ｄの召喚獣が次々と生成される。マーダーガルシュに対して獣Ｄの召喚獣の特技「かみ砕く」を出し続けると、やがて全身から血が噴き出した。悶え苦しむマーダーガルシュに対し、アレンは左目を狙って鉄球を投げ続ける。

できれば両目を潰しておきたい。もしアレンがやられても、両目を失えばセシルは助かるかもしれない。しかし、レベルが上がったアレンの攻撃力を乗せた投擲でも、不意打ちでない限りマーダーガルシュの目を捉えるのは至難の業だ。投げる傍から手で簡単に払われてしまう。

（オークキングならもう倒せているんだが、さすがＢランク上級だな。でもそろそろかな）

10分ほど攻め続け、そろそろ倒せるかなと思ったその時。獣Ｄの召喚獣の攻撃で全身から出血していたマーダーガルシュが、後ろ足に力を込め全力で跳躍した。

『アウアアアア！！！』

「え？」

ズウウウウウン！！！

既に鉄球を投げつくしていたアレンは、身の安全を確保するために何十メートルも離れたところから召喚を繰り返している。そんなアレンのすぐ傍に、跳躍したマーダーガルシュが降り立った。慌てて獣Dの召喚獣をアレンの下へ向かわせる。しかし間に合わない。

万が一に備えて4体の石Dの召喚獣をアレンの傍に待機させていたが、死にものぐるいのマーダーガルシュは石Dの召喚獣を軽々と吹き飛ばし、両手でアレンの体を掴んだ。そのまま万力のような力で締め上げてくる。

（まじか、結構やばいか？）

「ア、アレン！！！」

アレンの後ろ、遠く離れた位置から様子を窺っていたセシルが大声で叫ぶ。

「だ、大丈夫です！！！」

セシルには、とても大丈夫そうには見えない。マーダーガルシュに両手で握りしめられながら、アレンは生成と合成を繰り返す。心配して飛び出しそうになるセシルに、近づくなと強く念を押す。

両手で掴まれて身動きが取れないアレンに対して、全身から血を流したマーダーガルシュはニヤニヤが止まらないようだ。笑みをこぼしながら、じわじわとさらに力を込めていく。一気には殺さないようだ。

体を握りしめられ、本来ならとっくに死んでいるはずのアレンは、骨が砕かれ吐血しながらも命の草で体力を回復させながら耐え続ける。数分ほどアレンを締め上げたマーダーガルシュは、ふいに手を緩めるとアレンを頭からつまみ上げ、気取ったようにパクリと食らった。

マーダーガルシュの犬歯がアレンの腹を裂き、鮮血が飛び散る。遠くからその様子を見ていたセシルは膝を落とし、「アレン」と小さくつぶやいた。

全てが終わったと思ったその時だ。

「おい、犬っころうまいか。頭から食らうと思ったが、尻尾から食らう派だったのか」

タイ焼きの食べ方について話すようにひと言つぶやくと、アレンは収納からドゴラに貰った短剣を取り出し全力で握りしめる。

(下半身から食らったか。じゃあ、狙うのはこっちだ！！！)

腹から上に力を込めて、渾身の一撃でマーダーガルシュの左目にそのまま突き立てた。

『アァァァァァァ！！！！』

マーダーガルシュはたまらず悲鳴を上げる。ゲル状の硝子《ガラス》体がどろりとはみ出し、マーダーガルシュが悶えて暴れるたびに周囲にまき散らされる。

『アァァアアアア！！！！』

(よし、これで両目を潰したぞ。そして)

さらに腕をねじ込むように、マーダーガルシュの目の中に短剣をグリグリ突き立てていく。短剣は既に腕ごとマーダーガルシュの目の中に押し込まれていたが、それでもアレンは力を緩めない。

「どうした？　犬っころ、もっと口に力を入れねえと止めを刺してしまうぞ!!」

マーダーガルシュは目玉に短剣を突き立てられてもなお、アレンを吐き出していない。顎に力を込めてアレンに止めを刺そうとするが、なぜか今度は歯が立たなかった。

「硬いだろ？　どんどん硬くなるぞ。すぐに俺に止めを刺さなかったお前の負けだ」

アレンはマーダーガルシュに捕まった瞬間から生成と合成を繰り返し、召喚獣の構成を石Dの召喚獣に変えている。激しい攻防の中、体力と耐久力が20ずつ上がる石Dのカードを48枚にした結果、既に体力は2000近くまで、防御力は1500近くまで上がっていた。

噛み殺せないと悟ったマーダーガルシュは、今度は両手でアレンを握りつぶそうとする。アレンは構わず不自由な体を精一杯伸ばし、さらに腕を目玉の中にぶち込む。

「いいか、犬っころ、ステータスは嘘をつかねえんだ」

マーダーガルシュのステータスの詳細は分からないが、身を守った石Dの召喚獣を一撃で倒せなかったことから、攻撃力は2000もないと推測した。そのためアレンは、命の草を使い続ければこの状況でも十分止めを刺せると判断したのだ。仮眠のために休んでいる時に、ダグラハに備えて命の草を何百枚も作っていたのも幸いした。

(ああ、久々だな。この緊張感、懐かしいぞ)

前世で健一だった頃、数発攻撃を受けるとやられてしまうボスキャラに対して、同じようなことをしてきた。体力を管理しながら回復薬を使いまくり、相手の体力を削っていき最終的にはやっつける。今回も同じ要領で、魔導書のステータス欄で自らの体力を確認しながら、命の草をタイミングよく使い続けた。

短剣は既に眼底の骨に当たり、ゆっくり食い込んでいる。骨に当たり刃の先が止まっても力を込め続ける。眼底の骨にひびが入り始める。

そして、

『アアアアァァァアアアアア！！！』

眼底の骨が割れ、頭の中に刃が達した。マーダーガルシュはこれまでで一番の雄たけびを上げ、地面に倒れる。アレンを吐き出し痙攣をしていたが、やがて動かなくなった。

『マーダーガルシュを1体倒しました。経験値8200０を取得しました』

「ふむ、疑いようのない完勝だな。下半身べたべたするけど」

「アレン!!」

セシルが駆け寄ってくる。全身を見て、無事を確認しているようだ。

「さて、これからどうしましょうかね」

「え？　あ……」

アレンが大事ないことに安堵したのも束の間、セシルが男の存在に気付く。アレンとセシルの目の前にダグラハが立っていた。

「や、やっと見つけたぞ！！！」

(むう、何かブチ切れているぞ)

傍から見ても分かる切れようだ。ダグラハは怒りのあまり声が裏返っている。

「もう逃がさねえぞ!!」

(とうとう見つかったか。いやマーダーガルシュに食われたときに気付いていたけど)

既にアレンの上空で索敵していた鳥Eの召喚獣は1体もいなかった。ダグラハに見つかったのが分かった時点で索敵は不要だったので、全て石Dの召喚獣に取り替えたのだ。

一歩また一歩とダグラハが近づいてくる。一瞬アレンの後方に横たわるマーダーガルシュを見たが、あまり興味がないようだ。たかがマーダーガルシュと言わんばかりに一瞥し、再びアレンとセシルに視線を戻す。アレンはその視線に合わせて、セシルを背後に隠した。

（さて、鉄球は投げ切った。短剣はマーダーガルシュに刺さったまま。召喚獣のスピードでは、きっとダグラハは捉えきれない。選択肢が少ないとやることが決まって分かりやすいな）

「セ、セシルお嬢様お下がりください!!　ここは私が食い止めます」

（注意を引いてっと）

アレンは思いっきり両手を広げ、セシルをかばった。

「なんだ？　使用人の鑑《かがみ》だな。身を挺してってか？　そういうのが一番むかつくんだよ!!」

「げはっ」

（まじか、正面向いていても視界から消えた件について。全然見えぬ）

「アレン！　キャ!!」

ダグラハは何か特殊な力を使って高速でアレンを蹴り上げ、アレンの下に駆け寄ろうとしたセシルを平手で払い飛ばす。たった一撃で、一瞬にしてセシルは意識を失った。

「どうした？　かかってこねえのか？　前見せた魔獣をもう一度出してみろよ」

「……」

「なるほど、この魔獣を倒すのに魔力を使い果たしたってことか」

正気に戻ったアレンが言い返す。

「お前も俺に追いつくために魔力を使いすぎたんじゃねえのか？　帰りの魔力は残しておいたほうがいいぞ」

「あ？　魔力回復薬持っているに決まっているだろ、クソガキが」

（よしよし、この馬鹿は何でもしゃべってくれるな。ダグラハは魔力を使っていると。これでスキルについて分かったことがあるぞ）

「こういうガキは教育してやらんとな」

「1年で戦場から逃げてきたような腰抜けに教育できんのか？」

アレンは倉庫で賊が話していたことを思い出し、ダグラハを挑発した。

「き、きさま!!」

するとアレンの前からまたダグラハの姿が消え、吹き飛ばされる。アレンの言葉をきっかけに、念入りに痛めつけることに決めたようだ。ボコボコにやられながらもアレンの中で一つ疑問が解けた。スキルとは何なのか、という疑問だ。

アレンの認識では、この世界には3種類のスキルがある。
・1つ目はアレンが1歳の時に魔導書で確認した「召喚術」「生成」「召喚」などのスキル
・2つ目は騎士ごっこや石投げで手に入れた「剣術」「投擲」などのスキル
・3つ目は「エクストラスキル」（アレンは持っていない）

１つ目と２つ目の違いで真っ先に思い浮かぶのは、魔力を消費するかしないかだ。投擲では魔力を消費しないが、召喚獣を召喚するときは、生成の段階で魔力を必要とする。ここから、次の疑問が生じる。

アレン以外の才能がある者のステータスのスキル欄には、何が、どのように載っているのだろう。そのヒントはダグラハにあった。スキル発動に魔力を使うことを暗に示したのだから、ステータス欄はきっとこんな風になっているだろう。

・アレンが予想するダグラハのステータス

【スキル】斥候〈５〉、強奪〈５〉、俊足〈４〉、聞き耳、忍足、気配察知、剣術〈５〉

【エクストラ】追跡

アレンの「召喚術」にあたる「斥候」という基本スキルがあり、レベルが上がるごとにいくつものスキルが枝分かれをして成長していくのだと思われる。

（答えは最初にあった。異世界に転生する前に、ヘルモードの説明欄にしっかり書いてあっただろう。職業で選択したスキルというのが、全ての才能のある者に与えられている。きっとセシルのステータス欄にも、魔法〈１〉みたいなスキルが載っているんだ）

・ヘルモード（抜粋）

職業で選択したスキルのみ初期に入手することが可能です。

才能があるのとないのとでは、レベルが上がった時のステータスの上昇値が違う。しかし、それでは才能ありと才能なしの差は、ステータスにしか現れない。才能のありなしの違いは、魔力を消費し、魔力によって成長するスキルが備わっているかどうかだと結論づけた。

（ダグラハがこんなあほみたいに強いのは、才能があって、レベルもスキルレベルもしっかり上げているからだろうな）

「気持ち悪いガキだ。何ニヤニヤしている」

「ぶは!!」

（ああ、星1つか2つしかないのに、これだけ強くなれるんだ。星8つの俺が成長するとどれだけ強くなるんだ）

ダグラハの目にも留まらぬ速さの攻撃でボコボコにやられているのに、成長した自分の姿を思い浮かべると笑みがこぼれそうになる。

それから1時間。ボロ雑巾のようにやられたアレンが横たわり、息を切らしたダグラハが立っている。

「クッソかてえな。お前の職業は武僧か？　あの魔獣みたいなのが関係してんのか？」

ダグラハは1時間もかけてアレンをじっくり痛めつけようなどとは思っていない。とっくに殺しにかかっているのだが、召喚獣の加護による体力と耐久力の驚異的な底上げ、そして命の草による体力回復により、いつまで経ってもアレンはしぶとく生き続けている。

「もう攻撃はやめたのか？　じゃあ、さっさとカルネルの街に帰るんだ。殺される前にな」

（ミスリルのレイピアで切りつけてきやがって。くそ痛いんだが？　ちょっと命の草が切れそうなんだけど。お前倒したら、そのレイピア貰うからな）

「あ？　誰に殺されるんだよ。お前にか？」

「まだ分からんのか？　斥候タイプなのに範囲索敵はできないと」

（本当に勉強になるな）

「何の話だ？　話で時間を延ばしてもお前が死ぬのは変わらねえぞ？」

「いやいや、本当に遅いんだよ」

「あ？　何がだ……」

言葉を続けようとしたダグラハが気付く。遠方から土煙を上げながら、誰かがこちらに向かって走ってくる。アレンへの攻撃をやめ、警戒しているダグラハの下へやってきたのは騎士団長だった。

「ふむ、まだ生きているか？」

騎士団長は1人でやってきたようだ。

『いや、もう死ぬところだったし。もう少し速く走ってくれ』

騎士団長の肩に止まっていた鳥Gの召喚獣が、アレンの声色を使って答える。

「そう言うな、お前ほど速くは走れんのだ。それに、お前はまだ生きている。間に合っただろう」

騎士団長の上空では、鳥Eの召喚獣が旋回している。アレンは関所を越えたところで、グランヴェルの街に向けて鳥Gと鳥Eの召喚獣を1体ずつ飛ばしていた。鳥Eが騎士団長を探し出し、鳥Gが騎士団長に事態を説明して、ここまで誘導したのだ。アレンの才能について知っていた騎士団長は、すぐに状況を飲み込んで駆けつけてくれたようだ。

（へへ、おやびん。やっちまってくだせえ）

アレンは敵を倒すのに手段を選ばない。騎士団長がやってくれるならそれでいい。

「ゼノフか」

「そうだ」

ダグラハは騎士団長を知っていた。戦場にいたからだろうか。

「貴族に尻尾を振る寄生虫が、調子に乗ってのこのこ出てきやがって」

（お前も貴族に雇われた暗殺者だろ）

内心アレンはツッコむ。

「貴族の寄生虫か」

「ああ、そうだ。お前なら分かるだろ。戦場で平民を駒のように使う貴族共のことを」

「まあ、それは否定するものではないが」

「だろ？　才能のない貴族の糞共のために必死に戦う奴も糞だ。お前もな」

「……」

「10年も要塞を守って何を手に入れた？　その功績で片田舎の騎士団長として召し抱えられたか。大した褒美だ。本当に笑わせるぜ」

そう言うと、突然ダグラハは姿を消した。周囲に舞い上がる土や草が、ダグラハが立ち去ったのではなく、今も近くを高速で移動していることを示している。

「アレンよ、少し下がっておれ。巻き込んでしまうからな」

「え、はい」

これまでタメ口で話してしまっていたアレンが、思わず敬語に戻る。明らかに怒っている騎士団長の迫力に気圧《けお》されたのもあるが、アレンのほうを向いた騎士団長の体が陽炎のように揺らいでいることに驚いたのだ。騎士団長はゆっくりと剣を抜いていく。

（そうか、エクストラスキルを発動するとこんなエフェクトが出るんだ。そういえば、騎士団長はオークキングを倒す時もエクストラスキル使っていなかったような）

通常スキルでも職業スキルでも現れないエフェクトが、エクストラスキルには付与されているのだろう。こんな状況でも新たな発見がある。

「どこ向いてやがる、死にやがれ!!」

ダグラハが姿を現し、騎士団長の心臓目掛けてレイピアを突き立てる。しかし、レイピアは騎士団長の胸の上でピタリと止まった。

「全ての人のために我らは戦ってきた。そして仲間たちは皆死んでいった。我を残して１人残らずな」

「くそ！　なんて硬さだ」

騎士団長の話に構わず、ダグラハはレイピアに力を込めて必死に貫こうとする。鎧を貫通したミ

スリルのレイピアを両手で握りしめ、ぎゅうぎゅう押し込もうとするが、鎧からは一滴も血が出ない。

（すごい耐久力だな。これが剣豪か。戦場でどれだけ戦ってきたんだ）

星2つのレア職業・剣豪の才能のある騎士団長の耐久力に対し、ダグラハの攻撃力では歯が立たないようだ。

「命を懸け、皆、必死に守ってきた！　我らの行いは誰にも決して否定させぬわ！！」

その言葉とともに、騎士団長は振り上げた剣を袈裟懸けに切り払った。ダグラハの体は両断され、剣戟の衝撃波によって大きくめくれた地面は100メートル以上に渡って吹き飛んだ。アレンは騎士団長のエクストラスキルの威力に息を呑んだ。

3日間に渡るアレンとダグラハとの追跡劇は、こうして終わりを告げたのであった。

第十四話　クエストの始まり

ダグラハが騎士団長によって倒された翌日、アレンとセシルはようやくグランヴェルの街に戻った。セシルをおぶったアレンが正門の前で館を見上げていると、その姿を発見した館の門番が館に慌てて走っていき、男爵にセシルの帰還を報告する。その姿を見たアレンとセシルは、ようやく館に戻ってきたのを実感した。

この数日の間に手に入れたもの
・マーダーガルシュのBランクの魔石
・ダグラハのレイピア（ミスリル製）

（やっと帰ってきたな。久々の館だけど、手に入ったのは魔石とレイピアか）

自分で討伐したマーダーガルシュの魔石は当然として、ダグラハが持っていたミスリルのレイピアも入手できたのは幸運だった。お前が持って帰れと騎士団長に言ってくれたのだ。思ったことがすぐ顔に出てしまうようなので、いかにも物欲しそうな顔をしていたのかもしれない。

「セシルお嬢様、そろそろ降ろしますよ」

「分かったわ」

グランヴェルの街に戻る道中は騎士団長も一緒だったが、セシルは騎士団長ではなくアレンにおぶさって帰ってきた。玄関前で床に降ろす。館に入ると、男爵家一同がエントランスホールで待っていた。

「セシル……」

「お父様、ただいま戻りました」

感動の再会なのだが、皆の視線はセシルではなくアレンのほうに向いている。それに気付いた男爵の視線がセシルからアレンに移ると、その表情が安堵から豹変した。男爵が執事に指示を出す。

「す、すぐに薬師を呼ぶのだ!!」

「は！！！」

マーダーガルシュに食われそうになり、暗殺者ダグラハに散々ボコられ切り刻まれたアレンは、全身ボロボロでひどい有様だった。服はかろうじて原型を残しまとわりついている程度、ボロボロの服の隙間からは、全身から吹き出した血がこびりついているのが見える。その姿から、誰もが致命傷に近い傷を負ったと判断できた。

「あ、私なら大丈夫です。既に回復薬は使っております」

皆が自分のことを心配しているのだと分かり、大げさに手を振って無事をアピールする。

（ふむふむ、こういうことにも備えて、今後は収納に服を何着か入れておくか。あとは毒対策だな。

解毒剤は当然持っておくとして、今回みたいな即効性の睡眠薬を防ぐアイテムってあるかな？）

アレンは今回の騒動によって、白竜山脈で狩りをしているだけでは知ることができなかった、たくさんの経験を積んだことに気付く。ダグラハと戦い、スキルについての分析が進んだのはとても大きかった。騎士団長がダグラハを倒しても魔導書にログが流れなかったことから、人間を殺しても経験値にならないことも分かった。

（そうか、今回の一件はとても勉強になったんだな）

風呂に入った後、食堂で今回の経緯を報告してもらうと言われ、一旦解散になった。アレンの分の風呂も用意され、アレンはこの館で初めて風呂に入った。

真新しい服を着て食堂に入ると、奥に長いテーブルの中央の席に促される。いつも男爵はテーブル奥の議長席に座るのだが、今日は中央でアレンの対面に座った。セシルは少し遅れてやってきた。

「帰還したばかりで疲れているであろうが、我らは次の行動に移らなくてはならぬ。何があったのか説明をしてくれ」

「はい」

全員揃ったのでアレンは状況を報告する。攫われて魔導船に乗ったこと、カルネル子爵と王家の使いの会話のこと、魔導船から飛び降りてグランヴェルの街に向かって走ってきたこと、途中でマーダーガルシュに遭遇して倒したこと、暗殺者ダグラハに見つかって騎士団長に助けてもらったこと――。

「そうか、カルネル卿が元凶で間違いないと」

「はい、先日やってきた王家の使いと結託し、採掘権の一部を奪おうとしての行動であったと」

王家の使いは、自らの派閥に属する法務副大臣を次の法務大臣にするために、金が要ると言っていた。これまでミスリルの採掘で得た金で幅を利かせてきたカルネル子爵は、ミスリルが採れなくなって金がなくなり困っていた。

ミスリルの採掘権をグランヴェル領から半分奪い取るのが彼らの目的で、この計略を知らない王家に男爵が乗り込み、申し開きをしては困るので、セシルを誘拐したというのが事件の真相だと報告する。

「そうか、分かった。セバスよ、王城に向かうぞ！」

「畏まりました」

男爵はテーブルの上で両の拳を握りしめ、見たことがないほど険しい顔をしている。愛娘を攫われた怒りも手伝ってか、一刻も早く2人を断罪し、この件に片をつけたいようだ。

(王城に向かうだと？　え？　おいおい)

「何をされるんですか？」

アレンは男爵に、王城で何をするのか尋ねる。

「決まっておろう。王家に今回の一件をつまびらかに報告する。王家ならきっと動いてくださる」

(きっとでは駄目だろ。相手がカルネル1人なら報告だけで大丈夫かもしれないが、王家の使いはどうするんだ。あいつが適当に言い訳してとかげの尻尾切りでもされたら、カルネルだけが処罰を受けて終わってしまうぞ)

「よろしいでしょうか？　今回の解決に向けて私に1つの提案がございます」

ずっと男爵とアレンが会話をしている。男爵家の者が全員座り、騎士団長も同席しているが、今回命懸けでセシルを救出したのは何と言ってもアレンだ。どうしても食堂にいる全員の意識がアレンに集まる。

「なんだ。申してみよ」

「私は、自分が手に入れた採掘権3割の全てを御当主様に譲渡します」

「「「え!?」」」

莫大な資産を全て放棄するというアレンの発言に、食堂が騒然とする。

「私が譲渡した採掘権で得たお金を使って、王家が今回の事件の原因究明を徹底し、事態を改善するよう、働きかけていただけないでしょうか？」

「わ、我に王家を買収し、口利きをせ、せよと。カルネル卿のように」

一瞬男爵の表情が固まり、言葉に詰まる。かなり動揺しているようだ。

「その通りです」

（セシルのために採掘権を売ろうとしたよね。まあそれとは違うか）

「い、いや、しかし」

「騎士には騎士の戦い方がございます。しかし御当主様は貴族でございます。そして、貴族には貴族の戦い方があると私は考えております」

「貴族の戦い方？」

「そうです。テーブルに置いてある両の手をお見せいただけますか？」

「ん？　何の話だ？」

意図するところは分からないが、場の空気は既にアレンの物になっていた。そのため催眠術に掛かったように、男爵は両手のひらをアレンに見せる。何のことか分からないので、皆も一様に男爵の手のひらを覗き込んだ。

「御当主様、今こそ、その両手を汚す時です。貴族らしい戦いをお見せくださいませ」

「ア、アレンよ。なぜそこまでするのだ！」

従僕としてあまりにも出すぎた行動に対して、さすがに執事が窘める。

「いや、良いのだセバスよ」

「御当主様、いやしかし」

男爵を見た執事が言葉を詰まらせた。自らの両手を見ながら思い詰めた顔をしている男爵の頬に、涙が伝っている。

「我はな、アレンよ。お前くらいの歳で父上に先立たれてしまってな。その時『この領を頼む。兄と2人で守っていってほしい』と言われたのだ」

「はい」

両手をじっと見つめながら、嚙みしめるように男爵が語り始める。男爵が10代前半の頃の話だった。

「兄上も成人するかどうかの頃に当主になり、必死に兄上とともに頑張ってきたつもりであった。

その兄上も20になる前に亡くなってしまったわ。セバスよ、今もそうだが、お前にもあの頃から苦労かけておるな」

（貴族でも成人になるのは15歳だったかな）

「……」

執事が男爵にねぎらいの言葉をかけられ、無言で頭を下げる。アレンは黙って男爵の話を聞く。

「兄上からも貴族として清く正しくと教えられ、今までやってきたつもりであった。しかし、どこかで勘違いをしていたようであるな。これは貴族の戦いか。あの時の自分と同じくらいの子供に教わることになるとは……」

男爵が広げていた両の手を握りしめ立ち上がる。

「我は貴族としての戦いをしてくるぞ。すまぬな、アレンよ。お前の採掘権、使わせてもらう。セバスよ、出発の準備をせよ」

「速やかに」

（これで問題ないだろう。カルネルも恐らく採掘権を餌に口利きしただろうからな。あとは王都に行く前に、お願いしておかなければならないことがあるな）

「あの、御当主様、採掘権と引き換えにするわけではございませんが」

行動を開始しようと立ち上がる男爵に対し、アレンが言葉をかける。

「ぬ？　なんだ？」

「できれば、グランヴェル家の勤めについて教えていただけませんか？」

（さすがにそろそろ聞いておきたいぞ）

「……そうだな。確かにそうだな。その件については講師を呼ぶとしよう」

一瞬言葉に詰まったが、教えてくれるようだ。

（ん？　勤めを教えるのにわざわざ講師を呼ぶのか。貴族の義務の授業みたいな形になるのか？）

こうしてひとまず、男爵は執事と護衛に副騎士団長を連れて王家に向かうことになった。

＊＊＊

この年の終わりに起きたできごとは、後に貴族の間で「グランヴェル家の変」として語られるようになった。この一連の騒ぎによって、カルネル子爵を含む複数の貴族が収賄や公文書偽造などの罪により処罰された。カルネル子爵は最後までグランヴェル男爵による捏造《ねつぞう》だと主張したが、王家は調査に協力をしなかったカルネル子爵領に対して動乱罪を適用し、王国最強の近衛騎士団を1000人規模で出兵させた。すると数多《あまた》の証拠が見つかり、領はたちまち取り潰され王領に編入されることになった。

重鎮の王家の使いや、要職に就いていた副大臣級の貴族まで連座したことについては、陰でなぜそこまでするのかといった声も出ている。多くの者が牢獄に入れられ、家の取り潰しにあい、貴族による「才能詐欺」に匹敵する粛清の嵐が王国に吹き荒れた。

なんでもミスリル採掘権を巡ってカルネル子爵が男爵の娘を攫い、それに激怒したグランヴェル男爵が起こした騒動であるらしい。男爵は報復のために、新しく発見された鉱脈の採掘権を全て王家に譲渡し、王家の家臣やいくつかの貴族の派閥に対する調査及び処罰を徹底させたと言われている。

本当に娘一人の復讐のためにそこまでやるのかという声も出たが、男爵に事の真相を聞ける貴族は誰もいなかった。今や王家と複数の派閥が味方についているグランヴェル家に対して、噂の真相を尋ねる勇気のある貴族など、いるはずがないのであった。

＊　＊　＊

男爵が王都に向かって数日が過ぎた。アレンは、カルネル子爵の件の片がついて男爵が館に戻るまで、セシルの護衛として常に傍にいてほしいと言われた。もちろんですと答えたアレンは、基本的にセシルの部屋に張り付いている。王都に向かう男爵の護衛には、副騎士団長がついている。騎士団長曰《いわ》く、ダグラハ程度では副騎士団長は倒せないという話だ。

今現在、館は騎士団長と複数の騎士たちが守りを固めている。上空では日中は「鷹の目」が、夜は「夜目」が監視している。一応監視はしているものの、カルネル子爵が動くことはないだろう。今、採掘権を手札に王家や貴族と交渉できるのは男爵のほうで、子爵が出せる手札は何もない。

いつもセシルと一緒にいるので、アレンも習い事を一緒に受けるようになった。お茶も御菓子も、アレンの分が出るようになった。館に戻ってきてからセシルのツンツンが減って、何だかちょっと残念に思う。

今日はここで授業をすると騎士団長から言われ、アレンとセシルは3階会議室に通される。

「今日の習い事はここでするんですね」

「お前がグランヴェル家の勤めを知りたいと言っていたからな」

「え？」

「まもなく講師がやってくる。まあ分かっていると思うが、他言は無用だぞ」

それだけ言うと騎士団長は部屋から出ていった。

しばらく待っていると、魔法の講師が騎士団長に連れられて入ってきた。騎士団長は手に大きな鞄を持っている。講師の荷物のようだ。

（魔法の講師が来たぞ）

「それで、全てで良いのじゃな？」

部屋に入るなり、魔法の講師が騎士団長に何か確認する。

「そうです。御当主様の許可は取ってあります」

それだけ言うと、騎士団長はまた会議室から出ていく。騎士団長は、魔法の講師に対しては割と丁寧に話すようだ。

「やれやれ」

「今日はよろしくお願いします」

どうやらアレンのためにわざわざ来てくれたようだ。頭を下げて礼を言う。

「ふむ、まあ最初に言っておくがの、これから話す内容は他言無用で頼むぞ。学園の試験にも出ない話であるからな」

「分かりました」

「まあ、結構口が軽い者の間では噂されている話だがの。あんまりひどいと王家が動く故、無闇に他言しないことじゃな」

　あまり吹聴すると取り締まりの対象になるらしい。

「それで、まず何が気になって話を聞きたいと思ったのかの？」

（ふむ、魔法の時もそうだったけど、質問形式の授業なんだな）

「グランヴェル家に、どのような勤めがあるかについてです」

　そして、以前、従僕長のリッケルから王国は戦争をしていないと聞いた。しかし、賊たちやダグラハの会話で、戦争があることを知ったと話す。

「そうか、あの怠け者のリッケルの話に間違いはないの。リッケルは王国史を学んだのじゃな」

（男爵家の使用人をそれとなくディスったな）

「王国史？」

「そうじゃ、そして世界の真実を知るには、魔王史を知らないといけないのじゃ」

　そう言うと折りたたまれた大きな羊皮紙を広げ始める。

「これは世界地図ですか？」

　アレンはまだ領内の地図しか見たことがなかったが、これが世界地図であることは何となく分かる。大きな地図に大陸と思われる塊がいくつも描かれている。

「うむ、そうじゃ。アレン君は相変わらず賢いの。この中央にある一番大きな大陸が、わしらの住んでいる中央大陸じゃ」

「おお！」

（結構大きな大陸に住んでいたんだな。この大きな部分が帝国だから、その帝国の南の小さな国が王国か。中央大陸の南のほうに位置しているのか）

「我らが住まうラターシュ王国の北にあるのがギアムート帝国じゃな」

ラターシュ王国とギアムート帝国の位置関係を教えてくれる。そのまま続けて話をする。

（セシルはどこまで知っているのかな。男爵から話を聞いたみたいだけど）

アレンが魔法の講師と会話をしながら授業が進んでいるが、セシルは黙ったまま地図を見ている。グランヴェル家の勤めについてはミハイが死んだことを告げられた日に男爵から聞いているだろうが、どこまで詳しく聞いたのかは定かではない。地図上のセシルが見つめる先に、今回の戦場の話に関連する土地があるのだろう。

「魔王史ということは、この世界に魔王が出たという話でしょうか」

「……そうじゃ。中央大陸からさらに北、世界の最北の大陸に魔王が生まれたのじゃ」

アレンが当たり前のように魔王の話を受け入れたので、魔法の講師は一瞬言葉に詰まる。しかし、再び地図を指さしながら授業を続けた。

魔王が生まれたのは今から１１２年前のことだった。魔王は「忘れ去られた大陸」という最も北のはずれの大陸に生まれたと言われている。

「何でそんなこと分かるんですか？」

「まあ、魔王本人がそう言ったのじゃ」

魔王を名乗る者は自らについて「我は終わりの魔王である。全てを終焉《しゅうえん》させる者だ」と、全ての国の帝王や国王に伝令を出した。その時「魔王である我に従え」とも伝えてきたという。

「それで、皆はどうしたんですか？」

「全ての国が無視したのじゃ。相手にする理由もないからの」

魔王を名乗った者は、実際その後は何もしてこなかった。そのまま50年の月日が過ぎ、いくつもの国が世代を替え、魔王の伝令が忘れ去られようとしていた今から62年前。再び各国が同じように「我に従え」という魔王の伝令を受けた。そこには「今回従わなければ、次はない」という内容が付け加えられていた。

「それも無視したんですか？」

「そうじゃ、無視したのじゃ。そしてその年に起きたのが『大厄災』じゃな」

「大厄災？」

「魔王の力によって、世界の全ての魔獣のランクが1つ上がったのじゃ」

これについては魔王が直接「大厄災を起こした」と言ったわけではないので、なぜこんなことが起きたのかは実際のところはっきりしない。魔王の仕業であろうという憶測が大勢を占めているだけだ。

いずれにせよ、これが恐怖の始まりだった。全世界の魔獣の実力が実質1ランク上がり、EランクＥの魔獣はDランク相当の力を得た。同じように、DはC、CはB、BはA、そしてAは未知数である「S」相当の力を得てしまった。Sランクの魔獣の強さは、亜神に近いとも言われている。

普通に生活をしていた人々が凶悪化した魔獣によって無差別に襲われ、その年だけでも世界の数百万という人々が命を落としたという。

(え？　これって答えが出たんじゃないのか？)

魔獣は付与されているランクよりも、実際かなり強いのではないか。アルバヘロンを狩った時から、アレンにはそのことが大きな疑問だった。

「魔獣のランクはどうしたのですか？　魔王が魔獣を強くさせたなら、ランクも全て1つずつ上げたのですか？」

「いや、以前のままじゃな。冒険者ギルドが魔獣のランクを管理しているが、ランクは魔王が現れる前から変わってないはずじゃ」

(そうか、あのムキムキなゴブリンにも、騎士団も冒険者もマーダーガルシュに手が出せないのにも、ちゃんと理由があったのか)

Bランクの魔獣であるマーダーガルシュなら、実際はAランク相当の力があるということになる。そして白竜は、AランクからSランク相当の力を持ったことで不可侵の存在になったのだろう。

話はそれだけでは終わらなかった。大厄災は絶望の始まりに過ぎず、その年に数百万にも上る魔王配下の軍勢が海を渡り、中央大陸に攻めてきたという。そして中央大陸にあったコルテス王国、ガメロ王国、バシュリ公国の３カ国が、わずか1年で消滅した。

「1年で３つも国が滅んだのですか？」

「うむ、そうじゃ。そして、今では魔王軍と呼ばれるその軍勢は、その後も攻撃の手を緩めなかったのじゃ」

魔王軍は3年後、今度はラストゥーリ王国を滅亡させる。この事実が世界に激震を走らせた。

「激震ですか？」

「うむ、まさに激震じゃ。ラストゥーリ王国は北の中堅国家だったのじゃ。我らがラターシュ王国よりもはるかに大きな力を持つ国が、たった3年で滅んだのじゃ」

最初に滅んだ３つの国は中央大陸最北に存在する小国家であった。しかしラストゥーリ王国はギアムート帝国に隣接し、帝国とも対等に交渉する力を持った中堅国家であった。当然、簡単に滅びるような国ではない。

ラストゥーリ王国滅亡までの詳細が明らかになると、世界にはさらなる激震が走った。王都が魔王軍に囲まれたとき、国王は自らの命と引き換えに、民を救ってほしいと懇願したという。

しかし、魔王軍はそれを拒否した。

「既に我らは2回、降伏の機会を与えている。それを断ったのはお前らであろう。最後まで武器を持ち戦うが良い」

既に降伏した国に対し、自ら戦いの続行を宣言したのだ。その後の戦いは言うまでもなく一方的なものとなった。隠し通路を使ってギアムート帝国に亡命した者の話では、それはそれは筆舌に尽くしがたい大虐殺であったという。魔王軍は進軍を続け、ラストゥーリ王国にはとうとう人っ子一人いなくなった。帝国に逃げ延びた者は全国民の半分もいないと言われている。

「魔王は人を従えない、という話ですね」

「そうじゃ。魔王も王を名乗る者。戦いに勝利すれば国を占領し、どんな形にせよ統治するものだと思っておったが……そうではなかったのじゃ」

新たな王は圧倒的な力を持った軍勢を用いて、世界を征服するつもりなのだ。皆がそう思っていた。しかしそれは大きな間違いだった。魔王は、世界を滅ぼしにかかっていたのだ。

アレンはグランヴェル家の勤めについて聞いたはずだ。その答えを教わるために始まった授業は、想像をはるかに超えた内容だった。魔法の講師による魔王史の話はさらに続く。

「ラストゥーリ王国を滅ぼした魔王軍はその2年後、今から遡ること57年前に、ギアムート帝国と国境線で衝突したのじゃ」

中央大陸の盟主を名乗り、大陸の3分の2を占める巨大な帝国と魔王軍との戦いが始まった。既にラストゥーリ王国の惨状を知っていた帝国は、全力で応戦したそうだ。

現在の地図では、帝国の国境線上部に魔王軍の陣が敷かれている。地図を見る限り帝国は自分らの国境を守っている。帝国のお陰でアレンがいるラターシュ王国も無事なのかと考える。

「帝国が魔王軍の侵攻を止めたのですね」

「そんなことはないのじゃ。帝国は敗戦に次ぐ敗戦を喫したのじゃ。既に滅んだ4カ国ほどではないにしろ、苦戦の連続で要塞という要塞がほとんど陥落し、魔王軍の侵攻を遅らせるので精いっぱいだった。そこで生まれたのが『5大陸同盟』じゃ」

「5大陸同盟？」

魔王軍の力はあまりに絶大であると判断したギアムート帝国の帝王の決断は早かった。中央大陸の周辺には魔王が生まれた「忘れ去られた大陸」の他に4つの大陸がある。それらの大陸の盟主に共同戦線を持ちかけた。それが今なお続く「5大陸同盟」である。

「実はな、ここで魔王は1つ大きな失敗をしていたのじゃ。中央大陸だけ攻めれば良いものを、バウキス帝国とローゼンヘイムがある、2つの大陸にも同時に侵攻したのじゃ」

地図を見ると、中央大陸から見て北西には約半分の大きさの大陸が、北東には3分の1ほどの大きさの大陸がある。魔法の講師がそれぞれの大陸について教えてくれる。

北西の大陸にあるバウキス帝国はドワーフが治めている。高い技術力を誇る国で、世界中の魔導船は全てバウキス帝国産、ラターシュ王国で使われている魔導具の6割もバウキス帝国産だという。

また、魔導船を超える大きさのゴーレム兵を何万も保有しており、その軍事力はギアムート帝国をも圧倒すると言われている。

北東の大陸にあるローゼンヘイムはエルフが治める国だ。大陸の名前の由来となった精霊王ローゼンは万物全ての精霊。その実力は精霊の域を超え亜神に至っており、その存在は神の理《ことわり》の中にいるとも言われる。この大陸では、エルフの女王が精霊王ローゼンと契約を交わして力を借り、配下のエルフたちが強力な精霊魔法で魔王軍と戦っている。

魔王は中央大陸を含めた3大陸を同時に攻めた。このことに危機感を覚えた3大陸の盟主が先導し、すぐに同盟の締結に及んだという。そして5大陸同盟の約定により、兵や物資の協力体制ができた。

「これにより少しはましになったが、それでも敗戦は続いたのじゃ」

5大陸同盟によって同盟軍が編制され、中央大陸の軍事力は大幅に上がったが、それでも魔王軍の侵攻を止めるには至らなかった。魔王軍の軍勢はただの獣ではなく、知恵も働いた。各国混成による同盟軍の連携の弱さや、他国の者が怖気づいて逃げ出した要塞を的確に狙ってくる。締結から間もない5大陸同盟の弱点を、ちゃんと見抜いてきたという。

「最もひどい作戦があったのじゃ」

敗戦に次ぐ敗戦に耐えかねた帝国が、ついにラターシュ王国に対しても出兵を要請してきた。中央大陸の盟主、ギアムート帝国が結んだ5大陸同盟には当然ラターシュ王国も名を連ねている。だから王国は召集に従い、騎士らの派遣を続けた。

しかし、あるとき帝国の要求はさらにエスカレートした。その要求とは、ラターシュ王国は同盟の約定に基づき、才能の有無にかかわらず王族や貴族も出兵させよというものだった。今でこそ軍は才能がある者による編制が基本だが、当時の同盟軍は数百万にも及ぶ魔王軍に対し、同じく数で対抗しようとしたのだ。

「魔王軍はな、Bランク以上の魔獣で構成されているのじゃ。無謀な帝国の要請で、多くの王侯貴族が亡くなった」

（マーダーガルシュクラスが数百万体いるのか）

魔王軍の軍勢は最低でもBランク、Aランクの魔獣もごろごろいる。それ以上の力を持つ、Sランクと思しき魔獣もいたようだ。才能のない王族貴族のほとんどは、ほぼ全員が戦場で命を落とした。

（男爵の父親もこの頃死んでしまったのか）

男爵が今のアレンと同じ歳の頃に父を亡くしたと言っていたのを思い出した。帝国の要請を受けて魔王軍と戦い、命を落としたのかもしれない。

「それで始まったのが、1国1学園制度じゃな」

レベルのある世界、個の力が数倍にも数十倍にもなる世界で、才能を持って生まれた子供の力を最大限育てて戦場に送り出そうという考えが生まれたのは、ごく自然なことだったのかもしれない。

こうして、5大陸にある国全てに学園都市が最低1つずつ設けられた。ラターシュ王国では、ダンジョンが多く、才能の育成に適した土地が学園都市に選ばれた。

そして同盟の約定により、学園都市の統治権はラターシュ王国から剝奪《はくだつ》された。統治権を王国に与えれば、王国のみに有利な運営をされてしまうかもしれないからだ。管理運営は、あくまでも5大陸同盟の意志に基づいて行われる。

学園都市の学長にはローゼンヘイムのエルフの女王の血を引く、ハイエルフの王族が選ばれた。1000年以上生きており、今なお現役の学長は、独自の理念に基づき学園及び学園都市を運営しているという。

「それで、どうなったのですか？」

（ここまで聞くと、それでもあまりいい話ではなさそうだけど）

アレンの表情を見て、魔法の講師は一つ頷く。

「それでも、圧倒的な魔王軍による攻勢を食い止めるには及ばなかったのじゃ」

数百万にも上る魔王軍の攻撃によって、ギアムート帝国の拠点や要塞は同時に攻められ、じりじりと落とされていった。そして、帝国は領土の4分の1を失い、人々が暮らせる場所はどんどん減っていた。

そうして魔王軍が進軍を始めてから数十年。世界から希望は失われ、いずれ魔王軍に滅ぼされるという絶望だけが漂っていた。

「しかし、創造神エルメア様は決して人々をお見捨てにならなかった。帝国に勇者がお生まれになったのじゃ」

（ドワーフ、エルフ、そして勇者まで出てくるのか）

今から22年前、ギアムート帝国の平民に勇者の才能のある子が生まれた。その名をヘルミオスという。

「まさに奇跡であった。常勝無敗とはこのことであったの」

勇者ヘルミオスは世界の期待を一身に受けて育ち、12歳になると学園都市で最高の教育を受け、15歳で最前線に送られる。そこでヘルミオスは周囲の期待をはるかに超える戦果を出し続けた。

「勇者が出陣すると、一帯の大地は魔獣の血で染まる」という伝説じみた噂も生まれた。破竹の勢いで魔王軍を討伐し、ギアムート帝国の国境線を5年もかけず奪還した勇者は、今も旧ラストゥーリ王国を奪還すべく戦いを継続しているという。

「我らが王国もな、『領内開拓令』を出し、少しでも多くの補給物資を届けるべく努めているのじゃ」

ラターシュ王国も同盟国の一員として「領内開拓令」を発令し、領内における食料生産量の向上を図っている。全て目的は、魔王軍と戦う前線の戦士たちへの補給物資を増やすという一点に集約されていた。

(俺が生まれた開拓村はそういう理由でできたのか。ボアの肉をあんなに欲しがっていたのは、補給のためだったのか)

アレンは、自分が大きな歴史のうねりの渦中に生まれたことを初めて知った。開拓村は、魔王軍から世界を守るため、王国が発令した領内開拓令によってできたのだ。

なぜ男爵が自ら出向いてまで、クレナ村のボアの肉を求めたのか。そして、4年経った今でもボア狩りをして手に入った肉はグランヴェルの街では消費されず、グランヴェル男爵家の晩餐にもほとんど出ないのか。アレンが長年抱えていた疑問が一度に氷解した。

ボアは前線にいる戦士たちの補給物資になっていたのだ。干し肉は保存が利くので、今も戦地で重宝されているのだろう。

「そして、グランヴェル家の勤めであるな。今の話を全て聞いたので分かったと思うが、これはグランヴェル家だけが課せられた義務ではない。当然王族にも課せられた勤めなのじゃ」

ラターシュ王国で生まれた王族と貴族には、5大陸同盟の約定に基づき3年間の兵役の義務が課せられる。これは王族であっても、拒否する権利はない。必ず3年間要塞で魔王軍と戦わなくてはならないのだ。拒否をした者、学園を卒業できなかった者に対しては、御家取り潰しも含む重い罰則があるという。王族がこれを拒否すれば、5大陸同盟での発言権はおろか国家としての信用まで失うため、外交面及び貿易面での損失は計り知れないという。

当然この仕組みにはメリットもある。もし3年の兵役を務めあげれば、領内における一定期間の減税措置が適用され、王城内の要職にも就きやすくなるという。現に学園派と呼ばれる派閥は既に王城内を牛耳っている。彼らは全員、兵役義務を務めあげた貴族の家の者たちだ。また、副騎士団長の条件は兵役3年以上、騎士団長及び王国最強と言われる近衛騎士団になる条件は、兵役を延長し5年以上務めることだという。

魔法の講師も魔導士の才能があるので3年の兵役を全うしたという。退役後は王城内で魔法の研究という要職に就き、ゆとりのある老後の生活も与えられた。しかし、このようなメリットと天秤にかけても、やはり戦場はあまりに凄惨だと言わざるを得なかった。

講師が戦場へ赴いた当時は、3年の兵役で7割を超える才能のある若者たちが死んでいったという。今は勇者が現れたので戦況の良い場所もあるが、それでも3年で5割の若者が命を落とす。

アレンはセシルを見る。セシルは何も言わず、吊り目がちの深紅の瞳で国境線を睨むように見つめている。きっと帝国と魔王軍の戦いで命を落とした兄、ミハイのことを思っているのだろう。

そして、アレンはこれまでの自らを振り返る。

(そうか、ヘルモードじゃないとダメだったんだ。転生じゃないといけなかったんだ)

アレンは自らがヘルモードを選択し、転生した本当の理由に気付くのであった。

＊＊＊

11月になり男爵が1か月ぶりに帰ってきた。すっかりお疲れの様子だったが、晩餐の折には「子爵の件は片がついた」と給仕をしているアレンにも聞こえる声で伝えた。その席で男爵は、アレンに翌日会議室に来てほしいと言った。

翌日アレンが会議室に行くと、男爵と執事がいた。男爵の前には3つの袋が置かれている。男爵の前に座るよう指示されたのでそれに従う。向かいの男爵を見ると、何か難しい顔をしていた。

（何だろう。思い悩んでいるな）

「アレンよ。魔法の講師の授業は聞いたか？」

「はい」

魔王史については発端から現在まで全て教えてもらった。魔王が出現してからの各国の関わりについてもすっかり学んだ。グランヴェル家の抱えている問題も理解したつもりだ。

セシルは15歳になったら、3年で半数が死ぬ軍役に就かなければならない。そして、その道を歩んだミハイは死んでしまった。

「実は国王陛下にセシルの勤めの件を掛け合ってみたのだが、セシルには必ず行ってもらうと言われたのだ」

落ち込みながら男爵が話をする。王都ではセシルの軍役の免除についても、国王陛下に直訴したようだ。しかし魔導士はとても貴重な戦力になるので、免除は絶対にできないと言われたという。すまないが王家でもどうしようもないとまで言われたそうだ。国王陛下がそう言うのでは、取り付く島がない。

（まあ、剣を極めるより、魔法を極めたほうが圧倒的に戦力になるからな。しかも魔導士ならなおさらか）

「その件でアレンに1つ頼みがあるのだ」

「はい」

（これが、オーク村で騎士団長が言っていた男爵の「お願い」か。さすがにグランヴェル家の勤めを含めて色々聞いたから察しているけど）

「セシルとともに学園に行き、そして戦場でセシルを守ってほしい」

「はい」

「無理は承知の上で言っている。これはマーダーガルシュ討伐の報酬と、今回のセシルの救出の報酬、そして3年間のセシルの護衛のための報酬だ」

3つの袋にそれぞれ金貨200枚、全部で600枚だという。

男爵が心配そうにアレンの顔を覗き込む。目の前の少年が金に執着しないのは、男爵も心得ている。必要とあれば、ミスリルの採掘権もあっさり投げ出すほどだ。そもそもアレンは鎧アリや女王鎧アリの素材の売却で、既に５００枚以上の金貨を所有している。別段、お金には不自由していない。

（ふむ、「はい」と返事をしたのだが、まだ不安そうだな。もう一度はっきりと言ったほうがいいか。それにしてもこの状況、何か覚えがあるな）

アレンが前世で健一だった頃、ゲームをしていて何度か同じような状況に置かれたことがあった。最初は王様に、ドラゴンに攫われた姫を救ってほしいと頼まれたときだった。別のゲームでは、湖の主に巫女《みこ》を生贄《いけにえ》に捧げないといけないので助けてほしいと言われたこともあった。村長も、町長も、領主も国王も、思えばたくさんのことを健一にお願いしてきた。そして、健一はその全てをかなえてきたのだ。

なぜなら「いいえ」を選択すると話が進まないからだ。

たまに、理不尽な願いのために「いいえ」を選択し続けたら、会話がループしたことを思い出す。今アレンの目の前には、魔王軍に父と兄を殺され、さらに息子までも殺されて絶望した領主がいる。

彼は、娘を魔王軍の手から守ってほしいと言った。

（これは紛れもないクエストだな。ストーリーが進んだとでもいうのか。そうか街に来て翌日には発生するクエストも、この世界だと4年もかかるのか）

「御当主様、セシル様の護衛の件、このアレンが命を懸けて拝命いたします」

「おおお！！！　受けてくれるか！！！！」

アレンが改めてはっきり承諾すると、男爵があまりの嬉しさに立ち上がる。

「それで、袋は1ついただきますが、残りの報酬を変更させてください」

金貨200枚が入った3つの袋のうち、1つだけを受け取る。

「変更とは？」

（まったく、クエスト初心者か。クエストの報酬は後払いが常識なのだが。それにしても金貨600枚って、絶望的にお金がないはずなんだけど。もしや館を担保にしたのか？）

男爵家が貧しいのは領民に課せられる重税を抑えるために身銭を切っているからだった。ミスリル採掘で利益を出すにはまだ数年かかるだろう。男爵は金貨600枚を捻出するために、かなりの無茶をしたのではないか。それに魔王史を学んだアレンは、王家も他の貴族も皆貧乏なことを知っている。ここ数十年、魔王軍による非常事態でどこも派手な贅沢をできる状況ではない。男爵は相当切り詰めていたはずだ。

「金貨400枚は結構です。その代わり、私の家族の人頭税をなくしてください」

「人頭税をなくす？　それだけで良いのか？」

「はい。もし聞き入れていただけるなら、クレナの家族の分もなくしてください。それを金貨400枚の代わりにしていただけませんか」

「分かった。アレンとクレナの家の人頭税をなくそう」

（よしよし、当分仕送りは出来なくなるかもだしな。税の負担が軽くなれば、生活が困窮することもないだろう。マッシュとミュラには健やかに育ってほしいぞ）

「そして、御当主様。この4年間、従僕として私を育てていただき本当にありがとうございました」

そう言うと、アレンはポケットに入れていたグランヴェル家の紋章をテーブルに置く。

「……」

男爵のお願いは、だいたい察しがついていた。そしてその時、自らがどうするかも決めていた。

男爵はアレンの言葉を最後まで聞くために黙っている。

「私アレンは、平民に戻ります。そして平民としてセシル様とともに魔王軍と戦いましょう」

「そうか、やはりな」

（やはり？）

その言葉を合図に、男爵の後ろに立っていた執事がテーブルに置かれたグランヴェル家の紋章を回収する。そして、何か別の物をテーブルに置いた。

「これは？」

それは綺麗な装飾を施された銀製の短剣だった。

「これは王家で作ってもらった、グランヴェル子爵家の客人を証明する品だ」

「子爵？　客人？」

「アレンよ。お前のおかげでグランヴェル家は来年より子爵家になることになった」

まだ皆には報告していないという。晩餐の席で皆に伝えるが、その前にアレンに教えてくれたのは、これまでの働きに感謝してのことだろう。１つの鉱脈の採掘権の全てを王家と貴族たちに分割譲渡したことについて、国王は大変お喜びになったという。自分だけでなく、皆で豊かになっていこうと思うその心こそ貴族の鑑である。そして不正を正し、王国に貢献したことを称えて子爵の位を授けるとまで言われたそうだ。

「まあ、子爵の位を金で買ってしまったようなものだがな」

と、子爵になった理由の最後に乾いた笑いを付け足す。

「子爵になられたのですね。おめでとうございます。客人というのはどういうことでしょう？」

「それはグランヴェル子爵家が招き入れた客人ということだ。アレンが何か起こしたときは、我が子爵家が責任を持って対応するという証だ」

逆にアレンがよその貴族に面倒ごとを起こされた場合、その件はグランヴェル家が責任を持って預かる。そのときは誰の客人に対して面倒ごとを起こしたのか教えてやることになる――。今や子爵となった男爵は、そんな言葉を付け足した。

アレンが起こしたことの全てについてグランヴェル家は連帯で責任を負い、アレンが何かに巻き込まれたときはグランヴェル家が全身全霊でアレンの後ろ盾になる。この飾り剣の紋章には、そんな契約の意味が含まれていた。

アレンはまだ知らないが、アレンに乗せられた男爵は王城で少々やりすぎてしまっている。貴族たちにお金がない状況も重なって、採掘権の分割譲渡の話を聞いた貴族たちが我先にとグランヴェル家に協力したお陰で、今回の騒動は瞬く間に収束したとも言える。

（褒美の短剣か。そうか、全てのイベントが完了したのか）

剣を見つめ、この4年間を思う。そして、自分がここにいる理由を知る。

（何でスタートが転移じゃないのか考えてきたが、転生した理由はちゃんとあったんだ）

アレンはゲームの最初に転移ではなく、転生した理由をずっと考えてきた。なぜ生まれるところからやり直したのか。それには大きな理由があった。

転移では、生まれ育った村でボア狩りをし、領主の家の従僕に召されるという流れは生まれなかった。それではセシルと一緒に学園へも行けないし、魔王に関する情報統制が進むこの国で魔王軍と鉢合わせすれば、対応できないまま死んでいたかもしれない。

（そして、ヘルモードにも意味はあった。ヘルモードじゃなければならなかったんだ。そうだ、どうやってこの異世界にやってきたかに答えはあったんだ）

魔王について聞かされた時、アレンはヘルモードの意味を知った。

アレンは、健一だった頃「ゲーム　廃設定　やり込み」という検索ワードを使い、この世界に通じるサイトを発見した。恐らく「ヌルゲー」で検索してもサイトは見つからなかっただろう。

創造神は最初から、転生というこの上ないやり込み「ヘルモード」を選択する人物を探していたのだ。

（ヘルモードを選び、このバランスの壊れてしまった世界を救ってほしいってことか）

ノーマルモードが束になってかかっても歯が立たない魔王軍。

既にゲームバランスが崩壊し、滅びゆく世界。

この世界に現れた勇者は、魔王を倒せるのだろうか。

勇者が生まれて10年後に現れた、創造神が求めたヘルモードを選択する者。

――自分が、求められた者であることを強く認識する。

「このクエストお受けします。お任せください。セシル様とともに魔王を倒しましょう」

アレンは立ち上がり、銀の短剣を握りしめ宣言する。

（よしよし、魔王討伐といえば、まずは仲間探しからだな。みなぎってきたぞ！）

男爵はあまりにも自信に満ちた表情で魔王を倒すと言い切るアレンの勢いに気圧され、「いやそこまでは言ってない」とは言い出せなかった。

こうして、アレンはグランヴェル男爵家の従僕の任を解かれ、グランヴェル子爵家の客人となった。

そして、活動の舞台は学園都市へと移るのであった。

特別書き下ろしエピソード　英雄を目指す少年

アレンがクレナ村を出て行って2年が過ぎたある日のこと。

秋になり、村人たちは今年もボア狩りに出かける。

「俺も皆と同じ槍がいいよ」

「いいから、この武器を持っていけ」

「わかったよ」

不満そうに言うドゴラに対して、ドゴラの父親は叱りつけるように長槍を持たせる。

その横でドゴラの母親は不安そうな顔をしている。

今日はドゴラが10歳になり、初めてボア狩りに行く日だ。

ドゴラは不満そうに、父親が丹念にたたき上げた4メートルの槍を見る。

息子のドゴラのために、今日の日のために鍛え上げた特別な槍だ。

村人たちはアレンが提唱した後方から攻撃してレベルを上げるボア狩りのやり方を、アレンが出て行き2年が過ぎた今でも同じように続けている。

ドゴラは今日が初めてのボア狩りのため、前列の2メートルの槍を持つグループには参加できない。

　４メートルの槍を持ち、後方から攻撃するだけだ。

　ドゴラは柄の部分まですべて鋼鉄製の槍を見つめる。

　握りはドゴラの手の大きさに合わせて作られている。

　ドゴラは別に後方からの攻撃に不満を持っているわけじゃない。

　ボア狩り用の槍は、農奴であっても平民であっても穂先の部分のみ金属で、それ以外は木製だ。

　皆と違うと不満を持つドゴラだったが、父親は半ば押し付けるように自らが鍛えた特別な槍をドゴラに持たせた。

「無理しちゃだめよ」

「う、うん。分かってるよ。母ちゃんも心配しないでくれよ」

　ドゴラは思いのほか両親に心配されることに困惑しながら、二人の声を振り払うように村の入り口へと向かった。

　村の入り口に到着すると、ピンク色の髪をした少女がドゴラに気付いて寄ってくる。

「ドゴラ！　もう遅いよ!!」

「クレナ、早いな。もう来てたのか」

「そうだよ！」

　ドゴラはため息交じりに朝から全力で元気なクレナの様子にため息をつく。

　あたりを見回すと、今日狩りに参加する予定の平民や農奴が50人ほど集まっている。

以前は農奴の方が多かったが、二年前を境に多くの農奴が平民になったため、今では新たに平民を目指す農奴以外は、参加者はほとんど平民だとアレンの父親であるロダンが教えてくれた。

「子供は俺たちだけか」

「ん？　ドゴラ何か言った？」

「いや、何でもない」

ここにはまだ成人していない少年少女はドゴラとクレナしかいない。

クレナ村にもドゴラと同年代の子供はたくさんいる。

しかし10歳になったからといって、だれでもボア狩りに参加できるわけではない。

ドゴラが今日ボア狩りに参加できるのは、目の前で4メートルの槍を握りしめるクレナのお陰だ。

元々クレナが父親のゲルダにせがんで今年から参加することになり、ドゴラはクレナが行くなら俺も参加したいとゲルダに願い出たのだ。

才能もあるしいいかと、ボア狩りのリーダー役であるロダンの許しを得て、ドゴラも今年から参加することになった。

「じゃあ、いくぞ！」

「「「おう!!」」」

ロダンが激を入れ出発を始める。

ロダンの横にはゲルダがおり、その後ろをドゴラとクレナが付いていく。

平民として生まれたものの、ドゴラが村を出るのは今日が初めてだった。

平民は農奴より移動の自由があるが、親が村の中で鍛治屋を構えているので、村から出る必要はなかった。

初めての村の外に、ドゴラは微かな緊張と高揚感を覚える。

「アレンってこの道を何度も通ったのかな！」

「そうじゃねえのか」

ぶっきらぼうに返したものの、かつてアレンがボア狩りについていくために通った道を自分も通っていることに、確かに何か不思議な気持ちを感じていた。

「おいおい、クレナ。大人しくついてくると言っただろ」

長い槍を握りしめ、歩きながら辺りをきょろきょろと見回すクレナに対して、ゲルダが呆れたような声で言う。

「うん!!」

ゲルダの注意を聞いているのかいないのか、クレナが元気いっぱいに笑顔で返事をする。

「それにしても、ロダン。今年も大量かな？」

「ああ、そうかもしれねえな」

ゲルダの質問に、横で歩いているロダンがあいまいな返事をする。

「大量なの!?　ボアいっぱいいるの？」

後ろにいるクレナが目をキラキラと輝かせながら反応する。

「ああ、そうだ。だから気を付けるんだぞ」

ロダンがため息交じりに、クレナに返事をする。

雑談をしながら、ボア狩りの狩場である林の中の広場に歩いていく。

ボアの狩場に到着すると、釣り班のリーダーであるペケジが様子を見てくると言って軽快に林の中へと入って行く。

30分もしないうちにペケジは戻って来た。

「どうだった？　今年も大量か？」

「ああ、どこもかしこもボアだらけだ。これは間違えると事故になるぞ」

「あん？　まあ、領主様の取り計らいで今年もいい防具使わせてもらっているからな。人数もいるし、死人が出ることはねえだろ」

ゲルダは手のひらを振りながら問題ないと言う。

領主の取り計らいで、革職人が村に滞在することになった。

その革職人のお陰で、村人の身につける革の防具はどんどん良いものになっていた。

それに、今日はクレナやドゴラもいるが、それ以外は試練を越えたベテランたちだ。

人数も揃っているし、ちょっとボアが暴れても大丈夫だとゲルダは言う。

「そうだがよ。なるべく、少な目に連れてくるからよ」

ペケジはそう言い残すと釣り班の仲間とともに再び林へと入っていった。

「でも、何で今年はボアがこんなにいるんだ？」

ゲルダはロダンに対しおもむろに疑問を口にする。ボアが多いのは良いことだが、原因が分からないというのは気味が悪い。

「ああ。何でもボアを食料にしていたゴブリンが姿を消しているらしいぞ」

ロダンは小声でゲルダの疑問に答える。

「どういうことだ？」

ゲルダは思わず疑問の声を上げる。

「声がでけえよ。村に来た冒険者に聞いたんだが、何でもここ最近、ゴブリンが激減しているらしいぞ」

「まじかよ。ボアが増えるほどゴブリンを狩りつくすって何だよ。誰が狩っているんだ？」

「あくまで噂だ。新種の魔獣がこの領に入って、大量にゴブリンを狩っているって話もあるからな。皆に言うんじゃねえぞ。噂話で不安にさせるのも良くないだろうからな」

実際に今年は例年よりボアが多く取れている。領主の言う目標の20体もすぐに達成してしまうだろう。

真相が分からない以上、これ以上考えても無駄だと頭を切り替え、ボア狩りに集中する。

1時間もしないうちに、ペケジの叫び声がした。

「す、すまねえ！　3体来るぞ!!」

ペケジの後ろには3体のグレイトボアが全力でこちらに向かってきていた。

「おいおい。さっきは少なく連れてくるって言ってたじゃねぇか！　おい、てめえら、気合入れろよ!!」

「「おう!!」」

村人たちは槍を握りしめ、同時にやって来た3体のボアに対峙する。

ボアを抑える壁役のリーダーであるゲルダを中心に、ボアの皮で作った3枚の盾で受け止める。

地響きを立て迫るグレイトボアに対して、職人が作った皮の盾は、ボアの角と牙で大きく凹むが衝撃を吸収する。

「ロダン!! 早くやれよ!!」

流石に3体を同時に相手にするのはきついとゲルダは言い、ロダンにボアを早く倒すよう急かす。

「ああ、分かっている! お前ら1体ずつ倒すぞ!!」

「「おう!!」」

「うりゃあああああ!!」

「っておい、クレナ!!」

ロダンが激を入れる中、クレナがボア狩りの集団に突っ込んでいった。

ゲルダはクレナの声を背中で聞きながら、そういえば、何体まであれば攻撃に参加していいか、クレナに何も伝えていなかったことを思い出す。

ゲルダがクレナを止める間もなく、クレナの長い槍がボアの額目掛けて激突する。

その横にはクレナと一緒に走り出したドゴラもいる。

「か、硬あああああい!!」

「硬いぞ!!」

魔獣に突き立てた槍はびくともしない。

グレイトボアの顔の皮は厚く、固い。そのため、本来は顔を避け、首元を狙うのだ。

そうこうしている間に、ロダン率いる止めを刺す部隊が、ドゴラとクレナが攻撃するのとは別の1体を倒した。

「え!?　ち、力が湧いてくる!!」

「こ、これは」

必死に力を込め槍を突き通そうとするドゴラとクレナの手に力が宿る。

ロダンがボアを倒したことで、ドゴラとクレナにも経験値が入ったのだ。

ボキッ
「え？　槍が折れちゃった」

木製の柄が、レベルの上がったクレナの力と、グレイトボアの硬さに耐えられなかった。

クレナは慌ててドゴラの丈夫な槍を一緒に握る。

「っておい、いや、一緒に倒すぞ!!」

「うん!!」

ドゴラは長い槍をクレナと一緒に握りしめ、全力でグレイトボアを突き続ける。

その後、また別の部隊が2体目のグレイトボアを倒した。

それによりドゴラとクレナのレベルがさらに上がる。

「ふんぬうう!!」

「お、おい」

ドゴラは一緒に握っている槍の柄から、クレナがとんでもない力で押していることを感じ取り、思わず声をあげる。

クレナの足元の土がめくれていく。

ドゴラも負けじと地面を踏ん張り、クレナと２人で深く強く槍を押し進めていく。

『グモオオオオオ!!』

ドゴラとクレナが２人がかりで力を込めた槍がついにグレイトボアの額を貫いた。

ズウウウウウウン!!

額を深く貫かれたグレイトボアは、血を噴き出しながら地響きを立てて倒れた。

「「「まじかよ……」」」

「やった！　倒した!!」

「ク、クレナ……」

皆が驚く中、クレナは両手を天に向かって掲げ喜ぶ。

今まで誰も、額を貫いてグレイトボアを倒したことはなかった。

とてもじゃないが、首元に槍を突き立てる以外の方法では倒せないものだと思っていた。

これが、才能があるものの力なのか、と大人たちが10歳かそこらのドゴラとクレナを驚愕しながら見る。

しかしクレナを見つめているのは大人たちだけではない。

ドゴラも驚きながらクレナを見つめる。

明らかに自分より力があった。

同じ槍を握っていたからこそ分かった。クレナのとんでもない力を。

ドゴラは、クレナがすごく遠くに行ってしまったように感じた。

「俺は英雄になるんだ。絶対になるんだ」

ドゴラは、自分の目標を口にする。

村を救った特異な才能のあるアレン、剣聖という天性の才能があるクレナ。二人に出会ったからこそ生まれた目標。

昔の目標は騎士になることだった。

アレンやクレナと知り合い、なりたいのは騎士じゃなく、英雄なのだと考えるようになった。

夢が知らず知らずのうちに大きくなっていく。

ドゴラは拳を握りしめ、自分もやるんだと強く奮い立つのであった。

あとがき

本書をご購入いただきありがとうございます。

後書きにてございます。

皆様のお陰でヘルモードは2巻を刊行することができました。

これもひとえに日ごろから応援いただだいている皆様のお陰です。

本当にありがとうございます。


そして、本書はライトノベルにしては結構な厚さと文字数があるにもかかわらず、後書きまで目を通していただき、作者としては感謝の言葉が見つかりません。


後書きということで、ヘルモードについての作者の思いなどを書いていこうと思います。

ヘルモードの世界観は2巻を読み終えないと分からなかったのではないでしょうか。

少々長いプロローグになってしまいましたが、1人の男が小さな村で農奴として転生し、そして世界を知っていきながら自らがやり込むための目標を得ることや、仲間と出会い、世界が抱える問題を知るには、この文字数は十分必要な量だったかなと作者は思っております。

書籍版ヘルモードについて、これまで書ききれなかったことも書いていきたいと考えております。

ＷＥＢ版は主人公であるアレン視点がとても強い作品になっております。

他者視点はとても少なく、現時点で３００話ほど投稿していますが、幕間のようなものは今のところなかったりします。

ストーリーは視点が変わらない分早く進むのですが、アレンだけの視点で話が進むことに「物足りなさ」を感じるのも事実でございます。

書籍版では、書下ろしエピソードや特典のＳＳ（ショートストーリー）などで極力、今まで描かれてこなかったアレン以外の登場人物を主役にした話を書くようにしております。

クレナやドゴラ、セシルなどの仲間たち、もしくは彼らの家族たちが何を思っているのか。

アレン以外の登場人物の体験した出来事や思いを知る機会になったら幸いです。

後書きの文字数もありますので、作者のゲームの思い出話でもしていきたいと思います。

ゲーマーが転生した話を書いている通り、作者はゲームが大好きです。

作者が最初にゲームに触れたのは、ファミコンで遊ぶ国民的なロールプレイングゲームのナンバー２だったかと記憶しております。

たしか、遠い記憶で定かではありませんが、いつの間にか本体ごと家にありました。

きっと家族が買ってくれたもので、その頃からゲームといえばロールプレイングだと少年期の作者の中に刷り込まれたのです。

小学2年生のころだったかと記憶していますが、城の周りでスライムを倒していたときに、武器は装備しないと意味がないことを知らなかったため、「スライム超強い。匹数多いとマジ死ねる」となったことが最初の思い出です。

2番目の思い出は、「復活の呪文をちゃんとメモしたのにどこか違う」で間違いないでしょう。

小学校の授業より丁寧にノートに復活の呪文をメモした記憶があります。

あの頃のゲームは今やっても難しいだろうと思っています。

攻略のヒントが少なすぎて、序盤や中盤で詰んでしまい攻略を諦めたことが何度もあります。

その頃の思い出が強かったため、分からないことは検証する。答えが分からないので全ての可能性を試してみるという考えが、作者の中に潜在的に生まれたのかもしれません。

そんな作者にとって大好きなゲームも、小説家になろうを読み始めたあたりから数年間できていません。

恐らくゲームを絶って3年くらいになるかと思います。

兼業作家で会社に勤めながら執筆しているので時間があまりないということもあるのですが、一度ゲームを手にしてしまったら、それはもう大変なことになります。

作者は社会性をぎりぎり保ちつつ、ゲームにのめり込んでしまうこと間違いなしです。

本書のコミカライズが始まりました。

小説を書き始めて、こんなに早く自らの作品が漫画になるなんて夢にも思いませんでした。

鉄田猿児先生が、少年誌風に描いてくださっております。

アレンや仲間たちや召喚獣の活躍、魔獣との戦いなど、見どころはたくさんございます。

コミックアース・スター様で公開しておりますので、こちらも是非ご覧ください。

こちらも1冊のコミック本となり書店に並ぶ日が来ることを楽しみにしております。


次回はぜひヘルモード3巻でお会いしたいものです。

今後も作品を作り続けたいと思いますので、今後ともハム男を応援して頂けたらと思います。それでは。

Thank you so much!!

EARTH STAR NOVEL

ヘルモード
～やり込み好きのゲーマーは廃設定の異世界で無双する～ 2

発行 —— 2020年11月16日　初版第1刷発行

著者 —— ハム男

イラストレーター —— 藻

装丁デザイン —— 石田 隆（ムシカゴグラフィクス）

発行者 —— 幕内和博

編集 —— 今井辰実、株式会社サイドランチ

発行所 —— 株式会社 アース・スター エンターテイメント
〒141-0021　東京都品川区上大崎 3-1-1
目黒セントラルスクエア　8 F
TEL：03-5795-2871
FAX：03-5795-2872
https://www.es-novel.jp/

印刷・製本 —— 中央精版印刷株式会社

ISBN 978-4-8030-1468-6